KB193348

어두운 밤 나는 적막한 집을 나섰다

In einer dunklen Nacht ging ich aus meinem stillen Haus
by Peter Handke

Copyright © Suhrkamp Verlag Frankfurt am Main 1997
Korean translation copyright © MUNHAKDONGNE
Publishing Co., Ltd., Seoul, 2001
All rights reserved by the proprietor throughout the world
in the case of brief quotations embodied in critical articles or reviews.

This Korean edition was published by arrangement with Suhrkamp Verlag
Frankfurt am Main through Bestun Korea Agency Co., Seoul.

이 책의 한국어판 저작권은 베스툰 코리아 에이전시를 통해
독일 주어캄프 사와 독점 계약한 (주)문학동네에 있습니다.
저작권법에 의해 한국 내에서 보호를 받는 저작물이므로
무단 전재 및 복제를 금합니다.

어두운 밤 나는 적막한 집을 나섰다

페터 한트케 장편소설 · 윤시향 옮김

문학동네

이 이야기는 잘츠부르크 시에 인접한 탁스함이라는
곳과 관련이 있긴 하지만,
그곳에 사는 동명의 약사나 인물들과는
아무런 관계가 없다.

1

이 이야기가 진행되던 당시, 탁스함은 거의 잊혀진 곳이었다. 이웃 도시 잘츠부르크의 주민들조차 대부분 그게 어디 붙어 있는 고장인지 모를 정도였다. 그 이름부터가 벌써 많은 사람들에게 낯설었다. 탁스함? 버밍함? 노팅함? 사실은 전후 최초의 축구 클럽이 '탁스함 포레스트'라고 불린 적이 있었다. 가까스로 최하위권에서 벗어나 차츰 상승세를 타다가 몇 년 후에는 'FC 잘츠부르크'로 이름이 바뀌었지만 말이다(어쩌면 그 동안에 다시 제 이름으로 고쳐 불렸을지도 모른다). 버스 앞머리 표지판에 탁스함이라고 써 붙인, 여느 버스들에 비해 승객이 더 많지도 적지도 않은 버스가 도심을 통과하는 게 더러 눈에 띄지만, 그 도시에서 그 버스를 직접 타본 사람은 아무도 없었다.

잘츠부르크 부근의 유서 깊은 마을들과 달리, 전후 신도 시인 탁스함은 어쩌다가라도 놀러 갈 만한 곳이 못 되었다. 시선을 끌 만한 번듯한 여관 하나 없었고, 볼거리는커녕 팔짝 달아나게 할 만큼 놀라운 것조차 없었다. 탁스함은 잘 츠부르크의 클레스하임 성, 카지노와 영빈관, 게다가 목초 지 바로 뒤편에 위치하고 있었지만 잘츠부르크의 일부도 교외도 농경지도 아니어서, 주변의 다른 장소들과 달리 멀리서든 가까이서든 모든 방문객들로부터 한결같이 외면당했다.

하룻밤 묵는 건 고사하고, 지나는 길에 잠시 들르는 사람 하나 없었다. 탁스함에는 잘츠부르크를 대신할 만큼 똑부러지게 내세울 것도 없었고, 변두리는 물론 중심가에도 변변한 호텔 한 채 없었다. 그나마 '숙소'라는 말이 어울릴 만한 작은 공간이나 대피소, 마지막 피난처마저도 온통 '방 없음'이라는 안내표지가 걸려 있을 뿐이었다. 버스 전 광판에서 반짝거리며 늦은 밤이면 더 어둡고 적막해진 중심가를 이리저리 돌아다니다 길모퉁이에서 유령처럼 출몰하는 탁스함이라는 이름은 해가 갈수록 점점 더 사람들의 관심에서 멀어지는 듯했다. 탁스함에 대해 질문 받은 사람은 누구나, 세상사에 훤하고 세계 구석구석까지 꿰뚫고 있는 사람일지라도 한결같이 대답했다. "몰라요!" 아니면, 어깨를 한 번 으쓱할 뿐이었다.

아마도 한 번 이상 그곳을 방문한 외지인은, 나를 제외하면, 라틴어 교사이자 자칭 문지방 연구가인 친구 안드레아스 로저뿐이지 싶다. 탁스함을 처음 방문했을 때 나는 중앙로인 이른바 '클레스하임 대로'(궁전이나 대로의 흔적은 아무 데도 없지만)에 있는 한 가건물 술집에 들렀는데, 술집 안에서는 웬 남자가 누군가를 죽이겠다고 몇 시간 동안이나 열을 내며 떠들어대고 있었다.

"반드시 죽이고야 말 테다! 암, 죽이고말고!"

어느 겨울날 저녁, 인적이 드문 잘츠부르크 공항 레스토랑에서 (그 시절에는 그 식당이 대합실보다 더 컸다) 안드레아스 로저는 내게 이렇게 속삭였다.

"저기 좀 봐, 저 건너편에 탁스함의 약사가 앉아 있는데 그래!"

내 친구 로저는 그 동안 어디론가 사라졌고, 나 역시 잘츠부르크를 떠난 지 오래다. 그리고 당시 우리와 심심찮게 만나곤 했던 탁스함의 약사도, 이 이야기가 진행되던 시기에는—그것이 그의 스타일이든 아니든 간에—한동안 소식을 전해오지 않았다.

탁스함에 가기가 그토록 수월치 않아 보였던 데는, 위치 탓도 있었지만, 마을 자체에도 문제가 있었다.

고만고만한 고장들이 오늘날에야 비로소 심각하게 부딪치는 문제들을 탁스함은 애초부터 특징적으로 지니고 있었다. 홀로 고립되어 있어서 인근 마을에서조차 걸어 가려면 한참 걸렸고, 그건 자전거로도 마찬가지였다. 특히 멀리서는 온갖 교통수단을 다 동원해도 탁스함에 이르기가 어려웠다. 세월이 가면서 차츰 자투리 땅으로 편입되거나 잘려나가 사방에서 늘어나는 외곽 도로들에 포위당한 요즘의 마을들과 달리, 탁스함은 처음부터 그런 장애물들을 안고 만들어진 마을이었다. 드넓은 하천 평야 지대에 위치하고 대도시의 문턱에 맞닿아 있는데도 군 주둔지나 병영 단지 같은 인상을 주었다. 실제로 독일 국경에 인접한 변두리에는 병영이 세 군데나 있었으며 그중 하나는 독립된 행정 구역을 이루고 있었다. 탁스함 앞에 있는 건널목 가운데 하나를 지나는 뮌헨행 장거리 열차 노선과 뮌헨 경유 노선은 이 마을보다 훨씬 오래 전에 생긴 것이었고, 고속도로도 이미 2차 세계대전 이전에 건설된 제국 도로였다(전쟁이 끝난 지 수십 년이 지났는데도, 터널처럼 좁은 지하도 옆에는 발톱으로 나치 십자가를 움켜쥐고 있는 제국의 독수리가 제작 연도와 함께 새겨져 있었다). 게다가 오스트리아 제1공화국 시절에 건설된 공항은 훗날 생겨날 마을 부지로 진입하는 걸 진작부터 어렵게 만들고 있었다.

이런 온갖 교통수단의 삼각지대 안에 건설되어, 번잡한 도로들과 계속되는 커브 길을 돌고 돌아 지하 도로들을 통과하고 나서야 다다를 수 있는 탁스함은, 첫눈에만 다른 나라의 조차지(租借地)처럼 보이는 것이 아니었다.

다른 나라의 조차지라니, 누구의? 어디에 속한? 그곳은 아마도 전쟁 난민들, 실향민들, 강제 이주자들의 식민지였을 것이다. 그러한 특징은 잘츠부르크 주변의 다른 곳에 비해 한층 두드러졌다. 아무튼 약사는 동부에서 합스부르크 왕정 아래, 그후에는 체코슬로바키아 공화국, 그리고는 독일군 점령 아래 제약공장을 했던 집안 출신이었다. 나는 여기서 그의 이야기를 쓰기 위해, 그가 대답하기를 꺼리던 보다 상세한 내력들을 구태여 알려 하지 않았다. 그런 물음에 그는 이렇게 대답하곤 했다.

"좋아요! 그냥 내버려 둡시다."

새로운 거주자들은 전쟁 후 장거리 철로와 고속도로 그리고 공항의 활주로를 건설하면서 생긴 자투리 땅에, 바로 '탁스함'이라는 건물 이름이 붙은 농장의 자투리 땅에—일찍부터—자리를 잡았을 뿐 아니라, 외부와 차단되도록 요새를 쌓았다.

외부에서 그 많은 장애들을 극복하고 간신히 탁스함에 이르면, 진입 저지망 같은 것이 또하나 나타나는데 이는 원래 있던 게 아니라 주민들 스스로 만든 것 같았다. 탁스함은 철둑 뒤나 활주로 울타리 뒤를 막론하고 어느 곳이든지, 철책 아니면 웬만한 나무 높이의 관목 울타리들이 빽빽이 들어차 있어서, 또하나의 원형 저지망을 두르고 있는 것처럼 보인다. 그 울타리 너머로는 전쟁 후에 세워진 가톨릭 성당의 마름모꼴 탑신 하나만이(개신 교회의 탑신은 거리상 보이지 않는다) 바깥 세상을 넘겨다보고 있었다.

외부에서는 타의로, 내부에서는 자체적으로 추가되어 형성된 이중의 차단 시설 사이에 자리한 좁고 길게 뻗은 지대는 축구장으로 이용되거나 산책용 초원, 또는 잡초가 뒤

엉킨 벌판이 되었다. 거기에서 해마다 며칠씩 서커스단이 초청 공연을 베푸는데 그들이 머문 자리는 주위보다 풀빛이 바래 있었다. 그래서 그곳은 마치 망루 같은 인상을 주기도 했다.

한편 탁스함은 이미 반세기 전부터, 비록 아주 보잘것없는 수준이긴 하지만, 오늘날 '신도시'라 불리는 수많은 새로운 거주지들의 선구였다. 그곳으로 찾아 들어가기도 어렵지만, 걸어서든 차를 타든 다시 나오기는 더욱 어렵다. 그토록 분명하게 보이던 길들은 한결같이 굽어들고, 한 블록을 우회하거나 작은 집의 정원들 사이로 헤매다 보면 어느새 출발점으로 되돌아간다. 아니면 들판인지 뭔지 그 틈새로 희미하게 보일 뿐 그 사이를 뚫고 나갈 수 없는 울타리 앞에서 결국 다시 끝나게 마련이다. 그렇지만 이 도로들도 물론 마젤란*이나 포르셰**같은 이름으로 불리고 싶어할 것이다.
실제로 관목숲 울타리의 고장 탁스함의 대부분의 도로들은 (또는 진입로들은) 공항에 인접해 있어서 '체펠린***백작'이니 '오토 폰 릴리엔탈****' '마르셀 레바르트' 같은

---

*마젤란(1480?~1521) : 포르투갈 태생의 스페인 항해가로 최초로 지구 일주 항해를 지휘했다(이 책의 모든 주는 역자주이다).
** 포르셰(1875~1952) : 독일의 자동차 설계자이며 제작자.
*** 체펠린(1838~1917) : 독일의 경식(硬式) 비행선 발명자. 1900년 최초로 16마력의 발동기 2대를 장치하여 시속 20마일의 속도로 날았다.

비행사상 선구자들의 이름으로 불렸다. 종전 후 이주민들의 의견과는 전혀 상관없이 말이다. 어쩌면 그들은 '고트쉐어슈트라세'나 '지벤뷔르거슈트라세'란 이름을 좋아했을지도 모르는 일이지만, 알 수 없는 일이다. 언젠가 내 친구 안드레아스 로저는 그 거리에 어울리는 유일한 명칭은 '눈게서와 콜리'라고 말한 적이 있다. 그 두 비행사는 유럽에서 아메리카로 향하던 첫 시험 비행중 대서양 상공에서 실종되었다고 했다. 그것도 대륙을 벗어나자마자.

그리고 세번째로, 또 한 가지 점에서도 탁스함은 초창기부터 동시대적인 어떤 현상을 보여주었다. 말하자면 앞서 간 것이다. 오늘날은 직장 근처에 살지 않는 것이 점점 보편화되고 있다. 그런데 이 자투리 땅, 울타리 식민지의 직장인들 사이에서는 1950년대 이전인 그 당시부터 벌써 아파트나 거주지를—탁스함에서 멀지는 않아도—아무튼 다른 곳에 두는 것이 일반적이었다. 상인들이나 식당 주인들조차 낮에, 영업 시간에만 와서 일했다. 심지어 마을에 부임한 신부들 가운데 내가 잘 아는 한 분도 미사를 올릴 때만 그곳으로 출퇴근했으며, 그 시간 외에는 도시에서 생활하면서 하릴없이 여기저기 돌아다녔다(그는 이미 오래 전에 사제직을 사임했다).

**** 오토 폰 릴리엔탈(1848~1896) : 독일의 항공기술자. 항공기를 제작, 스스로 시험비행을 거듭하여 곡면 날개가 평면 날개보다 유효함을 발견했다.

약사의 집도 물론 탁스함 외곽의 시골 마을 근처에 있었다. 그곳은 잘차흐 강으로 곧장 흘러들어가는, 국경지대의 잘라흐 강 가까이에 자연적으로 만들어진 자투리 땅, 아니 그 '모서리'였다.

그때 그는 일터에 매여 있었다. 그의 생활은 강둑 변에 있는 집과 약국 그리고 공항을 축으로 하는 삼각지대 안에서 이루어졌다. 우리가 만났던 그 당시 그는 공항에서—그의 이야기는 전혀 다른 시기에 진행된다—한 번은 아내와 또 한 번은 애인과 번갈아가며 정기적으로 저녁을 먹었다.

그보다 한참 손위인 형이 차린 약국은 전쟁 후 탁스함의 신주거지 및 구호 단지에 등장한 최초의 영업 활동이었다. 다시 말해 학교나 교회, 심지어 다른 어떤 상점들보다도 먼저 차려진 최초의 대중적인 공공시설이었다. 빵가게보다도 먼저 생긴 것이 바로 이 약국이었다(빵은 처음에는 옛 농가에서 살 수 있었다). 그리 짧지 않은 기간 동안 약국은 전후 이주민들을 위한 유일한 '서비스 장소'였으며, 초창기에는 이 미개발지의 보건소 역할을 하다가 그후로는 차츰 임시 주민회관이 되어갔다고, 내가 아는 사람은 조롱하듯 말했다.

수십 년이 지난 후에도 그런 면모들은 여전했다. 비록 그동안 농촌의 모습은 하나같이 사라지고 교회 탑들과 슈퍼마켓들이 시가지 양쪽을 둘러쌌지만, 탁스함의 약국은 그후에도 여전히 지역의 중심이었다. 건물의 외관이 그렇다기보다는 그곳 사람들의 생각이 그랬다.

그것은 건물 때문은 아니었다. 사실 약국 건물은 그저 담배나 신문을 팔기에나 적당한 조그만 구멍가게처럼 보였다. 그렇다고 약국 내부가 전통 있는 약국들처럼 신경써서 장식한 박물관 같은 중후함이 있는 것도 아니었다. 또 최근의 수많은 약국들처럼—아니, 여기가 어디야? 일광욕실? 향수 가게? 해변가의 상점?—밝고 화려한 다양성도 없었다. 약국 안은 깜짝 놀랄 정도로 무미건조했다. 약품이든 치약이든 어느 한 가지도 특별히 눈에 띄는 게 없었다. 그도 그럴 것이 모든 약들이 무척 튼튼하고 투박해 보이는 빗장으로 잠긴 유리 약장들 속에 깊숙이 놓여 있어서, 약을 파는 곳이 아니라 흰색 제복을 입은 두세 사람이 경비를 서고 관계자 외에는 접근이 금지된 무기고 같았기 때문이다. 게다가 입구에도 특별한 문지방 하나 없었는데, 안드레아스 로저의 말에 따르면, 전세계 거의 모든 약국에는 특색 있는 문지방이 있다는 것이었다. 아무튼 그 입구는 숭고한 맛도 없고, 여염집 출입구보다 화려한 도안이나 건축 장식 문양들이 그려진 댓돌조차 없었다. 흔히 약국 문지방은 교회 것보다 더 깊이 패여 있기도 한데, 그런 문지방도 없이 곧장 약품 저장고로 들어가게 되어 있었던 것이다.

'독수리 약국', 이것이 탁스함의 약국 이름이다. 이 약국의 창업자이자 이미 오래 전에 서쪽에 있는 바이에른 주의 무르나우로 이주해서 아들, 딸, 손자들과 함께 '빨간 수퇘지 약국'을 차려 정착한 형이 붙인 이름이었다. 그러나 이

15

약국을 물려받은 그도 그렇게 생각했듯이, 간이 매점과 전파상 사이에 끼어 있는 외관으로 보아선 '토끼 약국'이나 '두더지 약국'이라고 하는 게 더 어울릴 법했다. 혹은 그의 취향대로 조상들의 고향 이름을 따서 '타트라*' 약국'이라고 하든지.

그렇다. 탁스함에 어울리지 않게 품위 있는 다른 건물들보다 이 밋밋한 건물이 두드러져 보이는 것은, 약국이 거의 대도시처럼 건물들이 빽빽이 들어선 마을 한가운데 자리잡고 있기 때문이었다. 담장 두른 오두막에 비해 지나치게 넓은, 거의 초원에 가까운 잔디의 한복판에는 지난날 스텝 지역**'의 잔재답게 오래된 나무들과 오래된 덤불들 사이에 키 작은 나무들이 듬성듬성 뒤섞여 있었다.

"아침에 일터로 갈 때, 난 가끔 저기 오두막에서 피어오르는 연기를 본답니다"라고 약사가 말했는데, 그의 말투는 순수한 오스트리아 말투가 아니었다.

그는 오가는 길도 늘 똑같았다. 강가의 집에서 울타리 뒤에 있는 가게로, 저녁때는 여기서 활주로 철조망을 따라 공항으로 가는 식이었다(어느 날 그 과정이 끝을 볼 때까지 늘 그랬다). 그는 걷거나, 자신의 대형 승용차들 가운데 한 대—항상 최신 모델이었는데—를 타고 다녔다. 때에

---

* 카르파텐 산맥에 있는 고원.
** 초원지대, 대초원.

따라서는 허리를 꼿꼿이 세운 채 묵직한 검은 자전거 '프라잉 더취맨'을 타기도 했다. 나는 소형 오토바이를 탄 그와 들길에서 몇 차례 마주치기도 했는데, 온몸에 진흙이 튀긴 채 이상스럽게 곰곰 생각에 잠겨 있는 그는 마치 거친 사냥에서 막 집으로 돌아오는 사람처럼 보였다. (그리고 언젠가 꿈속에서 그는 자가용 비행선을 타고 약국 앞 상공으로 날아와 밧줄을 타고 스텝 지역의 풀밭 위로 내려왔다.)

탁스함 주민들 역시 의사를 찾아가기 전에, 병원비를 좀 아낄 수 있지 않을까 하는 기대를 품고 약사를 찾았다. 그러나 병원에 다녀온 후에도 그들이 그에게 조언과 도움을 구하는 일이 빈번하다는 것은 별로 알려지지 않은 사실이었다.

"의사들은 갈수록 전문인이 돼버리죠. 가끔 난 그 동안 내가 그들이 갖지 못한 전체적인 통찰을 얻게 되었다는 생각에 우쭐해진답니다. 게다가 환자들은 내가 진찰이나 수술을 종용할까 봐 겁낼 필요가 없지요. 때때로 나는 그들을 정말로 도울 수도 있어요."

그건 정말 그랬다. 특히 뭔가 보충하거나 다른 약으로 바꾸는 게 아니라 처방전에 적힌 약품들 중 전부는 아니더라도 한두 가지를 제외하면 되었다.

"내 작업에서 특히 중요한 것은 분리와 제거예요. 약장이 아니라 인체에 빈자리를 마련하는 거죠. 빈자리 마련하기와 물꼬 트기. 굳이 원한다면, 물론 우리 약국에는 모든 약품들이 넉넉히 준비돼 있습니다."(그 구멍가게 같은 약국은 밤마다 철책이 둘러쳐지고 빗장이 질러진 채 '들어가기 위해서는 폭파시키지 않으면 안 될' 차단된 벙커 같았다.)

실제로 그 고장에는 그가 그렇게 도울 수 있는 사람들이 적지 않았다.

"물론 그들이 도움을 청했기 때문이지요."

그리고 "하느님이 보우하사" 그의 명성이 마을 밖으로 널리 퍼지지는 않았다. 탁스함의 약사는 결코 기적의 치료사는 아니었던 것이다.

주민들은 약국 문을 나섬과 동시에 그에 대한 고마움을 잊었고, 더불어 약사도 잊었다. 탁스함의 이런저런 개업의들, 상인이나 축구 선수들과 달리 그는 거리든 몇몇 술집에서든 그리 알려진 인물은 아니었다. 아무튼 아무도 그를 화제로 삼거나 계속해서 추천하거나 찬사를 읊어대지 않았다. 또한 고전 희극 작품들에서처럼 약사를 웃음거리로 삼지도 않았다. 바깥에서, 그의 활동 영역 밖에서 그와 우연히 마주친 사람은, 물론 고의는 아니지만, 무심코 지나치거나 혹은 몇 초 전만 해도 자신이 '약국 진열장' 옆에서 감사의 악수를 청하려 했던 약사임을 알아보지 못했다.

이것은 단지 그가 업무시간 외에는 어디를 가든 흰 가운을 걸치지 않고 외출하는 데서만 연유하는 일은 아니었다. 그는 상의 포켓에 장식용 손수건까지 꽂은 정장 차림에 모자까지 쓰고서 탁스함에서는 여전히 드문 행인들 사이를 돌아다녔던 것이다. 이때 시선은 "걸음마 배우던 시절부터 줄곧 나무 꼭대기나 길 옆 또는 길 먼지 속에 떨어지는 빗방울을 향하고 있어서, 자기가 보지 않으면 남의 눈에도 보이지 않는다는 어린아이들의 믿음처럼 눈에 띄지 않게" 되었다. 그 또한 저녁때 자신의 벙커를 벗어나면 사람들 사이에서 단 한 사람의 고객, 손님 또는 환자도 알아보지 못했다는 사실도 언급해야 할 것이다. 기껏해야 아무개씨나 아무개 부인 정도로 알아보는 게 고작이었다. 자기 병원을 벗어나도 여전히 '의사'로 머무는 의사들과 달리 탁스함의 약사는, 약국에 자물쇠를 채움과 동시에 더이상 약사가 아니었다.

그럼 그는 도대체 누구이며, 뭐 하는 사람이란 말인가? 언젠가 나는 아이들이 그에게 달려가는 모습을 본 적이 있다. 흔히 아이들이 낯선 어른을 향해 달려갈 때는 다가갈수록 속도가 빨라지게 마련인데, 그 아이들은 반대로 어른의 키쯤 되는 거리에서부터 속도를 늦추면서 그를 올려다보았다. 아이들은 그에게서 멀찌감치 떨어진 채 그를 올려다보았다.

이야기가 진행되는 시기는 여름이었다. 공항 주변과 그 뒤편 울타리 단지의 초원은 벌써 한 차례 풀을 베어냈는데도 그새 다시 훌쩍 자라 있었다. 멀리서 보면 그 지역에는 있지도 않은 밭처럼 보일 정도였다. 초봄의 잔디와 달리 거의 꽃도 없는 녹지는 바람이 불어오는 방향에 따라 잿빛 숲길처럼 보이기도 했고, 반대로 숲길이 녹지로 혼동되기도 했다.

뿐만 아니라 한 해 중 과일이 거의 나지 않는 시기였다. 버찌는 이미 거둬들였거나 새들, 특히 까마귀들에게 약탈당했고 사과도 아직 여물지 않아 파란 풋사과뿐이었으며, 그런 사과나무조차 보기 드문 때였다.

동쪽 도시에서는 벌써 축제 공연이 시작되어 고갯길과 터널, 하천 협곡, 게다가 국경 너머 알프스의 깊숙한 골짜기까지 떠들썩할 때에도 탁스함 주변은 고립된 듯 적막했다. 초원과 울타리 바깥쪽의 옥외 광고탑에는 일 년 내내 그렇듯이 포스터가 절반도 차지 않았다. 활주로와 공항 타워 쪽을 향해 서 있는 원형탑 역시 여느 때나 다름없이 텅비어 있었다.

그런 마을에 반드시 있게 마련인 점쟁이는 여름에 탁스함 남쪽 구역에서 지진이 일어날 거라고 정초에 예견했는데, 실제로 바로 캅슈타트* 근처에서 지진이 발생했다. 그리고 다시 점쟁이의 예언에 따르면, T시의 서쪽에서 여름이 가기 전에 전쟁이 일어난다고 했다. 비록 3일 전쟁이긴 해도, 그 여파는 무한정이라는 것이었다!

그는 언제나 그랬던 것처럼 "까마귀의 첫 울음소리"에

---

* 남아프리카 케이프 주의 수도.

일찍 깨어났다. 그의 아내는 집 안의 다른 편에서 아직 자고 있었다. 그들은 함께 살지만 십 년이 넘도록 각자 자기만의 영역을 지키며 별거중이었다. 상대편 영내로 들어가려면 반드시 노크를 했다. 심지어 공유 공간인 현관, 지하실, 정원에도 보이거나 보이지 않는 벽이 존재했다. 부엌처럼 그런 구별이 불가능한 곳은 시차를 두고 사용했는데, 아무튼 그들이 상대와 떨어져 나름대로 각자 제 길을 가기 시작한 후부터는 철저하게 시차를 두고 모든 일상생활을 꾸려나갔다. 그러면 그의 아내는 그가 일어나는 시간에 저절로 잠에서 깨어나도 억지로 침대에 누워 있었을까? 또, 그가 정원으로 나가면 어쩔 수 없이 집 안에 있었을까? 아니면 그가 집 안에 머물 수 있도록 그녀가 정원으로 나갔을까? 다음날로 예정된 휴가 여행은 그녀 혼자 떠나는 걸까? 이미 오래 전부터 해마다 여름에는 그가 꼭 집과 정원을 독차지하려고 하기 때문에?

"그렇진 않아요." 약사는 부정했다.

"우리는 서로 아무 문제도 없습니다. 우리 일상은 이제 아주 평온해요. 이 질서는 아무 간섭도 없이 저절로 생겨났는데, 우린 그런 질서가 있다는 것조차 알아차리지 못하지요. 다만 어느 한순간 그 상태를 벗어나 일시적으로 함께임을 느끼고, 전에는 몰랐던 유형의 하모니로 무엇인가를 서로 공유할 수는 있겠지요."

"그래요, 일시적으로." 그의 아내가 맞장구쳤다.

"문짝과 돌쩌귀 사이, 창문과 정원 의자 사이, 나무 꼭대기와 지하실 채광 구멍 사이에서요."

"예를 들면요?" 내가 물었다.

약사와 그의 아내가 서로 번갈아 대답했다.

"항상 묵묵히—이웃들이 무슨 대화를 나누는지 함께 경청하며—또는 담장 뒤편에서 강둑을 거니는 사람들 소리를 들으며—특히 어디선가 아이가 울 때—구급차의 사이렌이 요란하게 울릴 때—밤에 각자 자기 방에서 저 국경너머 산의 바위 절벽에서 구조등이 번쩍이는 모습을 바라볼 때—지난 이른봄 홍수에 빠져 죽은 암소 한 마리가 하류로 떠내려왔을 때—첫눈 올 때—그래? 글쎄, 난 모르겠는걸."

해가 떴다. 따뜻하고 건조한 밤이 지나간 정원에는 이슬한 방울 없다. 그 대신 사과나무의 반짝임, 어느 가지에서 솟아난 송진 한 덩어리, 이제 최초의 햇빛으로 가득 찬, 이 세상에서 가장 작은 램프 하나가 있을 뿐이었다. 제비들은 하늘 높이, 아직 짙은 어둠이 깃들인 여명 속을 날고 있었다. 회전하면서 날개를 잠시 수직으로 세우는 순간, 또는 저 위쪽에서 햇빛을 받아 깃털이 반짝일 때면, 제비들이 아침 햇살과 장난치고 있는 듯했다.

그는 어느새 제법 알이 굵어진 사과들 중에서 이마 높이에 달려 있는 놈을 가볍게 머리로 받았다. 공을 머리로 받듯이, 하지만 그보다는 부드럽게. 그리고 나서 집 밖으로 나가 둑 위에서 강을 거슬러오르며 아침 강바람을 쐈다.

대개 길에는 아무도 없었다. 여름이면 늘 그렇듯이 잘라흐 강바닥의 자갈들은 강가와 수로에서보다 더 많이 불어나 멀리 석회산들 사이에 있는 수원지까지 맑고 영롱한 빛을 내며 뻗어나갔다.

약사는 망자(亡者)들에 대해 생각했다. 그러자 아들이 떠올랐다. 그렇지만 아들은 죽은 게 아니잖은가? 그렇다, 그는 아들을 내쫓아버렸다. 표현이 좀 심했나? 그냥 아들을 포기한 게 아닐까? 눈에 보이지 않게 떨어뜨려놓고 잊은 게 아닐까?

"아닙니다, 나는 그애를 내쫓았어요." 그가 말했다.

"난 내 자식을 쫓아냈어요."

그는 뼛속까지 시려오는 찬 강물에서 수영을 했다. 우선 거센 물살을 거슬러올라가 독일로 흘러들어가는 하천의 경계 지역쯤에 이르자 몸이 둥둥 떠내려가도록 물살에 몸을 맡겼다. 질주하듯 강기슭의 덤불이 지나갔다. 물 속 깊이 잠수했더니 강바닥에서 구르는 조그만 조약돌들이 귓불 언저리를 스치며 잘그락댔다. 그는 언제까지나 그렇게 숨을 쉬지 않고 물 속에 머무를 수 있을 것 같았고, 또 이제부터 그것이 자신의 삶인 양 여겨졌다.

약사는 가파른 계단 바로 아래 강기슭으로 겨우겨우 꺾어 돌았다. 이른 아침부터 비행기 한 대가 벌써 나무 꼭대기 너머로 낮게 착륙중이었다. 그는 비행기 창문에 비친 한 어린아이의 얼굴을 보았다. 얼음같이 찬 강물에서 수영을 하고 난 다음에만 이처럼 예리하게 볼 수 있는 것은 아니었다. 그의 형이 탁스함의 약국에 붙여준 이름은 어쩌면 바로 이 점에서 딱 들어맞는 것인지도 모른다.

집으로 돌아온 그는 샤워를 해서 석회질의 회색 강물을 씻어내고, 수영하는 동안 끓여진 커피를 마셨다. 커피는 자마이카 산(産) 블루 마운틴으로, 항상 그렇듯이 인근에서 구할 수 있는 최상품이었다. 아내는 기척이 없었다. 아래층 현관에는 벌써 비행기표 한 장이 얹혀진 그녀의 여행 가방이 놓여 있었지만 그는 들여다보지 않았다.

"매번 그녀가 출발하기 전이면 문득 딸기밭 언덕의 영상이 떠올랐답니다"라고 그는 설명했다.

"언젠가 그녀가 이야기한 적이 있었지요, 어린 시절 여름마다 즐겨 찾던 곳이라고."

그도 전에는 여행을 많이 했었다. 거의 전세계를. 그러나 이제는 어느 곳으로도 떠나지 않게 되었다. 지금 있는 바로 그 자리에서도 매일 아침 길을 떠나거나 이미 오래 전에 길을 떠난 것 같았고, 그 여정은 오늘도 계속되고 있는 듯 여겨졌다.

"나는 여기 오래, 오래도록 머물고 싶었소."

이제 강둑 위에는, 정원수 사이로 보이는 울긋불긋한 운동복들로 알아볼 수 있는 첫 조깅객들이 두서너 명씩 앞뒤로 줄을 지어 좁은 산책로를 지나가고 있었다(이와 달리 초원 너머 탁스함에는 거의 아무도 없었고, 버스도 지나가지 않았다). 그들은 그렇게 하지 않으면 자신들의 목소리가 들리지 않는다고 믿는 듯 터무니없이 큰 소리로 떠들어댔다.

그리고 어느 이웃집 정원에서 고함 소리와 한껏 서럽게 우는 아이의 울음소리가 들려왔다. 다른 쪽 집에서도 금방 그와 비슷한 소리가 터져나왔다. 그는 귀를 기울였다. 그리고 확신했다. 그의 아내도 똑같이 저쪽 문 뒤에서 귀를 쫑긋 세우고 있다는 것을. 울음소리와 흐느낌이 오른편과 왼편 양쪽에서 모두 가라앉고, 좀 전의 울부짖음 덕에 한층 맑아지고 풍성해진 듯한 목소리로 어느덧 서로를 부르며 두런두런 대화를 나누는 소리가 들릴 때까지도 그들은 여전히 귀를 기울였다. 그들은 또 저 건너 독일의 강기슭을 지나는 기차 소리도 들었다.

"바트 라이헨할* 방면인가?" — "네."

약사는 이날 아침 아내의 자전거를 끌고 나섰다. 그녀는 어차피 다음주까지는 자전거가 필요 없을 터였다. 그는 강어귀를 지나 강가의 길을 한 마장쯤 달리고 나서 들판을 지나 지첸하임의 농가로 접어들었다. 공동묘지에 이르자 문양이 새겨진 역암(礫巖)이 눈에 들어왔다. 십자가 없이 십자가 모양으로 팔을 벌리고 있는 사람의 모습이란 걸 형태로 보아 알 수 있었다. 짧은 두 팔을 쫘악 벌린 난쟁이

---

*독일의 온천 도시.

같은 몸집에 비해 머리가 지나치게 커 보였다. 동쪽을 향하고 있는 바위에 새겨진 그 문양은 알아보기 힘들 정도로 풍화되어 있었지만 아침 해가 떠오르면서 그 모습을 선명하게 드러내기 시작했다.

약사는 줄곧 동쪽으로, 해를 향해 달리는 것이 만족스러웠다. 그렇게 해서 그는 자신의 그림자, 그에겐 늘 언짢았던 그림자를 피할 수 있었던 것이다. 조금 전 강가나 바위틈에서처럼 풀잎에서는 지난주에 나던 건조한 냄새가 났다(잘츠부르크와 비에 대해 떠도는 이야기들은 때때로 엉터리다). 위장용 얼룩무늬를 칠한 지첸하임 병영의 가건물 옆으로 마침 시내버스 한 대가 지나갔다. 축제 공연을 위해 그림으로 아름답게 장식한 그 버스는 위장용 얼룩무늬의 한 부분인 것처럼 보였다. 연병장 위로 비행기 그림자가 스쳐 지나갔다.

울타리 단지 안으로, 또는 그가 남 몰래 이름 붙인 '잃어버린 섬'으로 꺾어들면서부터, 그날따라 이상하게도, 몇 차례씩이나 연거푸 인사를 받았다. 린드버그 산책로에서 릴리엔탈 가에 이르는 동안, 지나가던 행인들에다 웬 낯선 사람까지 덩달아서 인사를 했다. 약사는, 그 인사가 사실은 평소에는 그의 아내(그녀 역시 약사였다. 아들만 제외하고 온 집안이 모두 직업이 같았다)가 타고 다니는, 그 고장에서 유명한, 전쟁 전에 만들어진 육중한 자전거를 보고 하는 것이라는 걸 깨달았다.

직원 두 명이, 그러니까 중년의 여인과 아직 어린애나 다름없는 청년이—여인은 청년의 어머니였는데, 이것도 약국의 전통에 속했다—벌써, 늘 그렇듯이 너무 일찍부터 와서 동네 한복판의 풀밭, 철책이 둘러쳐진 벙커 입구에 쭈그리고 앉아 기다리고 있었다. 그들의 머리 위로는 맑은 날씨를 예고하는 구름 한 점이 높이 떠 있었다. 그들은 몇 해 전 내전을 피해 남쪽에서 올라온 난민이었다. 그들은 그곳에서 사람들 입에 자주 오르내리는 저주의 욕설도 가져왔다.

"널 반겨줄 곳이라고는 병이나 나서 가게 될 약국이지."

약사에게는 딸이 하나 있었다. 그녀는 최근 학업을 마치고 그와 함께 일하다가, 여름 무렵에 그녀처럼 약사인 남자와 사귀더니, 그후 그의 집안에서는 새로운 종족인 어느 물리학도와 함께 '잃어버린 섬'을 벗어나 전혀 다른 곳으로 떠나버렸다.

딸은 떠나는 게 내키지 않는 듯했고, 그는 이상하게도 딸이 처음으로 자신을 염려하는 것처럼 느꼈다. 그러나 예나 지금이나 딸의 부재나 가까운 이들의 부재는 늘 그를 보호해주었다. 즉 그로 하여금 그들이 얼마든지 오랫동안 떠나 있을 수 있도록, 그들 없이도 최선을 다해 나름대로 잘 살아가겠노라고 다짐하게 해주었던 것이다. 아무튼 그는 그렇게 생각했다. 게다가 그는 그들이 없는 동안 아무 걱정 없이 낙원 같은 섬의 한가함과 행복을 만끽할 수 있었다. 못 할 것도 없지 않은가.

그러나 가까운 이들이 떠날 때마다—그는 "약사에겐 친구가 없게 마련인지, 내겐 진구들이란 상상도 할 수 없답니다"라고 말했다—그는 별도로 실존적인 결심을 했다.

"나 자신에게 어떤 규율이나 삶의 규범을 부여한다면," 하고 그는 말을 이었다.

"바로 이거라오. 지금 곁에 없는 네 가족들이—아주 넓은 의미에서의 가족이지요—어디서든 너 없이도 잘 지내고, 늘 그렇게 먼 곳에 머물 수 있도록 하라, 방해하지 말고!"

"그런데 가족 가운데 한 사람도 부재중이 아니면요?"

"언제나 한 사람은 부재중이게 마련이지요."

약국 종업원들이 대개 그렇듯이 탁스함 약국의 두 직원도 여느 판매원이나 종업원들과는 조금 달랐다. 시간이 흐르면서 적어도 단골 손님이라든가 특별히 조언을 구하는 사람들로부터 한낱 종업원 이상의 평가를 받게 되었다. 난민 출신 여인과 그녀의 아들은 이제 일개 직원이 아니라 권위자로 여겨졌고 또 그에 걸맞게 처신했다. 그들은 단순한 상품 판매인 이상으로, 만족스러울 만큼 일을 잘 해냈다.

그래서 약사는, 이번 여름이 처음은 아니지만, 그들이 가능한 한 재량껏 일하도록 내버려두었다. 그러자 당연히 한결 편해졌다. 가짜 환자며 불안증 환자, 의욕 상실자들도 줄어들었다. 마치 여름에 부재하는 가족들이 그뿐만 아니라 다른 사람들에게도 긍정적인 영향을 미쳐 용기를 북돋고 힘을, 정말 어떤 특별한 약이라도 주는 듯이 말이다.

그래서 약사는 이제 반나절 동안은 가게 뒤켠으로 물러나 있었다.

"온종일 내내 사람들을 상대하지는 않아요." 그가 말했다.

"꼭 그래야 하는 것도 아니고요."

약을 조제하는 것 자체는 별 대단한 일은 아니었다. 그렇지만 때때로 몇 가지 기본 원료들을 다루고, 수십 년 전부터 익혀온 손동작으로 그것들을 제3의 물질로 변형시키거나, 자신이 직접 배합한 원료들이 자체반응을 하면서 변하는 순간이면 그냥 그것만으로도 좋았다. 두통약, 심장 질환을 위한 물약, 관절염 치료용 연고와 같은 약들을 물리 화학적으로 조제하는 것은 시간과 비용이 많이 들뿐더러 실제로 별 의미가 없는 일이었다. 가게 앞 가판점에도 맛이나 냄새가 그의 조제품과 별반 다를 게 없는, 게다가 공장 심의까지 마친 유사품들이 쌓여 있기 때문에.

그래도 그는 그 작업을 아주 그만두지는 않았다. 비상 시기, 결코 그리 멀지 않은 비상 시기에 미리 대비하는 거라고 생각했다. 그 시기는 그 자신보다 다른 사람들, 즉 그의 고객들, 마을 사람들, 가까운 이웃에게 해당되는 것이었다 (어쩌다 돌아오는 야간 당번 때말고 외부에서 오는 고객이라곤 아무도 없었다). 그때 그의 손동작은 우리 같은 사람들이 머릿속으로 그려볼 수 있는 '약사의 손동작'과는 아주 달랐다. '약제사처럼' 비좁은 공간에서 깨작거리는 게 아니라, 앞으로 나아갔다 뒤로 물러서면서 팔을 휘두르며 허공을 더듬는 큼직한 동작들을 보여주었다.

한번은 갑작스런 침입이 있었는데—개점 이래 단 한 번뿐인 침입이었다—침입자는 그 뒷방에서 탁스함의 약사와 마주치자마자 칼을 떨어뜨리고 줄행랑쳤다.

"그자는 내가 전혀 두려워하지 않는다는 사실을 알아챘던 거예요. 그런 상황에서는 결코 두려워해서는 안 되지요."

"어떻게 그럴 수 있나요?"

"결코 두려워해서는 안 됩니다."

약사에게는 또다른 전문 분야가 있었다. 그는—이런 명칭이 가능하다면—버섯 전문가였다.

여름으로 접어들 무렵이면 적어도 유럽에서는 많은 약국들이 식용 버섯과 특히 독버섯이 그려진 안내판을 진열장에 내놓는다. 가끔은 진짜 이끼 위에 실물 모형이 정성럽게 진열되기도 한다. 그렇지만 숲이나 밭에서 진짜 버섯을 찾아낸 문외한들이 그것을 들고 와 조언을 구하면, 약국 사람들은 대부분 말없이 고개만 갸우뚱거리며 멀찌감치 떨어진 채 땅에서 캐온 버섯을 손가락으로 슬쩍 건드려보고는—제발, 유리에 모래를 떨어뜨리지 마시오!—탐탁지 않은 듯 애매하게 얼버무린다 : 독성이 있거나, 적어도 의심해

볼 여지가 있습니다.

　그러나 탁스함의 약사는 첫눈에 쓱 보거나 한번 만져보면, 혹은 킁킁 냄새를 맡아보고 약간 갉아먹어보기만 해도 금방 알아냈다(좀 까다로운 것들도 버섯 위나 안쪽에 기생하는 제각기 다른 종류의 벌레들, 달팽이, 집게벌레, 거미들만 보면 알아낼 수 있었다). 무엇보다도 그는 자기 앞에 놓인 버섯이면 무엇이든 예외 없이 감탄하곤 했다. 옆에 있던 어린아이가 손에 버섯 부스러기가 달라붙어 있는 줄 모르고 무심결에 입가를 훔치기만 해도 심각한 사태가 일어날 수 있는 경우에도, 또 문제의 버섯에서 삼 주일 묵은 송장 냄새가 사방으로 퍼져나가도 마찬가지였다.

　"혹시 버섯에 대한 내 열정이 아내와의 사이를 멀어지게 한 건 아닐까 하는 생각이 가끔 들기도 합니다" 하고 그가 말했다.

　"특히 가을날 저녁 집에 돌아오면 내 외투와 양복 주머니는 온통 놈들로 가득했거든요. 그리고 냉장고 안은 물론 식품 저장실, 지하실까지 버섯향을 잘 보존할 수 있을 만한 곳이면 어디든 버섯으로 가득 찼어요. 아내는 매일같이 나와 함께 버섯을 먹어야 했지요—식용 버섯은 의외로 종류가 많고, 한겨울까지 계속 나온답니다. 물론 나중에는 버섯으로부터 집을 보호하긴 했어요. 하지만 정원의 관목덤불 아래서, 또 나무 구멍 속에서 어김없이 버섯이 나타났고 향기가 풍겨나왔지요. 도대체 아내 모르게 어디에 버섯들을 숨길 수 있겠어요—그럼 나더러 버섯을 내버리란 말이오?

이 귀한 천혜의 선물을? 이 훌륭한 것들을?—정말 애석한 것은 개의 썩은 시체 같은 악취를 풍기는 그물우산버섯이에요. 이 버섯이 어릴 때는 비둘기 알만한데 그게 무엇과도 비교할 수 없는 별미라는 겁니다. 생으로 썰어서 소금과 올리브유를 뿌리면!"

이렇듯 약사가 그의 실험실, 아니 그의 부엌에서 몰두한 두번째 일은 버섯 연구였다. 때론 신념에 가득 찬 주방장으로, 때론 멈칫거리며 서서히 개념들을 익혀가는 견습생으로서. 그렇다. 급기야 그는 특별한 버섯 안내서를 준비하기에 이르렀다. 그 책에서 그는 이전에 흔히 무시당했던 많은 품종들의 가치를 설명하고, 나아가 특정 버섯을 먹었을 때 사람들에게 미치는 효력을 정확하게 기술하려고 했다. 그의 관심 대상은 환각을 불러일으키는, 소위 의식을 확장시키는 품종이 아닌 바로 '꿈의 버섯', 즉 '꿈을 확장시키는 버섯'이었다.

그의 이야기가 시작되던 무렵 특히 탁스함 주변에는, 이곳만 그런 게 아니긴 했지만, 심한 가뭄이 계속되어 전지역을 통틀어 버섯이라곤 한 송이도 구경할 수 없었다. 그런데 약사는 자신의 작업을 견본, 특히 그 견본의 향기에 의존하고 있었던 까닭에 이날 오전 버섯에 대한 그의 상상은 거의 진척이 없었다. 그는 고작 자신의 메모 가운데서 확인을 생략하려 했던 부분들을 지웠을 뿐이었다.

창문쪽 벽면을 온통 다 차지한 널따란 책상에 앉아서 그는 누렇게 바랜 뒤뜰 잔디밭을 내다보았다. 잔디 위로는 언제나 지빠귀 한 마리가—오직 지빠귀만이 그렇게 불쑥 허공에 나타날 수 있다—투구의 면갑(面甲)을 내리고 결투에 나선 기사처럼 어슴푸레 드러나는 검은 머리통을 들이대면서 날아들었다. 지빠귀가 연신 몸을 부딪치는 장애물들은 낮은 울타리에서 시작해 지평선에 이르는 마을 둘레의 높은 울타리까지 이어졌다. 그 순간 약사에게 한 가지 사실이 분명해졌다. 오로지 나뭇잎 하나가 흔들렸을 뿐이라는 것. 그리고 그 나뭇잎이 빚어낸 격렬한 번쩍임이 오전 내내 나무 한 그루로, 마침내 숲 전체로 퍼져 나갔다는 것을.

이따금씩 그는 앞쪽 매장으로 나가 일을 도왔다. 그저 물을 한 잔 따라 주었을 뿐이지만.

점심때 약사는 습관대로 간단한 식사를 위해 탁스함과 잘츠부르크 공항 사이에 있는 숲으로 갔다. 습관이라? 그것은 차라리 하나의 의식(儀式)이거나, 억지로 하면서도 철저히 지켰던, 자율적인 규칙이었다.

숲을 지나온 이방인에게 그 숲은 여러 모로 아리송하게 보이게 마련이었다. 그곳 주민들에게조차 이 숲은 가볼 만한 곳이 못 되었다. 주민들은 기껏해야 숲 밖에서, 평지치고는 이상하게 구부러진 도로로 차를 몰고 숲을 지나쳤다. 철책이 둘러쳐진 그런 구간은 전국의 숲을 통틀어도 쉽게 볼 수 없는 것으로, 우거진 관목 덤불에 이르러 다시 끝나버리는 짧은 길들 때문에 거듭 중단되기 일쑤였다. 자동차

바퀴 자국들이 깊이 패여 있는 그 길은 땅 위를 달리는 차량뿐 아니라 날마다 수백 대의 경비행기에서 버려지는 쓰레기로 뒤덮여 있었다. 나무들까지도 밑둥에서부터 꼭대기까지 종이와 플라스틱들을 뒤집어쓰고 있었다.

약사는 이 숲속에 숨어 있는 또다른 숲을 알고 있었다. 그 작은 숲은 물웅덩이와 야생딸기 덤불에 둘러싸여 있었는데, 덤불 사이 갈라진 틈으로 나무판자 하나만 걸치면 몸을 굽히지 않고도 안으로 들어갈 수 있었다. 잠시 어둠침침한 곳을 지나가면 개간지처럼 밝은 곳이 나왔다. 그곳에도 나무들이 그림자를 드리우고 있었다. 나무와 관목은 서로 일정한 거리를 두고 제각각—따라서 그림자들도 제각각—서 있었고, 나무 종류마다 한 그루씩, 딸기나무 한 그루, 자작나무 한 그루, 전나무 한 그루 하는 식으로 사방에 아주 불규칙하고 무질서하게 자라고 있어서 종묘 재배원이나 원예원 같은 인상을 주지는 않았다. 게다가 그곳에는 이 지역에서는 흔치 않을뿐더러 거의 볼 수 없는 품종인 밤나무, 세르비아산 가문비나무(빙하기를 견뎌낸, 비쩍 말랐지만 탑처럼 키가 큰 나무), 뽕나무 덤불, 근동산 무화과나무도 한 그루씩 자라고 있었다.

잔금이 죽죽 간 낡은 서류 가방을 들고 너도밤나무—역시 한 그루뿐이다—아래 앉는 순간, 그는 혼자가 아님을 알았다. 몇 개의 나무 그림자 건너편에 한 무리의 벌목꾼들이 톱이며 사다리 등 연장들을 한쪽으로 비켜놓은 채 자리를 깔고 앉아 점심 휴식을 취하고 있었다. 그들이 흙에서 파낸 잔뿌리 더미에 불을 붙이자 불길은 연기도 없이 활활 타올라 차례차례 뿌리를 삼켜버렸다. 약사도 인부들처럼 가방에 담아온—그들도 비슷하게 챙겨왔다—빵과 마지막으로 (탁스함의 슈퍼마켓에서 산) 사과까지 한 알 먹었다.

"약사?"

약품 냄새, 그가 원하든 원치 않든 간에 약국에 있는 동안 몸에 배어 밖으로 나온 후에도 한참 동안 없어지지 않는 약품 냄새는—그의 승용차도 온갖 약품 냄새로 가득 차 있어서 가끔 그는 운전하길 싫어했다—이미 오래 전에 가셨다. 그의 옷차림은 디자인이나 색상이 거의 눈에 띄지 않아, 어쨌든 벌목꾼들의 옷차림과 별 차이가 나지 않았다. 게다가 그도 그들처럼 맨발이었는데, 이곳으로 오는 길에서부터 이미 구두를 벗어 들고 왔기 때문이었다. 그에게 점심 시간이란, 반드시 허기 탓만은 아니지만, 일종의 무력감을 느끼게 하는 시간이었다. 그런 그에게 벗은 발로 맨땅을 밟는 것은 큰 도움이 되었다. 특히 이제 막 떨어진 밤나무 꽃잎들이 수북이 쌓여 있어 발걸음마다 부드러운 감촉이 느껴지는 이 숲길이 좋았다. 이 길을 지나면 단단한 나무 뿌리들이 고랑을 이루고 있는 곳이 나타났다. 날카로운 밤송이들이 널려 있는 이 안성맞춤의 들판에서 끝나는 발 마사지는 머리에서 발끝까지 시원하게 해주었다.

그들은 모두 말없이 점심 샌드위치를 먹었다. 그래서 점심식사 후에도 시간이 넉넉하게 남았다. 같은 방향을 바라보고 있었지만 그들은 각자 따로 있는 듯했다. 너도밤나무에 기대 있던 그가 무화과나무 아래 개간지에 숨겨져 있는 샘물을 마시자 사람들이 그를 알아보았다. 인부들이 어느새 다시 나무를 자르고 톱질하는 동안 그는 자기 자리로 돌아와 앉아, 여름이면 으레 그렇게 해온 대로, 중세의 기사와 마법사들에 대한 서사시 한 편을 읽었다.

"그런 이야기는 오히려 겨울철이 제격 아닌가요? 눈 덮인 성들이 쓸쓸히 고립된 계절에 꽃봉오리의 싱그러움과 호수에서의 물놀이 이야기를 하니까요."

"그렇지만 거기 묘사된 여름 풍경에서 나는 지금 이곳의 여름 세계를 깨닫게 됩니다. 그 세계는 내 눈앞에 한결 더 선명하게 드러납니다. 그러는 사이에 그 이야기는 단순한 마술이나 동화 속의 속임수가 아니라 하나의 사실이 되어 버리는 거죠."

"예를 들면요?"

"위를 쳐다보고 아래를 내려다보세요. 아니면, 몇 시간이고 울창한 수풀을 헤치며 돌아다녀보세요. 그러면 갑자기 당신 앞에 자동문 하나가 열리면서 누군가 당신 가방을 난방 장치된 홀 안에 내려놓고 당신을 중세의 모험으로 인도할 겁니다."

"그러니까 모험 비슷한 거 말이죠?"

"아뇨, 진짜 모험입니다. 거기 유목(幼木) 보호 구역, 숲속에 감춰진 숲에서, 이른 오후의 독서중에, 그리고 특히 짬짬이 눈을 감을 때마다 지하세계의 병사들이 열을 지어 서 있었소. 눈에 띄지 않도록 온통 잿빛이었지만 그래도 그들이 뛰어오르면 색깔을 알아볼 수 있었어요. 그들은 유리처럼 차갑게 빛나는 지하세계의 산 속이 아니라 여기 이 여름의 들판 아래서 만반의 준비를 하고 앉아 있었지요."

그는 또 약사회 월례 모임에 참석하기 위해 시내에 나가야 했다. 그의 동료들도 그의 이름은 모르고 그저 '탁스함의 약사'로만 알고 있었다.

그에게 그 모임은 지금 벌목꾼들과 함께 있는 이 시간과 조금도 다를 게 없었다. 빛과 나무 그림자 사이에서 움직이는 그들은 마치 말을 타고 달리는 기사와 같았다. 뒤이어 그도 말안장에 재빠르게 올라타고 그들과 맞섰다. 신기한 것은 그런 일들이 단지 이런 외부인이나 아웃사이더, 소외된 이들과의 만남에서만 일어난다는 사실이었다. 그가 난민 또는 난민의 후예였기 때문에 그 시절부터(아쉬움은 이미 오래 전에 사라졌는데도) 자신을 편입되지 못한 자, 소속 없는 사람으로 여겨온 탓일까? 아니면 직업상 누구의 간섭도 받지 않고 시골도 도시도 아닌 외지에만 줄곧 머물러온 탓일까?

더이상 변명하거나 이유를 대지 않고 그는 다만 "그냥 내버려둡시다"라고 말할 뿐이었다. 아무튼 그 뒤 모임 자리에서나 모임이 끝나고 오랫동안 카드놀이를 하는 그의 손에서는 너도밤나무 열매 냄새가 강하게 풍겨나왔다.

벌목꾼들의 머리 위로 구름이 몰려들고 경비행기들이 붕붕거리며 날아갔다. 탁스함의 약사는 갑자기 허기를 느꼈다. 무엇보다도 싱싱한 과일이 몹시 먹고 싶었다. 하지만 그곳에는 과일이래야 기껏 말라비틀어진 야생 버찌나 정원에 늘어선, 역시 말라비틀어진 까치밥나무 열매뿐이었다. 그러자 막연한 공허감이 엄습했다. 강렬한 식욕이었다. 그게 아니라면 충동이나 열망이었나?

집으로 돌아오는 길에 죽어 있던 시커먼 두더지의 그 뾰쪽한 옆얼굴까지도 그에게는 거듭 기사의 투구 면갑을 상기시켰다. 자연 속에서, 이른바 그의 사냥 구역 내에서는 열매나 버섯, 그 밖의 어떤 것도 찾을 수 없는 그런 어정쩡한 시기였다. 여느 때 같았으면 그는 그토록 아무것도 찾을 수 없음을 아쉬워했을 것이다. 하지만 이번에는 아무렇지 않은 듯 혼잣말을 했다. 달리 어쩌겠는가?

"찾을 게 없으니까 좋잖아?"

잘츠부르크 시내에서 약사는 몸을 안 보이게 하는 마법의 외투라도 두른 듯 여기저기 돌아다녔다. 그곳에서의 몇 년 동안을 통틀어 나는 꼭 두 번 그의 얼굴과 마주쳤다. 그는 시내에서 누구와도 가까이 지내지 않는다고 말했었지만 나는 시내에 있는 그를 알아볼 수 있었다. 물론 그때마다 깜짝 놀란 눈으로 다시 돌아보고 확인해야 했지만.

한번은 뮌히스베르크펠젠의 인적이 드문 골목길에서였다. 평상복 차림의 스페인 수상이 검은 양복에 선글라스를 낀, 어깨가 떡 벌어진 남자의 수행을 받으며 반대편에서 다가오고 있었다. 바로 그 보디가드가 탁스함의 약사였다. 지나치고 나서야 나는 그 사실을 깨달았다.

또한번은 내가 슈타츠브뤼케에서 그 당시 꽤 이름을 날리던 미국 여배우가(훗날 태평양에서 익사했다) '오스트리아 호프'의 발코니에 나와 수줍게 손을 흔들고 있는 모습을 바라보고 있을 때였다. 그녀가 내게 손을 흔들 리는 없었다. 물론 아니었다. 둘러보니 이 도시에서는 보기 드물게 세련된 한 낯선 신사가 제2의 리차드 위드마크*처럼 먼지투성이로 지친 채 그녀를 향해 손을 흔들고 있었다―그런데 저 사람 혹시 그 교외의 약사 아냐?―바로 그였다. 그는 어느새 사라졌고, 그 미인도 호텔 발코니에서 사라져버렸다.

동료들과의 월례 모임은 여름답게 짤막하게 끝났다. 몇몇 약국들은 벌써 휴가에 들어갔고, 가을철에 대비해 대부분의 새로운 약품들을 예약했다. 그러나 이 변두리에서는 지금 있는 것으로도 충분했다. 대개 전통 있는 오래된 약국들은 특히 관광객들 때문에라도 물건을 더 많이 들여놓아야 했지만, 후미진 탁스함의 약국은 사정이 달랐다.

이츠링의 약사와 리퍼링의 약사, 그리고 그. 세 사람은 모임이 끝난 뒤에도 살랑거리는 강바람이 더위를 식혀주는 잘차흐의 테라스에 좀더 앉아 있었다. 이츠링 변두리의 약사는 젊은 여자였는데, 언젠가 한번 어떤 약품에 대한 토

---

* 미국의 영화배우.

론 도중, 탁스함의 약사가 무의식적으로 그녀에게 불쑥 고백한 적이 있었다. 절대로 고의는 아니었다.

"당신 정말로 아름답군요!"

훗날 그는 내게 이 여자에 관해서도 이야깃거리가 있을 거라고 말했다. 그의 이야기만큼이나 모험과 수수께끼로 가득 차고, 게다가 분명히 더 에로틱할 이야기가. 그녀는 소설의 주인공이 될 만하다는 것이었다. 왜 내 얘기만 쓸 만하겠소? 그녀라고 안 될 게 없잖소? 그래서 나는 도대체 '이츠링의 약사'라 불리는 여자를 소설의 주인공으로 상상해볼 수 있겠느냐고 되물었다. 그리고 그도 일단 자신에 관한 책이 끝나기를 기다려봐야 할 일이었다.

내가 보기에는 비로소 그의 이야기가 시작되던 그날 오후, 그는 다른 두 사람 앞에서 또 생각에 잠겨 있다가 다짜고짜 미모의 약사에게 물었다.

"어쩌자고 그렇게 검게 태웠어요? 옛날 이집트 사람들은 남자들만 갈색이었고 여자들은 석고나 치즈처럼 하얀 피부였단 말예요. 왜 약사들이 요즘 죄다 태우고 돌아다니지, 그것도 여자들이?"

"선생님도 태웠잖아요. 그것도 농부처럼 심하게."

"내 경우는 저절로 된 거요. 햇볕과 그늘 속을 왔다갔다 하다 보니 이렇게 된 거지, 당신들처럼 '남서쪽 선탠-스튜디오'에서 크림 따위를 바르고 누워 하얀 가운에 잘 어울리도록 자외선에 구워낸 게 아니란 말이오."

"오늘은 심기가 불편하신가 보죠? 저를 위해 피라미드를 쌓을 작정까지 하시구요!"

그러는 사이 거의 귀가 들리지 않는, 변두리 마을 리퍼링의 노약사는 강 건너까지 들릴 만한 목소리로 쉬지 않고 자신의 별자리론을 떠벌리고 있었다. 그에 따르면 별자리 운은 사람들뿐만 아니라 지역은 물론 모든 나라에도 해당된다는 것이다. '각 국가의 운명은 그 국가를 지배하고 있는 별들에 의해 좌우된다! 인류의, 민족들간의, 또한 민족 자체의 역사도 제각기 사자좌, 전갈좌, 쌍둥이좌, 황소좌에 의해 좌우된다. 그러므로 유럽 연합은 말도 안 되는 이념에 불과할 따름이다. 모든 유럽 국가들은 제각각 다른 별자리 아래 위치하며 또 모두 똑같이 힘이 강해서 그 가운데 한 나라만 홀로 우월한 위치를 누릴 수 없기 때문이다. 독일만 해도 각 주들이 서로 다른 별자리의 지배를 받고 있으므로, 저간에 다시 현안이 되고 있는, 이 가장 큰 주*에 대한 불안감은 전혀 사실 무근의 기우다. 반대로 북미는 별 하나가 단독으로 지배하고 있기 때문에 연방공화국이 만들어질 수 있었고, 염소좌나 처녀좌 또는 산양좌 아래서도 여전히 하나가 될 수 있다.'

"말도 안 되는 소리!"

줄곧 생각에 잠긴 채 젊은 여자와 강물을 번갈아 바라보던 탁스함의 그 남자가 갑자기 말을 가로막았다.

"전형적인 약사들의 미신이지! 저 위, 우주로부터 시작되

---

* 독일을 가리킨다.

는 게 아니라 이 아래 지하로부터 시작되는 거예요. 또 우리는, 지역이건 국가건 저 지하에 휘둘리는 게 아니라, 오히려 자극받고 격려를 받아 약진하는 거라구요."

"저 지하 어디요? (젊은 여자가 이렇게 질문했지만 그녀 곁의 노인은 아랑곳하지 않고 자신의 국가와 별자리론을 완강하게 이어갔다.) 마그마 속에서요?"

하지만 탁스함의 남자는 어느새 또다시 생각에 잠겨 두 눈을 감은 채 숨조차 멈추고 있는 듯했다. 여자가 갑자기 그의 턱을 감싸쥐며 물었을 때도 그는 표정 하나 바꾸지 않고 말했다.

"전형적인 약사들의 미신일 뿐이야!"

"유고 연방 건은 처음부터 정말 고약하게 끝나게 되어 있었다구!"

리퍼링의 약사가 이어서 말했다.

"그 지역 모든 나라의 별에는 원래 서로 화해하지 못하고 이웃 별과 전쟁을 하게 된다는 징조가 있어."

버스를 타고 탁스함으로 돌아온 그는 일찍부터 문을 걸어 잠그고, 뒷방에서 해가 지도록 일했다. 때는 7월 하순이었다. 가끔씩 시간은 한 폭의 영상 안에 멈춘 듯했다. 모든 일이 잘 되어가고 있다고 느끼며 말없이 일하고 있는 지금 이 순간의 곡선의 영상처럼.

맞은편의 음식점은 깨끗하게 청소되어 있었다. 곧 이어 정적이 밀려들었다. 이미 해가 졌는데도 그 정적 속에서는 다채로운 색깔들이 꽃송이로 피어나고 있었다. 무엇인가가, 어떤 장애물, 혹은 블라인드, 축소경 같은 것이 옆으로 물러나더니 완전히 다른 세계지도가 펼쳐졌다. 그 지도는 축척이 다른 지도로, 모르는 지역으로 진입하는 데 필요한 지도가 아니었다. 합병이나 착복에 이용되는 지도는 더더구나 아니었다. 어쩌면 특정한 조치를 위한 지도였는지도 모른다—비록 곧바로 끊임없는 침묵 속에 빛이 바래 서서히 사그러들기는 했지만. 그는 손가락을 벌려 그 사이로 공기를 통과시켰다.

그는 책상을 팔로 짚으며 여러 번 몸을 일으켰다. 매장의 창살들을 지나 열린 창문으로 방금 물이 뿌려진 단지 내 도로의 젖은 먼지 냄새가 들어왔다. 그 냄새로 그는 벌써 오랫동안 뜸을 들이던 장마가 다가오고 있음을 알아챌 수 있었다. 동시에 마지막 울타리 관목 뒤쪽 지역에 갑자기 한바탕 쏟아진 소나기와, 이미 초여름부터 유랑을 시작해 적어도 일 마일은 떨어진 곳에 있는 서커스단의 냄새도 맡을 수 있었다.

약사가 주위에 알려지게 된 것은—이를테면 안드레아스 로저와 내게—바로 그의 후각 덕택이었다. 로저에게는 듣기와 경청하기가 생각을 계속하게끔 해주는, 그의 말을 빌리자면 "사고의 진전을 이루어주는" 것이었고, 내게는 특히 보기와 관찰하기가 그랬었다. 반면 우리와 그다지 가깝지 않은 그 사람에게는 후각이 그런 역할을 했는데—유별나게 코를 킁킁거리지도 않고 그저 코로 한번 냄새를 들이 마시는 것만으로, 별다른 도움 없이 수백 가지 사물을 동시에, 전혀 혼동하지 않고, 정확하게 구별해냈다(당연히 각각의 냄새들이 언제나 따로 떨어져 있는 것도 아닌데 말이다). 무언가 목격하고 나면 몇 개월 동안이나 그 장면을 망막 위에 잔상(殘像)으로 보존할 수 있는 사람들이 있듯이—그들은 그저 눈만 감으면 된다—약사는 잠깐 스치며 맡은 냄새든 아주 오래 전부터 맡아온 것이든 간에 언제나 새롭고 뚜렷하게 후각 신경 안에 보존해둘 수 있었다. 앞서 언급한 사람들의 경우 그 대상이 잔상에서 비로소 뚜렷하고 생생해지듯이, 약사에게는 냄새의 여운이 같은 작용을 했다.

서커스단의 냄새가 사라짐과 동시에 바로 옆 덤불에서 표범이나 난쟁이 원숭이 한 마리가 불쑥 튀어나오는 것이다. 그러면 약사는 다시 깊은 생각에 잠긴 채 실험실 책상 위로 뛰어올라 소매를 걷어붙이고 발가락 끝을 까딱거렸다. 변화된 인식의 관점이 때때로 시간의 간격을 연기하듯이 사물들은 새로워지고 상황이 재정리된다.

"하지만 그런 체험은 섬뜩한 일 아닙니까?"

"내겐 전혀 섬뜩하지 않았어요."

약사는 그의 이야기가 진행되고 한참 지난 후에 그 질문에 대답했다.

"적어도 그때까지는 그렇지 않았지요."

책상 위에서 바라보니 이제 해가 없어도 환한 가운데, 단지의 모든 건물들이 넓은 활 모양의 폐쇄된 아프리카식 원형 촌락을 이루고 있는 것처럼 보이는데, 그 원형 한가운데 위치한 작은 약국에서 내다보는 전망은 완전히 다르다는 사실을 깨달을 수 있었다. 그 건물들은 아래봬도 그 마을에서 가장 오래된 건축물인 약국과는 근본적으로 다르게 정렬되어 있었다. 마치 한가운데 있는 그 작은 약국을 무시하는 것처럼, 아니 그곳에 아예 아무것도 없다는 듯, 그가 보기에 유난히 대조적으로 보이는 주춧돌 위에 서 있었다.

돌아오는 길에 어깨 너머로 뒤돌아보니 납작한 마름모꼴의 돌이 주변으로부터 등을 돌린 채 거기 대초원의 끝자락에 서 있는 것이 눈에 들어왔다. 그 주변 어느 땅에도 속하지 않은 그 돌은 일종의 표석처럼 보였다. 잠에서 깨어난 아이 하나 없고 하늘에도 새 한 마리 없었다. 그 대신 구름 한 점이, 밝은 회색의 커다란 뭉게구름이 마치 순례중인 것처럼 천천히 동쪽 하늘 가장자리로 물러나고 있었다. 서쪽으로 방향을 잡을 수도 있었을 텐데, 아침나절일 수도 있었을 텐데.

저녁식사를 위해 약사는 여느 때와 다름없이 공항 레스토랑으로 향했다. 그 동안 끊임없이 증축되고 신축된 대합실 바깥, 주차장과 채소밭 건너편에 그대로 남아 있는 것은 그가 찾는 이 식당뿐이었다. 지하창고로 쓰던 것을 개조했거나 그 옆에 증축한 것으로 보이는, 천장이 낮은 작은 식당 내부는 언제나 변함없이 땅속에 반쯤 묻혀 있다. 예전에 밭고랑이었음이 분명한, 차가 거의 다니지 않는 길에서 몇 개의 계단을 밟고 내려가는 기분은 제법 괜찮았다. 특히 그 이느 깃에도 시선을 고정하지 않은 채, 이제 막 저물어가는 햇빛 속에서 망연히 바깥을 내다보는 것이.

예전과 달리 약사가 애인도 없이 우두커니 혼자 저녁 식탁에 앉아 있게 된 지도 한참 되었다. 그의 아내가 여기에 온 것은 그저 처음 한두 번뿐이었다. 그것도 그가 채집해서 그녀를 위해 요리해달라고 요리사에게 넘겨주었던, '인육 맛'이 나는 배가 불룩한 버섯을 억지로 먹었던 그날이 마지막이었다. 그 버섯은 먹으려고 첫 조각을 자르면 푸른색이다가 점차 올리브 그린으로 색깔이 변하는 버섯이었다.

고개를 들어보니 어느새 바깥에는 들판 위로 땅거미가 지고 있었다. 마지막 비행기가 착륙했다. 야간 비행기는 없었다.

그말고도 아직 손님이 앉아 있는 테이블이 반대편 구석에 있었다. 식당 문이 열려 있었지만 비교적 조용한 탓에, 어느 부부와 사복 차림의 신부가 나누던 대화는 나직나직 이야기하는데도 잘 알아들을 수 있었다. 그들 부부의 하나뿐인 아이는 집을 나가 벌써 몇 년째 돌아오지 않고 있었다. 그런데 그날 저녁 바로 그들이 아이를 쫓아냈다는 사실이 밝혀졌다. 그들은 아이가 다시는 들어오지 못하도록 문을 잠근 채 마지막으로 가방 하나만 달랑, 그것도 비닐 가방 하나만을 문 밖으로 던져주고 덧문까지 모두 잠가버렸다. 그리고 나서는 아무하고도 마주치고 싶지 않아서 여행을 떠났다는 것이다. 이제 그 두 사람 사이도 끝난 것이나 다름없었다. 부인 : "죽고 싶어요." ─남편 : "나도."

신부는 죽음이란 어쩌면 일종의 살토 모르탈레* 같아서 공중제비를 넘고 난 다음엔 또다시 두 발로, 그러나 전혀 다른 발로 딛고 서야 한다고 설명했다. 그는 성급히 말하느라 갈피를 잡지 못한 채 더듬거리다가 입을 다물고 말았다. 그리고는 세 사람 모두 말이 없었다. 부부는 울음을 터뜨렸다.

그들 건너편에 앉아 있던 탁스함의 약사는 계산서를 요청하느라 여러 번 팔을 들어 보여야만 했다. 계산대 쪽에서는 그가 보이지 않았기 때문이다. 그가 식당을 나서며 무어라고 인사를 하자 식당 주인은 그 말을 스페인어로 알아들었다. 스페인어? 그 스스로도 자신이 조금 전에 했던 말을 이해할 수 없었다. 도대체 그것은 언어가 아니었던 것이다.

안장이 상당히 높은 아내의 자전거를 타고 강변의 벌판을 가로질러 집으로 달려가는데 어느덧 칠흑같이 어두워진 강가의 풀밭에서 지독한 땀 냄새가 풍겨왔다. 커브를 돌고 나서야 야간 행군중인 군인들의 땀 냄새라는 걸 알 수 있었다.

강둑 길가에 사는 이웃들 가운데 한 가족이 아직 베란다에 앉아 있었다. 그는 그들과 정원 문 잠그는 시간에 대해

---

*Salto mortale : 죽음의 공중제비. 손을 쓰지 않고 대개 세 번 도는 공중회전.

대화를 나눴다(그러나 그는 아내가 집을 떠나 있을 때에는 언제나 문을 잠그지 않았다). 관목 울타리 너머 다른 이웃들은 머리도 잘 보이지 않았다.

그의 다락방 창들 중 한 곳에서 불빛이 가물거리는 것처럼 보였던가? 아니다, 먼 도로변의 가로등 불빛이 반사된 것뿐이다. 현관문 쪽으로 가는 길에 거미줄 같은 것이 달라붙었는데 현관 안으로 들어서자 또다시 얼굴에 달라붙었다. 그날 하루만이 아니라 상당히 오랫동안 집을 비워 두기라도 했던 것 같았다.

그는 아주 잠깐 텔레비전을 보았다. 한 남자가 입을 크게 벌리고 화면에 등장했고—그 남자가 말을 꺼내기도 전에 그는 텔레비전을 얼른 꺼버렸다.

늘 그렇듯이, 혼자 집에 남아 더이상 자기 영역에만 머무를 필요가 없어지면, 그는 어디로 가야 할지 종잡을 수 없었고, 제자리를 찾기가 어려웠다. 얼마나 오랫동안 아내의 공간으로 들어가지 않았던가, 지난번 그녀가 제법 오래 집을 비운 후로는 한 번도 들어가지 않았다. 이제야 그는 침침한 불빛 아래 이리저리 아내의 공간을 거닐어본다—전구의 절반은 필라멘트가 끊어져 있었다—그는 자신이 은연중에 자신에게 남겨진 메모나 징표를 찾고 있다는 것을 깨달았다. 하지만 그들이 함께 보낸 과거의 흔적은 하나도 남아 있지 않았다. 아들의 조그만 스티커 사진도 무슨 숨은 그림처럼 거의 알아볼 수가 없었다. 커다란 풍경사진 속의 나무 꼭대기 부분에, 그것도 머리가 아래쪽을 향하도록 달라붙어 있었던 것이다.

　그 밖에도 아내는 부서지기 쉬운 크고 작은 물건들을 자신의 욕실뿐 아니라 부엌에서도 치워 두었다. 그녀가 남기고 간, 그토록 엄격해 보이는 질서는 하찮은 물건 하나만 슬쩍 스쳐도 완전히 뒤죽박죽이 되어버릴 수 있었다. 어떤 것은 그저 가느다란 실 한 오라기에 매달려 있거나, 아니면 대개 어느 높은 모서리에 놓여 있었다. 크리스탈 구슬더미들은, 한눈에 봐도 기적처럼, 경사진 바닥 위에―꼼짝도 않고!―정지해 있었다. 뚜껑이 열려 있는 소금통은 설령 아주 반듯한 바닥에 놓더라도 살짝만 건드리면 엎어질 것 같았다. 소금통의 다리가 비스듬히 기울어져 있었기 때문이다. 또 연필 다발은 힘 주지 않고 그냥 손가락만 갖다 대도 부러질 정도로 아주 뾰족하게 깎여 있었다. 그렇다면 바로 이런 것들이 사실은 징표였단 말인가?

　그는 다시 자신의 영역으로 돌아와 침실의 베개를 뒤져 보았지만, 아무것도 없었다. 마구 흐트러진 것과 그 곁에 손도 대지 않은, 주름살 하나 없이 매끈한 베개. 두 베개의 기이한 대조. 빳빳이 서 있는 다림질 주름은 벌써 몇 년 전부터 유리 상자 안에 들어 있었던 듯 깨끗하다. 마치 지금은 아무도 살지 않지만 분명 누군가 살 만한, 누군가의 귀향을 기다리는 어느 성에 놓인 침대의 베개 같았다.

　딸이 휴가지인 섬에서 전화를 걸어, 그곳에서 좀더 머물 계획이라고 말했다. 아내도 잘 도착했다고 전화로 알려왔지만, 물론 어디라고 말하지는 않았다.

그는 '상대편'이 이기도록 상황을 설정해 두고, 자기 자신을 상대로 혼자 장기 한 판을 두었다. 활짝 열린 여닫이 창문을 통해 빠르게 흐르는 강물 소리를 들을 수 있었다. 둑 뒤에서는 눈에 띄진 않았지만 귀뚜라미가 울어댔으며 제방과 잡초 덤불, 땅 구멍 속에서는 섬세한 떨림이 계속해서 들려왔다. 가장 여름다운 소리들이었다. 달빛도 차츰 잦아들었다.

"뭘 하려는 거야?"

장기를 두던 상대편이 그에게 물어왔다.

"아직도 계속하고 싶은 거냐구?"

"응, 나는 계속하고 싶어. 앞으로 어떻게 계속될지 정말 긴장돼."

"뭐가? 누가?"

"내가. 우리가. 내 이야기가. 우리들의 이야기가. 우리 스스로 뭐든지 해야 할 거야. 그렇다고 무턱대고 심해 잠수나 히말라야 등정 따위를 해야 한다는 건 아냐."

"그렇다면, 그 계속이란 걸 어떻게 생각하고 있는데, 예를 들어서?"

"말하자면 누군가 지금 열린 창문으로 뛰어들어와 도움을 요청한다거나, 내 목에 칼을 들이댄다거나. 아니면, 내일 아침 침대 곁에서 뱀 허물을 하나 발견한다든가. 아니, 그냥 껍질만 가지고는 안 되고 보통 뱀보다 더 끔찍한 거라야 할 테고."

"그런데 왜 그렇게 주눅든 목소리야?"

"딸애도 그런 말을 하더군. 아내까지도. 한 사람은 내 목소리가 우물 속에서 울리는 것 같다고 했고, 또 한 사람은 운하 구멍에서 들리는 것 같다고 했지."

약사는 그날의 마지막 놀이로 상자 속에 장기 말들을 던져넣는 연습을 했다. 던질 때마다 상자가 조금씩 밀려났다.

그가 말린 버섯을 뜯어먹어서 그런 것인지는 알 수 없었다. 아무튼 그는 그날 밤 자신은 나오지 않는 꿈을 두 편이나 꾸었다. 첫번째 꿈 속에서는 그의 집 작은 지하실 근처에 지하 공간으로부터 도망친 탈주자들이 서 있었다. 방 하나가 화려하게 장식되고 축제처럼 불을 밝힌 방으로 변해갔다. 무언가 굉장한, 어쩌면 끔찍스러울지도 모르는 사건을 예고하기라도 하듯 방은 텅 비어 있었다. 게다가 그 방은 이제 막 생겨난 게 아니라 유사 이래로 줄곧 그래왔던 것처럼 보였다.

두번째 꿈에서는 이웃 정원들의 울타리 관목들이 강제로 철거되거나 갑자기 쓰러져서 없어졌다. 사람들은 그저 정원과 테라스에서 서로 바라볼 뿐이었다. 하지만 그게 다가 아니었다. 갑자기 발가벗겨진 집들은 어디서든 훤히 들여다보였다. 훤히 들여다보이기는 옆집도 마찬가지였다. 처음에는 모두들 서로 끔찍한 수치심을 느꼈지만, 수치심은 차츰 일종의 해방감으로, 그렇다, 거의 기쁨으로까지 변해갔다(주목할 것은, 울타리가 없어진 이 집들이 모두 늪지나 물 위에 세워진 수상 가옥들이었다는 점이다. 집집마다 그 아래 말뚝에 보트를 한 척씩 매두고 있었다).

그러고 나서는 돌연 깜깜해졌다—이것도 꿈이었던가?—암흑 외에는 아무것도 없었다. 더이상 어떤 장면도 진행되지 않았다. 마치 영화의 마지막 장면처럼. 아무튼 모든 존재하는 것들의 끝. 암흑은 약사가 당장 그 자리에서 깨어날 정도로 무겁게 사방에서 몰려들었다. 약사가 잠에서 깨어난 후에도 암흑은 사라지지 않고 머물러 있었다.

"나는 정말 잊고 있었어요." 그가 설명했다.

"며칠 전에 피부에서 조그만 검은 혹 하나를 도려내고 조직검사 결과를 기다리고 있었다는 사실을 말예요."

그는 밤새도록 그렇게 똑바로 누워 다리를 꼰 채 잠들었던가? 그가 잠든 사이, 활짝 열린 창문으로는, 뭉게뭉게 커져가는 구름 속에서 기울어진 달이 앞으로 넘어질 듯 아래쪽을 굽어보며 나타났다.

2

먼지 바람이 부는가 싶더니 어디선가 비 냄새가 났다. 그리고 이제, 여명 속에 저 아득한 지평선이 어스름하면서도 뚜렷하게 드러났다. 그는 특히 이런 날을 좋아해서 저녁때까지 계속 그렇게 있었으면 하고 바라곤 한다(기나긴 여름 해와 푸른색은 영겁의 빙설과 무언가 비슷한 느낌을 주었다).

이처럼 어둑어둑한 날에는 여느 때와 다름없이 하루를 시작하려 해도, 시합 전의 마지막 스타트처럼 조금씩 떨리게 마련이었다. 사위에 고요가 감돌고, 태양 때문에 빚어지는 환각도 없었다. 이러한 어둠 속의 명료함 덕분에 일시적으로 모든 것이 해결되어 아무런 걱정이 없는 듯 느껴진다.

눈부신 햇빛 속에서 이런 밤의 어두움이 지속될 수 있다면!

수영하러 뒤편 강으로 갔다. 해가 들지 않는데도 강물은 전혀 다른 광채를 띠며 반짝였고 훨씬 덜 차갑게 느껴졌다. 국경을 지나 강물에 몸을 맡긴 채 둥둥 떠내려가며 보니, 강기슭의 나무들 사이로 집 한 채가 보였다. 어제는 없었는데? 더구나 저렇게 낡은 집이?

그렇다면 정원에서 내다보이는 먼 산중에 배의 돛처럼 밝게 솟아 있는 암벽도 밤사이 새로 생겨난 것인가? 그는 자기도 모르게 어두운 허공을 향해 두 팔을 뻗었다. 산 중턱에 있을 누군가에게로.

중세 서사시 읽기. 이상한 일이지만, "세상에서 가장 멋진 강가의 풀밭"이 읊어질 때마다 각 주인공들이 곧 끔찍한 상황에 처하게 되리라는 것을 누구나 훤히 알 수 있었다. 다리가 잘리고 머리통은 반만 남은 기사가 피를 흘리며 들것에 누워 있거나 머리를 땋아 늘인 처녀가 나무에 목을 매달아 죽는 식이었다.

그새 비가 내리는 건가? 아니다. 아주 작은 벌레들이 정원의 포플러나무에서 한꺼번에 떨어져 잔디 속에서, 또 책갈피 위에서 바스락거리는 소리였다. 혹 하고 불어도 놈들은 떨어져나가지 않았다. 아무리 세게 불어도 꼼짝 않고 활자들 틈에 앉아 있다가 잠잠해지면 다시 움직이기 시작했다. 박쥐 한 마리가 가죽 두들기는 소리를 내며 덤불에서 불쑥 날아 올랐다. 아침녘에는 드문 일 아닌가? 하지만 이런 날 아침에는 이상한 일도 아니었다. 게다가 박쥐는 평소

보다 천천히 날아서 눈으로 따라잡을 수도 있었다. 최초로 하늘을 날았던 새도 평소에 푸른 하늘을 그만큼 높이 날지는 못할 것 같았다. 아니, 더 높이 날 수 있을까? 어쨌든 그 박쥐는 그 어떤 비행기나 인공 위성도 날 수 없을 만큼 높이 날아갔다.

유일하게 소란스러운 놈은 까마귀였다. 이 터주대감은 이미 오래 전부터 겨울 철새에서 텃새로 변해버린 듯했다. 여기 이 지역에서만 그런 게 아니었다. 놈들은 대부분 모습은 감춘 채, 한 가지 소리만 내지르는 늙은 장닭들마냥, 점점 더 시끄럽게 제법 높은 공중에서 소리를 질러댔다. 이따금 힘차고 낮은 소리로 꾸르륵거리면서 마치 눈감고 실로폰을 두드리는 듯한 소리도 냈다.

바로 그때 수천 마리 가운데 한 마리가 이웃집 정원의 히말라야삼나무 꼭대기에 모습을 드러냈다. 이 나무 역시 그는 이날 아침 처음으로 알아보았다. 까마귀는 코끔처럼 생긴 나뭇가지 끝에 옆모습을 보이고 앉아 주둥이에는 동그란 열매 하나를 문 채 격렬하게 날갯짓을 하고 있었다—정원도 이곳에서 흔히 볼 수 있는 정원들과는 달리, 전혀 다른 지역에서 나는 그런 낙과(落果)들로, 망고와 라이취, 키위 조각들로 온통 덮여 있었다—깃털은 쥐어뜯긴 듯 마구 헝클어져 있었으며 날개는 여러 군데 꺾이고 부러져 겨우 달라붙어 있는 것 같았다. 여분의 날개라도 가지고 있는 걸까, 아니면 여러 마리의 까마귀들이 떼지어 웅크리고 있었던 걸까? 그래서 서로의 깃털에서 파리들을 쪼아먹느라 그렇게 된 건가?

"까마귀야, 이리 날아와서 말해보렴!"

그러자 까마귀가 나무 꼭대기에서 날아와, 정원 탁자 위에 펼쳐진 책과 블루 마운틴 커피 옆에 앉았다. 까마귀는 우선 고갯짓과 날갯짓으로 일련의 소리 없는 유도신호를 완벽하게 펼쳐 보이더니 입을 열었다.

"……"

까마귀가 날아오르자, 녀석이 앉았던 탁자 위에는 통통한 구더기 한 마리가 웅크리고 있었다. 녀석의 주둥이에서는 심한 악취가 풍겼고 머리에는 밝은 반점이 있었다.

"어서 도화선에 불을 붙여라!"

까마귀가 다시 입을 열었다. 그곳을 바라보니 정말 오래 전부터 녹이 슨 어린이용 고리 던지기 말뚝 옆에 흰 도화선 끄트머리 같은 것이 삐죽 나와 있었다—그는 명령대로 거기 불을 붙였다.

"그리고 손으로 빵을 잘라라, 기계로 하지 말고!"

그는 이번에도 명령에 따라 다른 사람한테 주려는 것처럼 아침식사용 빵을 잘랐다.

그러고 나서 약사는 집 앞에 세워 놓은 커다란 새 승용차를 닦았다. 그 차는 집 옆 강둑 폭만큼이나 넓었다. 뒷좌석까지 말끔히 청소하고 나니 완벽하게 무장하고 준비를 끝낸 것 같은 기분이 들었다. 이런저런 약점들이 있기는 했지만 까마귀는 틀림없이 "괜찮다!"고 말할 것이다.

창문을 열고 핸들 위에 두 손을 얹은 채 출발 전에 서사시 한 장을 더 읽었다. 여전히 흐린 날은 바람 한 점 없었다. 그 대신 책장에서 바람이 일었다.

"오늘부터 이야기가 끝날 때까지 신문 절대 금지!" (까마귀)

그리고 실제로 이 이야기가 진행되는 시기는 신문이 필요한 시기가 아니었다. 막 출발하려고 할 때 집에서 누군가가 그의 이름을 소리쳐 불렀던가? 아니 그 뒤의 강바닥에서 들린 소린가? 애절하게? 구해달라고? 아니다, 또다시 까마귀가 깍깍대는 소리였을 뿐이다.

"그리고 오늘부터, 이야기가 끝날 때까지, 넌 이름이 없어!"

한 이웃이 차 안의 그를 알아보지 못하고 그대로 자동차 옆을 지나쳤다.

출발 순간에 마지막으로 바라본 것은 집이 아니라, 집 앞의 우편함이었다. 여름 내내 편지가 온 것 같은 허상을 보여주며 그를 속여왔던 그 우편함 속에는 햇빛 한 점 들지 않았다. 바로 이게 이처럼 맑으면서 어두운 날의 장점이기도 했다—빈 것은 빈 것이었다.

차를 몰고 가는 도중 어떤 힘을 체험했다. 자동차에서 나오는 힘은 아니었다. 오히려 어떤 이질적인, 어쩌면 불필요하고 하찮은 것일 수도 있는, 그러면서도 치명적인 질병의 징후일지 모를 어떤 힘이었을까? 까마귀가 아쉬웠다. 달리 누구를 아쉬워하겠는가? '원초적인 상황', 이것은 중세 서사시에서 전쟁을 의미하는 단어였다. "그들은 '원초적인 상황'을 향해 말을 달렸다."

　그날 저녁 울타리 단지 또는 잃어버린 섬에서 일을 끝내
고 연구를 마친 그는 슬그머니 지하식당으로 향했다.
　뒤편에 있는 실험실에 온종일 틀어박혀 있는 동안 그는
누군가와 딱 한 번 눈길이 마주쳤다. 약국 창살을 통해 저
쪽 울타리 너머에서 그네를 타고 있는 꼬마 아이가 보였던
것이다. 꼬마는 작은 몸집에 어울리지 않게 높이 오르락내
리락하고 있었다. 아이가 아니라 난쟁이였던가? 어쨌든 그
렇게 누군가와 눈이 마주치기에 딱 맞는 점심 무렵의 일이
었다. 기운이 빠져서 멍한 상태였던 것이다.
　날은 줄곧 그렇게 어둡고 청명했다. 그리고 이제, 탁스함
과 공항 사이 '구부러진 숲' 옆을 지나가는 중이었다―그
숲은 길게 구부러진 국도(國道) 때문에 그렇게 불렸다. 마
침내 올 여름 들어 처음으로 비가 내리기 시작했다.
　곧바로 숲길 가운데 한 길로 꺾어들어 차에서 내렸다. 덤
불을 지붕 삼아 나무등걸 위에 걸터앉았다. 멀리 떨어진 나
무줄기를 향해 조약돌 하나를 던졌다 : 명중.
　약국 냄새가 나지 않은 지도 오래되었다. 아니면 이젠 다
른 식으로 나는 걸지도 모른다―몇 주 동안 계속된 가뭄
끝의 첫 빗방울들. 먼지 속에서 드문드문 보이는 분화구 같
은 빗방울 자국들(그렇다, 심지어 숲속에도 먼지가 발목까
지 쌓여 있어서 신발이 뿌옇게 먼지투성이가 되기 일쑤였
다). 빗방울들이 떨어지면서 생긴 작은 흙 구슬들이 굴러다

니고, 나무껍질 부스러기들이 빗방울을 튕긴다:어쩌면 언젠가 새로운 시대도 그렇게 시작되었을지 모른다. 혹은 정지와 경직의 반(半)영겁이 흐른 후에야 비로소 시간이라는 것이 움직이기 시작했는지도 모른다.

그 진행 과정을 더 가까이 보기 위해 몸을 쪼그리고 앉았다. 이렇게 몸을 웅크리면 자기 자신과도 가장 가까워질 수 있다. 시선은 가능한 한 먼 곳을 향했다. 세워 둔 차 안은 짙어지는 주위의 어둠과 달리 독특한 광채로 가득했다. 빈 의자들이 더욱 선명하게 드러나자 마치 더 많은 의자들이 몇 줄이고 이어져 있는 것처럼 보였다. 그 뒤 공항에서는 마지막 비행기가 이륙중이었다. 창가의 한 탑승객이 창밖에 서린 김을 비행기 안에서 닦아내려 애쓰고 있었다. 오른편 고속도로 위로 끝없이 이어지는 온통 흰색의 화물 수송 차량들은 새로 터진 전쟁에 참전하려는 유엔군이거나, 아니 어쩌면 그들의 귀환 행렬인지도 모른다(화물 차량 몇 대는 반은 불에 탄 채 다른 차량에 의해 견인되고 있었다). 왼쪽으로는 숲 가장자리에 개 훈련장이 있었다. 개 한 마리가 대피 통로에 갇혔는지 애절하게 짖어댔다. 다른 한 마리는 벽 뒤로 몸을 숨긴 조련사에게 연신 뛰어오르며 으르렁거리고 있었다. 그 개는 "도주하는 범인" 역을 맡은 조련사의 팔뚝에 감긴 헝겊 뭉치를 꽉 물고 놓아주지 않았다. 조련사가 둥글게 팔을 돌릴 때마다 허공에서 개가 이리저리 흔들렸다.

빗줄기는 더욱 굵어지고 들판은 점점 황량해졌다. 날이

어두워져서, 사물을 분간하기가 어려웠다. 그렇다고 아무것도 보이지 않을 정도의 이 흐릿함 속에서 사고(思考)가 더 명료해지고 분명하게 각인되는 것도 아니었다. 어린애들이 자주 쓰는 말인 "바보상자 들여다보기"라고 하면 어울릴 상황이었다.

그 순간 뭔가 번쩍하더니 순식간에 눈앞이 깜깜해졌다.

아니면 정말로 코앞에서 무언가 심한 타격을 입기라도 한 것일까, 그것도 바로 일 주일 전에 조그만 검은 혹을 도려냈던 이마의 바로 그 부위를? 칠흑 같은 어둠 속에서 잇달아 여러 대를 얻어맞았던 것일까?

이 이인전(二人戰) 내지 십인전(十人戰)의 싸움에서 그가 자신을 방어해야겠다고 생각한 건 그저 처음 잠깐뿐이었다. 상대가 누구든 간에 맞서 싸울 게 아니라 차라리 될 수 있는 한 오래 참아내는 것이 오히려 이 상황을 벗어나는 길이라는 생각이 들었기 때문이다.

머리를 한 대 얻어맞고 주변이 온통 깜깜해지던 그 순간 갑자기 무언가가 분명해지는 것 같았다: 지금부터는, 그리고 언제까지가 될지 모르겠지만, 앞으로도 그가 완전히 변화된 존재가 되기를 끈질기게 강요하는 이 새로운 상황을 정확히 파악하지 않고서는 더이상 한 발짝도 움직일 수 없을 것만 같았다. 물론 이 새로운 상황은 아직 뚫고 나갈 수 없을 정도로 그렇게 바짝 죄어오고 있는 건 아니었다.

그것은 습격이었을까?

"습격이었다면," 그는 한참 지난 후에 내게 말했다.

"내 조상들이 감행한 걸 거요. 하여튼 그 일격 후로 꽤 오랫동안 나는 주위에서 조상들의 냄새를 맡았거든요."

"좀더 얘기해주시지요."

"안 돼요. 당신은 기록자이지 내 이야기의 주인이 아니오. 나 자신도 결국 내 이야기의 주인은 아닙니다. 내가 이야기할 수 있는 것은, 정신을 차려 보니 내가 덤불 가지들 사이, 나무 밑둥 뿌리 사이에 내동댕이쳐진 듯 몸을 옹크리고 누워 있었다는 게 전부입니다. 그런데 그 동안 잘츠부르크 특유의 장대비가 억수같이 퍼부었는데도 하나도 젖지 않았단 말이요. 나는 묘한 환희를 느꼈소. 감사의 마음이나 감동이었는지도 모르겠소. 때가 온 거요. 전투를 시작할 만했어요. 깜깜한 어둠 속에서의 일격은 마지막까지 남아 있던 약국과 실험실 냄새를 내게서 다 털어내버렸고, 나는 마냥 그렇게 덤불 속에 누워 있고 싶었소. 뭐라도 잡고 싶었어요. 야생 짐승이라도 사냥하고 싶었소. 인간이 야성을 드러내는 건 얼마나 순식간인지. 그 관목 덤불의 마른 낙엽 위로 피가 몇 방울 떨어져 있었던 겁니다."

"그럼 아주 칠흑같이 어둡지는 않았던 거군요?"

"아무도 이 이야기의 주인이 되어선 안 됩니다. 그러니까, 이제 그 순간에 대해선 딱 한 가지만 더. 바로 그 일격은 갑자기 어떤 냄새를 떠올리게 했지요. 어떤 향기, 아니 차라리 향료 같은 그 어떤 것을 말이오."

차를 다시 몰고 가기 전에 그는 유난히 밝은 헤드라이트로, 숨겨진 유목(幼木) 보호 구역 내부를 비춰 보았다. 그가 점심때면 찾아가서 보았던 몇몇 나무들은 이제 그곳에 없었다. 야생 버찌나무, 근동산 무화과, 밤나무, 참나무, 포플러나무는—그곳에는 이상한 십자로가 나 있었다—사라졌다. 그게 아니라면, 도무지 아무것도 볼 수 없게 퍼붓는 빗줄기에 묻혀 눈에 띄지 않았다.

그 대신 그 앞 잡목 숲에는 사람의 몸뚱어리가 여기저기 마구 뒤섞인 채 흩어져 있었다. 위로 묶어 맨 자루마다 밖으로 삐죽이 나온 정수리의 가마 부분만이 비에 젖어 있었다. 시체들인가? 전쟁이 났나? 사실 그것은 잡초 덤불 아래 누워 쉬고 있는 한 중대의 군인들이었다. 어제의 야간 행군으로 너무 탈진한 탓인지 그렇게 강렬한 헤드라이트 불빛을 받고도 단 한 사람만이 한쪽 눈을 찡그리며 침낭에서 내다볼 뿐이었다.

식당 앞 야외 주차장에는 요리사의 자동차 한 대만 주차되어 있었다. 그런데도 지하 레스토랑은, 매일 저녁 그가 예약하는 테이블만 빼고 놀랍게도 전부 다 차 있었다.

취항이 취소된 여객기의 승객들을 공항측에서 이 들판 건너 식당으로 보낸 것인가? 그렇다면, 모두 똑같은 음식을 앞에 놓고 있어야 할 텐데—그런 것 같지는 않았다. 그들은 서로 알고 있는 듯했다. 아무튼 서로 친한 사람들처럼 보였다. 테이블 너머로 대화가 오가지는 않았지만, 어쩐 일인지 줄곧 이리저리 눈길을 주고받았다. 흔히 음식점에서 낯선 사람들 사이에 오가는 눈길처럼 재빠르게 훔쳐보는 게 아니라 조심스럽게, 눈을 크게 뜨고, 식사중인 옆 사람을 방해하지 않으면서도 서로에게 기분좋게 참견하는 그런 눈길이었다. 그러나 그가—여느 때처럼 고개를 숙이며 낮은 지하실 문으로—들어설 때 그에게 눈길을 돌리는 사람은 아무도 없었다. 그렇지만 뭔가 안다는 듯한 미미한 동요가 좌중을 휩쓸고 지나갔는데, 마치 그가 온 것을 기뻐하는 듯했다. 그건 그도 마찬가지였다. 그는 이 모든 것을 그다지 특별하게 받아들이지 않았다. 이 사람들은 어디선가 한 번 만난 적이 있는 것 같았다. 그리고 그건 좋은 징조면 좋은 징조지, 불쾌하거나 나쁜 일은 아니었다.

그럼에도 불구하고 그곳에서도 어떤 위기의식이 잠시도 그를 놓아주지 않았다. 단순한 충돌의 위기가 아닌 사멸의 위기. 손바닥 한 번 뒤집는 것만으로도, 잘못된 손놀림 한 번, 하다못해 잘못 토해낸 숨결 한 번만으로도 때를 놓칠 것 같았다.

그는 소름이 끼쳤다. 이런 모습은 아무도 눈치채서는 안 된다. 그런데 어째서 안 된단 말인가? 비에 흠뻑 젖었으니 얼마든지 그럴 수 있는 일이었다. 게다가 모두 그에게 친절했다. 그리고 그들 가운데 몇몇도 소름이 돋지 않았는가? 와이셔츠와 블라우스도 상당히 젖어 있지 않은가(의자에 걸쳐놓은 가벼운 여름용 재킷에서 물이 떨어져, 니스 칠을 한 오래된 지하실 점토 바닥에는 군데군데 조금씩 물이 고여 있었다)? 그렇지만 그의 유별난 오한은 외부에서 생겨

63

난 것이 아니었다. 그것은 밑에서, 바닥에서 올라오는 것 같았다. 게다가 얼마간은 바닥이 떨리는 것인지 그의 발만 그렇게 격렬하게 떨리는 것인지 분간할 수 없었다. 떨지 않으려고 힘을 주는 바람에 묵직한 테이블이 밀렸다. 음식점 안에는 여름 몇 주간의 더위가 아직 남아 있었다. 아무도 추위를 느낄 리 없었다.

"뭘 드시겠어요?"

(그를 단골손님으로만 알 뿐, 그의 이름도 직업도 모르는 주인이 물었다.) 손님인 그가 미처 입을 벌리기도 전에 주인은 한마디 말도 나오지 않으리라는 사실을 이미 알고 있었다. 그는 말을 잃어버렸다. 그 순간만이 아니라 아주 오랫동안. 하지만 어째서 조금 전 칠흑 같은 어둠 속에서 일격과 타격을 당하면서도 경악은커녕 죽음에 대한 공포조차 느끼지 않았을까?—이미 오래 전부터 그는 자신에게 죽음에 대한 두려움 따위는 없다고 믿어왔던 것이다.

말을 잃어버린다는 것은 어떤 것일까? 이따금 꿈속에서처럼 도망쳐야 하거나, 누군가를, 가까운 친척을, 가족을, 물에서, 불에서, 낭떠러지에서, 괴물로부터, 갈기갈기 찢는 도깨비로부터 구해내야 하는데, 무거운 돌자루처럼 그 자리에서 꼼짝도 할 수 없는 상황과 같은 것일까.

그는 무엇이 먹고 싶은지 설명하려고, 말하려고 애썼다. 식탁 위에 놓인 촛불의 불꽃을, 그 푸른 투명함 속을 잠깐 손으로 만져보기까지 했다. 혹시 고통이, 죽은 혓바닥이 다시 살아나 펄쩍 뛰어오르도록 도와줄지 모른다고 생각했지만 희미한 신음조차, 끽 소리조차 나오지 않았다.

아무것도 먹고 싶지 않은 게 아니었다. 갑자기 그는 오랫동안 느껴보지 못한 심한 허기를 느꼈다. 그것은 어쩌면 이 비 때문인지도 몰랐다. 비가 내리자 음식뿐만 아니라 주위의 만물들이 한층 더 신선하고 입맛을 돋우는 듯했다.

거기에다 또한, 실어증으로 인해 생겨나 그 동안 쌓여 있기만 했던 또다른 욕구마저 눈을 뜨거나, 폭발하거나 혹은 터져나왔다. 이 욕구는 대체로 그의 내부에서보다는 대기 중에서 더 많이 느낄 수 있었다. 의문화법을 쓴다는 것은 문제 해결을 갈구한다는 것을 암시하지만 그게 여기서는 다른 법칙으로 적용될 수도 있었다. 욕구가 해소되기를 갈구한다는 것이다! 그런데 어떤 종류의 욕구인가? 그것은 서툴고 미숙한데다가 한 번도 행동으로 옮겨진 적이 없는, 일반적인 관습도 아니고 가능한 한 사용되지도 않았던, 유치하고 황당무계하며, 그 자체로 부끄럽고 그래서 당연히 전혀 우아하지도 않은 욕구로서, 겉으로 보기에는 치통이나 배앓이, 다급한 변의(便意)나 용서를 구하는 비굴함 등과 혼동될 정도로, 형편없이 애매모호하고 오해의 소지가 있는 것이었다.

간절히 먹고 싶은 음식을 메뉴판에서 가리킬 수조차 없었다. 그는 이리저리 손을 휘저어대기만 했다. 주인의 손에서 주문용 메모지를 쳐내기도 했다. 다행스럽게도 주인이 그날의 특별식을 권했다. 바로 그가 먹고 싶어하던 것이었고, 그의 고갯짓은 동의의 표시로 제대로 해석되었다.

"지금 내린 비 덕분에 곧 다시 선생님의 버섯을 별식으로 내접할 수 있겠군요" 하고 주인이 말했다.

"이마에서 피가 많이 나는데요, 사고인가요? 차 앞 유리창에 부딪치셨나요?"

그러고 나서 그는 찬물에 담갔던 수건으로 손수 그의 머리를 싸매주면서, 바로 옆 테이블에서 보내는, 호기심이 아니라 말없는 염려의 눈길을 진정시키려는 듯 덧붙였다.

"아주 심하진 않은데요!"

그리고 또 말했다.

"수건이 잘 어울리는군요, 선생님을 위해 만든 것 같습니다."

음식점 지붕 위로 몇 시간째 북을 두드리듯 밤비가 쏟아진다. 그 주변 지역에 며칠간이라도 그치지 않고 더 내릴 기세였다. 그는 마치 지하식당 안의 모든 사람들을 뒤에서 바라보고 있는 것 같았다. 그것도 저 위 지붕도 없는 곳에서 비에 흠뻑 젖은 채 태연한 척 쉬지 않고 먹어대면서. 이따금 사람들은 꿈속에서 자기 자신을 이처럼 뒤에서 바라본 적이 있을 것이다. 낯선 이들 몇몇이 함께 등장하는 그런 꿈속에서 사람들은 자기 스스로가 관객이면서 동시에 모험 영화의 주인공이 된다.

손님들은 제각기 바지 주머니에서 커다란 지폐를 꺼내 값을 치르고는 하나 둘씩 밖으로 나갔다. 택시기사나 운전기사들이 그들을 마중 나왔다. 식당에서 뛰어나간 손님들은 하나같이 우산을 들고 온 기사들과 쌍을 이루어 걸어갔다. 적어도 두 사람 가운데 한 사람은 낮은 지하식당 출입문의 들보에 머리를 부딪쳤다. 웬만한 보통 키의 여자들도 모두 그랬다. 그중 한 여자는 밖으로 나가다가 그에게 재빨리 미소를 지어 보이며 말했다. "행운을 빌어요!" 그러나 다른 이들에게는 문 옆에서—몸짓도 손짓도 하지 않고—밤 인사로 눈만 깜빡여 보였다. 그들은 어쩐지 모두 남루하고 허름해 보였는데, 단순히 면도를 하지 않은 얼굴이나 오랫동안 빗지 않은 듯한 머리카락, 절도(節度) 없는 걸음걸이 같은 것 때문은 아니었다. 완전히 부서지고 무너져 대책도 희망도 전혀 없는 듯한 분위기가 느껴졌다. 그들 가운데 어느 누구도 그날 밤을 무사히 넘기지 못할 것 같았다.

그사이 그의 식탁은 치워졌고, 식탁 위에 놓인 중세에 관한 책 속에서는 칼싸움이 벌어져 누군가 심장이 드러난 채 쓰러져 있는 모습이 보였다.

그도 주머니에서 돈을 꺼내 지불했다. (물론 그에게 새삼스러운 일은 아니다.) 주방에서 일하는 사람들은 모두 유리벽 뒤에서 벌써 두 손을 늘어뜨리거나 팔짱을 낀 채 서 있었다. 피부가 거무스름한 한 남자만이 아직 설거지를 하고 있었는데 아무래도 그는 그 식당에 어울리지 않게 몸집이 너무 큰 것 같았다. 수도꼭지 앞에서뿐 아니라 그릇들을 선반에 정리할 때도 등을 구부린 자세였다.

어제 저녁처럼 아직 손님이 남아 있는 테이블이 하나 더 있었다. 이번에는 남자 둘이었다. 그들은 실내가 어두운데도 선글라스를 끼고 있었고, 우연히 들른 다른 손님들보다도 한결 더 허름한 인상을 풍겼다. 어쩌면 그냥 그런 체하고 있던 건지도 모른다—그렇지 않고서야, 주인이 그들에게 음식점의 방명록을 들고 가자 두 사람이 곧바로 서명한 사실을 어떻게 설명할 수 있겠는가?

마침내 그는 그들을 알아보았다. 한 사람은 예전에 해외까지 명성을 날렸던 스키 선수로, 삼십여 년 전 미국 올림픽에서 경기 도중 폴 한 짝을 잃어버리고도 금메달을 따서 돌아왔었다. 그 맞은편에 앉은 사람 역시 지난날 한때 유명했던 시인이었다. 그는 외국에서 망명한 사람이었지만 전성기에는 그 어떤 독일인도 생각하지 못한 독일어를 구사했다. 그의 독일어는 많은 사람들에게, 특히 그의 시 낭송회를 경청했던 수많은 수준 높은 청중들에게 단숨에 깊은 인상을 남겼다.

그렇다면 조금 전에 식사하던 사람들 역시 우연히 여기서 만나게 된 과거의 유명 인사들이었을까. 이곳 음식이 훌륭하고 게다가 이 지하식당에서는 유명 인사들도 '세상으로부터 은신'할 수 있다는 신문 기사라도 읽고 찾아온 것일까?

어찌 됐든 상관없었다. 남아 있는 두 사람의 이마에는 땀이 맺혀 있었고, 그는 멀리서도 불안의 땀 냄새를 맡을 수 있었다. 또 어느새 말랐다가 갑자기 다시 솟아나는 땀방울도 보였다. 그러는 사이 두 사람은 계속 웃었다. 만면에 미소를 띠었다가 금세 낄낄거리고 다시 호방하게 웃기도 하는 게 마치 젖먹이 어린아이만이 웃을 수 있는 웃음 같았다. 그들을 보고 있는 사람이면 누구나 영문도 모른 채 얼떨결에 따라 웃었을 것이다. 그들이 그에게 가볍게 손짓을 했던가? 그들은 술에 취했던 걸까? 촛불 속에서 그들의 두 뺨은 다람쥐들이 매달려 물어뜯은 것처럼 보였다.

그는 바로 출발하지 않고 식당 밖 차 안에 잠시 앉아 있었다. 여기선 밤비가 전혀 다른 느낌으로 지붕을 두들겨댔다. 그냥 이렇게 앉아, 차 유리 밖으로 어딘가를 바라보거나 책을 읽는 것은 그의 버릇이기도 했다. 한창 여행을 하던 시절에 그는 바닷가에 자동차를 세워두고 그렇게 홀로 앉아 있는 사람들을 종종 보았었다. 그들은 대개 해안 절벽 옆에서, 해가 지는 것과는 상관없이 항상 서쪽을 향해 차를 세워 놓고 차 안에 우두커니 앉아 있거나 책을 읽었다. 그는 그 모습을 본보기로 삼았다.
도시의 다른 시설들에 비해 공항은 훨씬 어두웠다. 바닥의 조명등이 양쪽으로 늘어선 활주로까지 어두울 대로 어두웠다. 예전에 밭고랑이었던 자리에서 격류가 넘쳐나와 덧칠한 타르 포장의 두꺼운 파편들을 휩쓸고 가서는 제방 너머로 미끄러지듯 떠내려보냈다. 제방 아래쪽에서는 도로 건설에 사용된 건축 자재 조각들과 중갑판으로 오르는 계단이나 난간 조각처럼 배에서 떨어져나온 파편들이 솟아올랐다. 퍼부어대는 빗물은 뒤집어진 뱃머리로 우르렁거리며 빨려들어가 깊숙한 곳에 있는 빈 선실로, 배의 복부 속으로 쏟아졌다.

마침내 마지막 두 손님까지 지하식당에서 나오자, 그들 뒤로 식당의 불이 곧 꺼졌다. 외투도 우산도 없는 그들은 한 발짝 떼어놓기가 무섭게 흠뻑 젖었지만, 전혀 서두르는 기색 없이 세찬 빗줄기 속을 산책하듯 걸어갔다. 마치 그렇게 하기로 작정한 사람들 같았다. 그는 그 둘 옆으로 차를 몰고 가서 두 사람을 태워주었다.

차를 타고 가는 내내 세 사람은 모두 말이 없었다. 이착륙용 활주로와 고속도로와 철로가 한데 만나 이루어진 삼각형의 자투리 땅에서 벗어날 때까지, 즉 강물들이 합류하면서 만들어진 삼각지대에서 벗어날 때까지. 핸들을 잡은 그는 숲속에서의 일격 이후로 줄곧 말이 없었으며 그들, 뒷좌석에 앉은 두 사람도 어떤 이유에선지, 마치 택시를 탄 것처럼, 잠자코 앉아 있었다. 검은 안경을 벗은 그들의 눈은 가늘고 또렷했으며, 그들에게서는 이제 아무 냄새도 나지 않았다. 기껏해야 끓는 물을 끼얹은 닭털처럼 젖은 머리카락에서 김이 모락모락 피어날 뿐, 흠뻑 젖은 그들의 옷에서는 아무 냄새도 나지 않았다. 널찍한 차 안에서 따뜻한 바람에 옷이 제법 빨리 마르자 전(前) 슬라롬*챔피언이 미끄러지듯 조수석으로 넘어와 그에게 말을 걸기 시작했다.

터널을 통과하느라, 자동차의 지붕을 두드려대던 북소리

---

*복잡하게 세워 놓은 깃대 사이를 활강하는 스키 경기.

가 잠시 사라진 동안이었다. 그는 방금 전까지 아주 오랫동안 맨바닥에 누워 있던 사람처럼, 특이하게도 악센트가 없는 둔중한 목소리로 말했다.

"나는 진작부터 자네를 알고 있었다네. 로키 산맥에서 사고가 났을 때 자넨 내게 응급처치를 해주고, 응급차가 도착하자 곧 사라지고 말았지. 그 뒤에도 나는 자네가 흑해에서 아주 멀리까지 나가 수영하는 모습을 보았어. 요트에 앉아 있던 나와 친구들은 자네가 조난당한 줄 알았었는데, 자넨 우리에게 그냥 계속 항해하라는 신호를 보내왔었지. 그때도 자넨 지금과 똑같은 수건을 머리에 감고 있었다네. 자넨 여기 정부에 몸담고 있지, 뒤에서 실권을 쥐고 있잖아."

핸들을 잡은 그가 대답하지 않자 뒷좌석의 은퇴한 시인이 말을 이었다. 알프스 산맥 바로 전 터널이나 중앙 터널쯤인 것 같았다. 그는 듣는 사람이 더 주의 깊게 귀를 기울이도록 일부러 심한 외국어 억양을 섞어 말했다.

"자네와 나, 우리는 동년배지. 그런데도 자네는 우리 아버지를 연상시킨다니까. 자네도 우리 아버지처럼 박애주의자인데다 넋 놓고 있는 모습까지 똑같아. 어쩌다 나 때문에 깊은 생각에서 벗어나기라도 하면 아버지는 다짜고짜 날두들겨 팼지. 그리고 우리 아버지처럼 자네도 자식을 여럿 뒀잖은가. 또 모든 자식들에게 한결같이 좋은 아버지일걸세. 게다가 자넨 외로워. 하지만 본인 탓이야. 신께서 (혹시 '신물나게'라고 했던가?) 불쌍히 여길 지경으로 엄청 외롭지. 그래, 인간은 얼마나 쉽게 외로워지는가, 방문을 열다가

71

도, 창문을 닫을 때도, 샛길로 접어드는 순간에도."

핸들을 잡은 그는 아무 말도 할 수 없었다. 물론 절대로 고의는 아니었겠지만, 그는 느닷없이 자동차 경적을 눌렀다. 그러나 그 소리마저 희미하게 울릴 뿐이었다.

다만 분명한 것은, 그들 세 사람 모두 한가하고, 적어도 다음 며칠 동안은 시간이 있다는 사실이었다. 성모마리아 승천일 덕분에 긴 연휴가 다가오고 있었기 때문이다.

하지만 그건 그에게나 해당되는 일이었다. 함께 탄 두 사람은 아무것도 구애받을 게 없었다. 멀 수도 가까울 수도 있는 인생의 마지막 순간까지 그럴 것이다. 그들은 일자리도 가족도 없었는데, 그것은 어제오늘 일도 아니었다. 대신 그들은 돈이 있었다. 그들은 지폐 다발을 주무르며 노닥거리거나 서로 자신들의 신용카드를 번쩍이며 자랑하는 식으로 있는 티를 냈다. 그들이 내보이는 게 분명 특별히 성실하게 번 돈은 아닐 테지만, 그런 건 아무 상관없었다. 그렇다고 마약을 팔거나 포주 노릇을 하는 것처럼 유달리 더럽게 벌어들인 것도 아닐 터였다—나중 짓거리가 의심스럽기는 했는데, 그들이 입에 담았던 이름이 거의 모두 여자들 이름뿐이었고, 그것도 외국 여자들 이름인 탓이었다. 공손하고, 가끔씩은 지나치게 예의 바르긴 했지만 그들에게는 무언가 데스페라도* 같은 구석이 있었다.

---

* 자포자기 행동을 하는 사람 또는 과격한 혁명가, 혹은 암살자.

시인이 물기를 없애려고 펼쳐 놓고 연신 흘끔거리며 냄새를 맡고 있던 것은 메모 노트가 아니라 포커 카드였다. 전 올림픽 우승자는 주머니칼로 제 바지 단의 보풀들을 빙 둘러가며 잘라냈다. 또한 두 사람은 지하식당에서 마신 포도주 냄새가 입에서 풍기지 않도록 사탕을 빨고 있었으며, 차에 올라타며 기계적으로 붙여 문 담뱃불도 곧 눌러 껐다.

어디로 가든 일단 출발해 길 위를 달리기 시작하자 그들은 비로소 데스페라도 같은 인상을 본격적으로 풍겼다. 이미 오래 전에 이가 다 빠져버린 듯 딱 벌어진 채 주름이 잡혀 있는 입, 그들을 꽤 오래도록 억압해왔던 당국으로부터 또는 그들을 정성껏 돌보아온 연로하신 어머니나 숙모로부터 달아나는 길인 듯한 흥분, 어디로 떠날지 비록 방향은 잘 몰라도 죽음을 두려워하지 않는 에너지로 충만한 무방향성(無方向性), 여행중에 마주치는 잠깐 스쳐가는 순간들과 지극히 사소한 것들에 대한, 대개는 그저 저능아에게서나 볼 수 있는, 일종의 천치 같은 기쁨. 게다가 그들은 단순한 무법자가 아니라 그 어떤 법 위에든 군림하고 있어, 벽을 뚫고 지나가거나 물위를 걸으며, 또는 하늘을 날거나 투명 인간이 됨으로써 소위 범죄라고 하는 것들을 얼마든지 저지를 수 있을 것 같았는데―이것은 바로 그들이 특별한 사람들인 탓이었다.

그는 이 두 사람이 비행장 뒤편 숲속에서 그의 머리통을 갈긴 자들이며 이제 그는 그들의 포로가 된 게 아닐까 잠시 동안 상상했다.

그 순간 갑자기 작은 새 한 마리가 차 안에서 이리저리 파닥거렸다. 참새였다. 시인은 어디선가 주워서 죽은 줄 알고 윗옷 주머니 속에 넣어두었는데, 지금 그만 주머니 속에서 빠져나온 것이라고 했다. 그들은 길가에 차를 멈추고 각각 자기 쪽 차창을 내렸다.

알프스 내륙 높은 골짜기의 고갯마루 몇 개를 넘었을 때는 이미 자정이 지난 후였다. 이쯤에서 비는 계속 번개와 천둥을 동반했다. 참새는 어디론가 금방 날아가버렸는데, 짹짹거리는 그 소리는 차라리 날카롭게 찢어지는 비명 같았다. 마치 오늘 처음 그렇게 갇혀 있었던 게 아니라 오랫동안 생매장당했던 것처럼 울어댔다.

스키 선수가 근처에 그들이 묵을 만한 집 한 채를 알고 있었다. 그곳에는 "예전의 나 같은, 하지만 물론 다른 분야의 승리자 타입"인 한 여자가 살고 있다고 했다. 그러나 그는 그 분야가 뭔지는 말하려 하지 않았다. 물론 아무도 그 점에 대해 질문하지 않았는데, 이 '묻지 않기'는 함께 떠날 때부터 묵인된 게임의 규칙 가운데 하나인 듯했다.

그리고 길을 찾아가면서—이곳에 한 번도 와본 적이 없는 운전기사는 어둠 속에서도 자칭 지리에 훤하다는 스키 선수보다 방향을 더 잘 찾았고, 별처럼 여러 갈래로 뻗은 어느 갈림길에서는 아주 당연하다는 듯 망설임 없이 바른 길로 핸들을 꺾었다—뒷좌석의 시인은 운전기사에게 이튿날을 위한 일종의 계획안을 통고했다.

"드디어 국경을 넘어가는군. 바로 거기 있는 한 마을에서 내일, 해마다 한 번씩 있는 축제가 열리지. 내 사생아가 거기 살고 있는데—내겐 사생아뿐이거든—나는 한 번도 그 앨 보지 못했어. 그애도 날 만나려 하지 않아, 이제는. 그 마을을 떠나면 가능한 한 더 멀리, 알프스 남쪽으로 내려갔다가 다시 바로 옆 산맥들 쪽으로 거슬러올라가는 거야. 그다지 높진 않지만 여름인 지금도 아직 눈이 내리는 곳이지. 위쪽의 숲속, 꽃과 양치식물들 사이에 깊은 수직 갱도가 하나 있는데 그 속에는 일 년 내내 얼음이 가득 차 있어. 그 얼음 한 조각을 녹여낸다면—아무튼 이제 자네들도 알게 될 거야, 기대들 하라구."

그 여자의 집은 그 지역의 분수령을 이루는 언덕 바로 뒤에 있었다. 한쪽은 흑해로, 다른 한쪽은 지중해로 흘러간다는 (여자가 주장했다) 두 개의 샘이 각각 분수령의 왼편과 오른편에서 두 개의 수로와 두 개의 수조(水曹)를 통해 한 우물로 모아졌다. 그곳에 모인 물은 다시 서로 다른 방향으로, 동쪽과 남쪽으로 흘러갔다.

그 집은 마을에서 외진 황무지에 있었다. 사방에서 비가 쏟아지는 한밤중에 구릉을 가로질러가자, 집은 마치 등대처럼 갑자기 환하게 모습을 드러냈다. 막돌로 지어진 야트막한 장방형의 집에는 현관 양쪽으로만 불이 켜져 있는 게 아니었다. 어떤 방은 불빛을 낮춘 듯 희미하게, 다른 방은 눈이 부실 정도로 환하게 방마다 구석구석 빠짐없이 불이 켜져 있었으며, 위쪽 지붕까지 대낮처럼 밝게 불을 밝히고 있었다. 활짝 열린 가운데문을 통해서인 듯 각각의 방들 사이로 이리저리 종종걸음을 치며 지그재그로 움직이는 수많은 그림자들로 인해 얼핏 보아서는 큰 댄스파티라도 열린 듯한 인상을 주었다. 음악도 없고, 도대체 들리는 소리라고는 바깥의 분수령 샘물이 만들어내는 이중주밖에 없었지만 말이다.

그들은 곧 그 집이 초상집이라는 걸 알게 되었다. 그 집의 남편이 막 세상을 떠나 바로 전날 땅에 묻혔고, 미망인인 '승리자 타입'의 여인은 멀리서 찾아온 이웃의 도움을 받아 집 안을 정리하던 중이었다. 두 사람의 민첩한 움직임과 척척 맞아떨어지는 손놀림, 그리고 온 집 안을 밝혀 놓은 수많은 불빛에 그림자들이 몇 배로 불어나 마치 집 안에 사람들이 가득 차 있는 것처럼 보였던 것이다.

그뿐만 아니라 어느 누구도, 잠자리에 들기 전에 입을 열지 않았다. 그들은 모두 몹시 지쳐 있었다. 세 사람은 별채에 저마다 한 칸씩 방을 배정받았다. 그는 시인과 스키선수가 복도에서 아주 차분하고도 안정된 목소리로, 집 밖의 두 분수령 샘물 소리와 비슷한 소리로 이야기하는 것을 들으면서 여느 때와 다름없이 곧 잠이 들었다. 게다가 절반은 사용하지 않았던 집의 침대와는 달리 아주 작은 방에 놓여 있는 좁다란 침대도 마음에 들었다(그 침대는 또한 집에 있는 것과 아주 달랐다).

적막한 깊은 산 속에서의 한밤중에—분수령의 샘물 소리마저 지평선 뒤로 아득히 밀려간 것 같았다—그는 잠에서 깨어났다. 아니, 방 안에 갑자기 켜진 불빛이 그를 깨웠다. 아니, 불빛들이 한꺼번에 그를 덮쳤다.

그 여자가 그의 침대 곁에 서 있었다. 이제 막 본채에서 건너온 게 아니라 오랫동안 바깥을 돌아다니다 오는 길인 듯, 머리카락이 젖어 있는 그녀는 두툼한 외투 차림으로 그의 앞에 똑바로 서 있었다. 그리고는 무릎을 꿇었다. 그때 그녀의 얼굴은 전혀 다른 방향을, 활짝 열려 있는 그 방의 유일한 창문을 향하고 있었다. (그녀가 이 창문으로 들어온 걸까?) 그녀의 표정은 조금 전 저녁 무렵의 그 당당하고 접근하기 어려운 슬픈 표정과는 비교도 안 될 뿐만 아니라, 소위 '승리자'에게는 전혀 어울리지 않는 부드러움으로 가득해, 보는 사람을 어리둥절하게 만들었다. 혹시 그것은 황홀경에 빠진 눈빛이었을까? 아니면 성령에 은혜 입은 자의 눈빛이었을까?

그는 꼼짝 않고 기다렸다. 여자가 어떤 행동을 할까? 그녀가 어떤 행동이든 취하리라는 것만은 분명했다. 그것도 당장. 다음 순간 그녀는 일어나 몸을 던지며 그를 내리쳤다. 그녀는 난폭하게 왼쪽, 오른쪽 연달아 주먹질을 하기 시작했다. 큼지막한 그녀의 손은 남자 손처럼 불끈 주먹이 쥐어져 있었다. 그녀의 시선은 줄곧 그의 위쪽 높은 곳을 향하고 있었다.

그는 저항하지 않았다. 그다지 아프지 않은 듯, 전혀 아무렇지 않은 듯 가만히 있었다. 하지만 계속되는 그녀의 심한 구타에 급기야 좁은 침대에서 굴러 떨어지고 말았다. 그제야 그녀는 때리기를 멈추고 처음으로 그를 힐끗 바라보았다. 그리고는 곧 불을 끄고, 들어왔을 때처럼 그렇게 사라졌다.

침대 위로 기어올라갔는지 아니면 그대로 쓰러져 있었는지, 아무튼 그는 곧바로 다시 잠들었다. 마치 모든 것에 순종하는 것 같았다. 그러자 웃음소리가 들려왔다. 그 자신이 웃었던가, 꿈속에서? "얼마나 오랫동안 웃어보지 못했던가!" 의식이 가물가물할 때 떠오른 이런 생각은 한층 더 또렷해지면서 깊은 인상을 남겼다.

"학창시절을 통틀어도 어제와 오늘만큼 많이 맞아본 적이 없어요!"

어떤 향기가 방 안에 남아 있었다. 여인네들의 향수가 아니라, 방 안에서 작은 불이라도 난 것 같은 냄새, 불꽃이 일기까지 오랫동안 서로 문질러댄 부싯돌 냄새 비슷한 것이었다. 그 안에서 호흡은 한결 더 빠르고 무거워졌다. 마치 그 혼자만이 아니라 여러 사람으로부터 나온 입김이 방 안에 꽉 들어찬 것 같았다.

다음날 아침, 이것 역시 몇 해 만에 처음이던가? 그는 아침식사 때 혼자가 아니었다. 시인과 옛 올림픽 영웅은 벌써 건너편 본채에서 그를 기다리고 있었다. 외딴 산중이라 유난히 그렇게 보이는 게 아니라 정말로 풍성하게 차려진 식탁이었다. 더구나 두 사람은 시작 신호는 오직 그가 해야 한다는 듯이 아직 손도 대지 않고 있었다.

자마이카 산 커피를 손수 찾아내 끓였을 뿐만 아니라, 이른 새벽 가까운 숲으로 가서 아직도 빗방울이 맺혀 있는 검푸른 월귤나무 열매들을 한 그릇 가득 따 가지고 오는 등, 하나부터 열까지 모든 것들을 준비한 사람은 바로 시인 이었다—그는 그의 스포츠맨 친구에게 그 사실을 알리도록 했다.

"우리의 마지막 여행을 위하여!"라고 시인은 친구의 말 끝에 직접 덧붙였다. "우리"라니? 그 두 사람이 언젠가 그를 "우리 운전기사"라고 불렀듯이, 그리고 나중에 다시 "우리 손님" 또는 "우리의 제삼의 사나이"라고 불렀듯이 그도 포함된 것이었을까?

그러나 저러나, 둘 가운데 누구도 지금까지 그가 한마디도 하지 않았다는 사실을 눈치채지 못한 모양이었다. 그들에게는 그것이 대수롭지 않은 일 같았다. 이마 위의 상처 외에도 밤새 얼굴, 광대뼈, 입술, 그리고 두 뺨에—미망인의 결혼 반지에 의해 찢어진 듯—상처들이 보태졌다는 사실에도 마찬가지로 관심이 없는 듯했다. 그들은 궁극적으로 자기 자신들에게만, 이미 오래 전부터 시작된 두 사람의 몰락에만 열중해 있는 것 같았다. 그리고 적어도 그들의 몰락에 관해 이야기를 나누는 동안은 그러한 열중이 그들에게 활기를 불러일으켜주기도 했다.

시인은 지난밤 꿈속의 라디오에서, 자신에 대한 추모사

를 들었다고 이야기하고 있었다.

"어떤 여자가, 언제나 한결같이 다정한 목소리로 널리 사랑받는, 라디오 방송의 한 여자 아나운서가 추모사를 낭독하더군. 하지만 내게는 그녀의 목소리가 냉정할 뿐만 아니라, 내 불행을 고소해하고 아예 복수심에 차 있는 것처럼 들리더군. 내가 사라진 것이 마치 미움받던 악한이 한 명 사라지거나 인류의 적 하나가 체포되기라도 한 것 같더라구. 내가 평생 동안 쓴 것을 그녀는 분명히 만인의 이름으로, 게다가 철회가 불가능할 정도로 단호하게, 무가치한 것들이라고 비하했어. 무가치한 것들!―그리고 바로 이 단어가, 다시금 내 이성을 회복시키는 계기가 됐지. 잊혀진 게 당연합니다! 하고 그녀가 말했어. 그러자 갑자기 나는 내가 이제 외톨이가 아니란 걸 깨달았지. 어쨌든 예전의 다른 꿈 속에서나 대낮보다는 버림받았다는 느낌이 덜했거든. 실패와 패배의 연속이었습니다! 라디오 속의 여자가 말했어. 그리고 나는 내가 자면서 히죽 웃는 모습을 보았어. 이쪽 귀에서 저쪽 귀까지 입이 찢어지도록 말야. 그래 두고 봐라, 나는 생각했지. 나는 아직 내 필생의 저서는 쓰지 않았다. 그리고 그 책은 지금까지 결코 존재한 적이 없는 책이 될 것이다. 책으로 느껴지지 않고, 영상으로 나타나지도 않는, 붙잡을 수 없으며 무게도 없지만 그럼에도 여전히 한 권의 책인 그런 책이 될 것이다―언제 한 권 완성된다면 말이지. 그 책을 위한 가시나무 덤불*은 이미 불타고 있다. 아니면 그것은 아무튼 모든 가시나무 덤불들, 하늘로의 사닥다리**와 지옥으로의 순례***들을 초월해서 펼쳐질 것이다."

그는 파안대소하고 나서—아니면 단지 그와 비슷한 것이었나?—가진 돈을 세었고—그 돈으로 그다지 오래 버티지는 못할 것이다—전(前) 국가 영웅도 역시 별로 많지는 않은 그의 돈을 동전들까지 분류해가며 세었다—그중에는 이미 오래 전에 헐값에 팔아 넘긴 그의 금메달을 복제한 도금 메달도 끼어 있었다. 스키 경기에서 우승한 이후 그는, 그 어떤 스포츠 종목도 그를 막지 못하리라는, 그렇다, 도전하는 것마다 승리를 안겨주리라는 생각에 거의 모든 스포츠 종목에 도전했었다고 설명했다.

"적어도 한동안은, 아니 그후에도 적어도 이길 가망이 있거나 우승이 보장되는 곳이라면 어디든 어떤 희생을 치르고라도 도전했지. 나는 모터크로스 경주에서 연속으로 우승했지만—상대는 대부분 아마추어들이었거든—승리를 차지하기 위해 일부러 가장 외진 고장의 뒷길을 달리기도 했어. 그 외 모든 스포츠 종목에서도 마찬가지였지. 외국으로 나가거나, 아니 차라리 외국으로 사라짐으로써, 먼 타국들 중에서도 가장 먼 타국을 찾아감으로써 어쨌든 겨우겨

---

* 모세가 계시를 받을 때 나타난 신의 모습: 여기서는 영감에 대한 메타포.
** 성서의 창세기 28장 12절에 나오는 야곱의 사다리. 야곱의 꿈에, 땅에서 하늘에 이르는 사다리가 서 있고 그 위에서 여호와가 야곱을 축복한 이야기.
*** 신화에서 지옥에 떨어지는 것, 혹은 기독교에서 그리스도의 지옥 순례.

우 계속해서 승리를 이어나갈 수 있었어. 아니면 적어도 승리를 꿈꿀 수 있었지. 성공을 거두진 못했어도 '외국인 선수'로서 명성은 있었거든. 예전 한때 고국에서 '위대한 승리자'로 누렸던 것처럼 말야. 한 시즌 동안 한국의 어느 프로 농구단의 스타였고, 그 이듬해에는 선수와 코치를 겸해 저 뉴질랜드의 한 중소도시로 옮겨갔었어. 유럽 축구를 뿌리내리게 한다는 게 명분이었지―거기서도 나는 물론 한동안 인기가 있었고―그 뒤에는 몽골의 골프대회, 그리고 알래스카 페어뱅크스에서는 아이스하키로 두각을 나타냈어. 하지만 결국 마지막 남은 해결책은 고국으로의, 이른바 직업생활이나 창업을 위한 귀향이었지. 내게는 우승자라는 명성이 어느덧 피와 살처럼 익숙해져서 그걸 여기서도, 완전히 다른 경쟁에서도 기대한 거야. 누구든 가리지 않고 나는 당당히 그걸 요구했어. 비켜라, 다른 놈들, 하찮은 놈들, 여기서는 아무도 너희를 원치 않는다, 승리자는 내가 될 것이다, 내가 승리자다―나 아니면 누가 감히? 십 년 동안 패배에 패배가 꼬리를 물었고, 그럴 때마다 매번 상황은 악화되었지. 이번이 내 마지막 여행이야. 하지만 누가 알아, 행여나 우리 운전기사 양반 덕택에 처음부터 다시 시작할 수 있을지? 착각은 자유라구? 외국이든 어디든, 내가 드디어 다시 승리할 수 있는 곳으로 가자구!"

그도 역시 활짝 웃으면서 두 팔을 번쩍 들어 보이려고 했지만 뜻대로 되지 않았다. 그러면서 길게 내민 그의 혓바닥은 허옇게 보였는데, 단지 기력이 쇠해서만은 아닌 듯했다.

비는 계속해서 내렸는데, 매순간 더욱 거세지고 굵어지는 것 같았다. 분수령 샘물의 양쪽 수로에서도 물줄기가 콸콸 쏟아져나와, 이쪽 바다 혹은 반대쪽 바다로 흘러갔다. 빽빽한 전나무 숲에서와 달리 수많은 낙엽송들의 부드러운 침엽은 쉴새없이 퍼붓는 빗속에서도 마냥 얌전하게 물놀이를 즐기듯 서 있었다.

집 안 어디에도 그 여자의 흔적은 없었다. 하긴 이 한여름에 그녀가 벽난로에 불이라도 지폈겠는가? 조금 전 '운전기사'로 불렸던 그는 마당 입구에 미리 준비되어 있던 엄청나게 커다란 우산을 받쳐주며 그들을 자동차로 안내했다. 그때 윗옷 주머니에서 뭔가가 바스락거리는 것을 느낀 그는 자기도 모르게 "옷섶 안에 꿰매 넣은 편지"를 떠올렸다.

운전석에 앉아 계속 차를 몰고 가면서 그는 아침나절에 빼먹은 게 과연 뭘까, 곰곰이 생각했다. 그의 집? 익숙한 환경? 일터로 가는 길? 아니었다. 그것은 그의 게으름 때문에 그만 놓쳐버린 어떤 행위였다. 꼬박꼬박 챙겨 먹어야 하는 약을 복용하지 않은 것일까? 아니, 그것도 아니었다─그것은 영양 섭취와 관련된 것이었다. 그는 지금 특별히 기운이 없는 건 아니었지만, 일종의 강장제가 필요한 것 같았다. 하지만 그들은 아침식사를 든든히 하지 않았던가. 그것도, 건강에 좋고 몸을 튼튼하게 한다고 알려진 음식들만으로.

그런데도 어떤 결핍감, 아니 차라리 어떤 공복감 같은 것이 느껴졌다. 이를테면 사과 한 알이나 빵 한 조각이 눈앞에 있는데도 먹지 못할 경우 입 안이 근질근질한 것 같은—그런 결핍감이 지금 입 안을 가득 채우고 있는 것일까? 온몸을?—한 사람 전체를? 책이었다! 그렇다, 그는 오늘 아침에 책을, 중세 서사시를 읽지 않았다. 그래서 그는 "아침밥"을 거른 것처럼 느껴진 것이다. 독서에 허기진 약사, 그런 것도 있을까? (아무튼 그의 이야기가 진행되는 동안, 그가 자신을 '약사'로 생각한 것은 이게 마지막이었다.)

옆 좌석의 시인은 마침 신문에 실린 오늘의 운세를 큰 소리로 읽고 있었다. 그 운세에 따르면 그는 오늘 "치유할 수 없는 외로운" 감정을 느끼게 되지만 그래도 눈앞에 있는 가능성을 향해 자신을 활짝 열어 두는 한 결코 절망할 필요가 없다고 한다. 그런 정신 상태가 바로 '치료약'이 될 수 있다는 것이었다. 그렇다, 이런 낭독은 단체 행동에서 그다지 벗어난 것은 아니었다—뿐만 아니라, 뒷좌석의 스포츠 베테랑은 시인에게 그 신문이 지난해 것이라고 알려 주었다.

순간 운전기사는 그가 지금 체험하고 있는, 자신과 그들에게 전날 밤부터 벌어지고 있는 일들은 그 어떤 신문이나 책 따위에도 기록되지 않을 것이며, 따라서 읽히지도 않으리라는 생각이 문득 들었다. 그런 생각은 언젠가도 한번 해 보지 않았던가? 그래, 사랑의 순간과, 엄청난 불행과 마찬가지로 크나큰 어느 행운의 시간에, 그의 아내와 함께—과연 그랬던가?—그의 아이들과 같이—이것도 정말 사실이던가?—그의 애인과 함께—벌써 오래 전의 일이거나 전혀 없던 일은 아닐까? 누군가가 받아적고 있다는 생각은, 숨소리도 멈춘 듯 완벽한 정적에 휩싸인 한밤중에나 떠오를 뿐이었다. 차 지붕에 요란한 소리를 내며 쏟아지는 빗속을, 기침과 함께 몸 여기저기를 긁으며 연신 하품을 해대는 사람들을 태우고 달려가는 지금 이 길이, 이제 그에게는 밝은 대낮에 읽을 만한 이야깃거리가 되어주었다.

그는 자신의 평소 운전 방식과 달리 액셀러레이터를 밟았다. 아스팔트 길에서 한참 떨어진 굽은 산길에서 다시 급커브를 돌며 나간 덕에, 갑자기 길 한복판으로 떨어지던 바윗덩어리도 운 좋게 피할 수 있었다.

그리고는 지난밤의 여주인이 깎아지른 암벽 위 산기슭에 나타났다가 곧 그 자리에서 몸을 돌리는 것을 그 혼자 잠시 쳐다보았다. 다른 두 사람은 온몸을 긁어대고 하품하던 것을 멈추는 듯하더니, 그것도 잠깐일 뿐, 곧 다시 한층 더 심하게 하품을 하면서 여기저기 가려운 듯 마구 긁어댔다.

지금처럼이든 다른 식으로든 예기치 못한 방식으로 생명의 위험을, 그것도 아주 절박하게 느끼게 된 것도, 언제부터인지는 모르지만, 이번이 처음은 아니었다.

그러나 이번에는—이미 비슷한 식으로 빠져들었던 예전의 몇몇 경우들과는 달리—두 눈은 물론 콧구멍까지 매순간 최대한 크게 오래 뜨고 벌리고 있음으로써, 말하자면 살아남기 위한 이 생존 경쟁에서, 그의 육체와 영혼을 파고들며 그를 위협하는 것에 대해 끈질기고 주도면밀한 목격자가 되어야겠다고 다짐했다—아니, 차라리 그것을 넘어서리라. 이런 치명적인 것이 가까이, 점점 더 가까이 다가오는 동안, 다른 모든 것을 향해 모든 감각을 활짝 열어두리라. 크고 작은 현상들은 물론 거기에 딸린 자질구레한 조짐들, 사건과는 전혀 관련이 없는 이른바 따로 노는 것처럼 보이는 것까지도—명심해둔다? 아니, 차라리 모든 감각들과 한 몸이 되리라. 어쩌면 (그러나 그것이 이유는 아니었다) 이것이 하나의 해결책이 될지도 몰랐다.

조금 전 몇 번이고 "길이 좁아지던" 순간에—산 속으로 길을 잘못 들어 마키단(團)*이 설치한 듯한 엉클어진 가시밭으로 빠져들었다—그는 본능적으로 손과 발을 잽싸게 놀려 다시 길을 찾아 나갔다. 닥치는 대로 움직이던 그는 마구 망치질해대는 맥박 소리에 귀가 멀 정도였다. 그런 그의 모습은 이성을 잃고 허우적거리는 게 아니라, 다른 감각은 이미 모두 사라지고 없는데도 오로지 육지라는 목적지를 향해 헤엄쳐가고 있는, 익사 위기에 처한 사람 같았다.

처음에는 어린 시절, 전쟁이 끝날 무렵의 어느 새벽녘에 부모님과 함께 국경의 지뢰밭을 지나 탈출하던 순간이 떠올랐다. 그후로 오랫동안 그는 그 순간을 단 한 번도 떠올린 적이 없었다. 차갑고 바람 한 점 없는, 결코 물러가거나 끝날 것 같지 않은 새벽녘의 어둠 속이었기 때문이다. "발

---

* 2차 대전 중 프랑스의 반독(反獨) 레지스탕스 단체.

뒤꿈치에 바짝 따라붙던" 추적자들이 있었겠지만, 그는 그들을 보지 못했다. 그들을 보지는 못했다.

그런데 지금, 바위를 피하던 순간, 그는 두 눈으로 똑똑히 보았다. 흩날리는 빗방울과 희미하게 비치는 햇살이 한데 어우러질 때, 그는, 모퉁이에서만이 아니라 저 위에 있는 그 여자의 옆에서 그녀의 그림자인지 허깨비인지 모를 어떤 것이 어른거리는 것을 보았다. 그녀의 머리 위로는 구름 덮인 하늘이 보였다. 그는, 그와 함께 거기에 있던 그들은 모두, 궁지에 몰렸다기보다 예기치 않은 사건에, 어떤 세력 범위에 이르렀다. 그렇다, 별나긴 해도 어떤 세력 범위였다. 그리고 여자가 몸을 돌려 사라지지 않았더라면, 그는 그녀에게 즉시 어떤 식으로든 신호를 보냈을 것이다.

이 이야기가 진행되는 시기에 그들이 달리던 외진 길은, 전유럽을 달리는 동안 내내 그들 앞에 나타나는 선회로를 통해 한층 더 외지고 좁은 지방도로로 접어들었다.

이러한 선회로는 교외도로까지 계속 이어지더니, 거기서는 더 자주 나타났다. 길목마다 또 그만큼의 진입로들이 배치되어 있었기 때문이다. 드디어 목적지를 향해 가는구나, 또는 적어도 길에는 신경 쓰지 않고 가도 되겠구나라고 생각하면서 이제 막 접어든 직진로에서 안심하는 순간이면, 어느새 또하나의 선회로가 나타나고 금세 또다른 선회로가 이어지고 하는 식이었다.

비록 단 하루라고는 해도, 이런 여행의 막바지에는 으레 온종일 차를 타고 온 방향에 대한 감각을 잃어버릴 뿐 아니라 여행을 하고 있다는 기분도 더이상 느끼지 못하게 마련이었다.

어쩌면 회전목마를 너무 오래 탈 때 생기는 현기증 같은 것이 일어날지도 모른다. 그래서 겉으로 보기에는 전혀 다른 나라에 도착한 것 같지만, 결국 출발했던 자리로 다시 돌아오는 것으로 여행이 끝나버릴 수도 있다.

이른바 그런 원거리 목적지에 도착하고 나면 그냥 현기증만 느껴지는 게 아니라, 모든 종류의 여행은 물론이고 단순한 출발 그 자체에도 진절머리가 나고, 멀미가 나며—이것은 뱃멀미보다 더 불쾌하다—앞으로 나아가는 그 어떤 형태의 이동에도 구역질이 날 지경이 된다.

이 이야기가 진행되는 시기에는, 자동차로는 더이상 고개를 넘을 수 없게 되었다. 유럽의 대부분의 고개들이 이른바 '폐쇄'되었거나 '통행금지' 상태였으며, 치우기 힘든 낙석들과 비에 쓸려 내려온 흙더미들, 그리고 이와 비슷한 장애들로 인해 더이상 통행이 불가능했다. 높은 고개를 넘는 대신 거의 지하 터널로만 대륙을 횡단했는데, 그러는 사이에도 구간별로 수많은 선회로들을 통과해갔다. 국경들이 늘어나기는 했지만—전에 없이 아주 많아졌다—이 국경들은 그저 터널 속 한가운데 눈에 띄지 않게 남아 있게 마련이었다. 특히 국경의 검문들도 모두 폐지되었기 때문에, 어디서도 국경 수비대원 한 명 나타나지 않았다.

그러한 대륙의 지하 터널은, 항상 오래 지속되는 여정으로 인해 결국, 아까 열차를 탔던 곳에서 다시 내리는 것처럼 생각되는 유령열차라도 탄 듯하게 만드는 구석이 있다. 사람들은 멋진 모험이 기다리는 이국으로 기대에 부풀어 떠나지만 결국 자기 집 대문과 비슷한 곳에 서 있는 자신을 발견하게 된다. 심지어 문고리까지 똑같으며 현관 깔개의 무늬까지도 비슷하다. 그것도 아니면, 도시든 교외든 시골이든 막론하고, 오랫동안 익숙하게 지냈던 고향에서와 거의 똑같은 거리들이 보인다. 터널을 지나왔는데도 고향에 와 있다. 어쩌면 더이상 돌아가고 싶지 않았을 그곳에.

그들 세 사람에게 그날은 좀 특별하게 지나갔다. 그들은 수천 개의 선회로에서 카 레이스를 하듯 급정거와 커브 돌기를 반복했으며, 휴일 나들이에 나선 수백만 대의 차량으로 인한 정체 행렬 속에 서 있기도 하고, 줄잡아 오백 개는 되는 길고 짧은 터널들을 통과했다. 그러나 기분만은, 아니 더 나아가 그들의 컨디션은, 몸도 마음도 모두, 이 모든 외부 상황들보다 훨씬 활기가 넘쳤다.

기분은 세 사람 다 제각각이었다. 특히 시인은 얼굴도 모르는 자식을 만나게 될 거라 그런지—"애 엄마 때문에 다소 가라앉기는 해도" 어쨌든 극도의 흥분 상태였고, 전 올림픽 스타는 다른 외국에서처럼 그곳에서도 혹시—최근 이 나라는 '스키의 나라'로(한편 '축구'와 '단거리 경주'의 나라이기도 하다) 부상했다—인정받을 수 있을까 하는 설레임으로 가득 차 있었으며, 운전기사는 젊은 시절에만 체험해보았던, 너무나도 짧았던 독특한 갈망과 함께 그로서는 아주 낯선 슬픔을 느낄 수 있었다.

반면 그들이 처한 상황이나 그들의 의식은 서로 비슷했다. 그것은 많은 것이, 아니 모든 것이 걸려 있는 어떤 불확실하고 위험한 모험에 대한 의식, 뿐만 아니라 허용된 것과 불법적인 것, 심지어 범죄적인 어떤 것의 경계에 서 있는 의식이었다. 법에 저항이라도 한단 말인가? 세상의 질서를 거부하는 것일까? 그런데 그들 가운데 누구도 어디서 그런 공감대가 생겨났는지 설명할 수 없었다. 그들이 이미 행했거나 앞으로 행하게 될 일들은 일말의 관용도 없을 듯한 응징의 위협 아래 놓여 있었다. 그러나 그들에게 후퇴란 생각조차 할 수 없었다.

그렇게 해서 그들은 여행을 한다는 것은 온갖 어려움에도 불구하고 여전히 새롭고 엄청나게 흥미 있는 일이라는 사실을 체험하게 되었다.

그는 차를 상당히 천천히 몰았다. 이제까지 제대로 속력을 내본 적이 한 번도 없었다. 그러니 전속력으로 달리는 열차에 뛰어오르는 데 성공한 적이 없는 것도 당연했다.

비행기를 타본 건 몇 번 안 되지만, 그때마다 그는, 특히 이륙 시에 속도가 분명히 느껴질 때면, 속도 때문에 죽게 될지도 모른다고 생각했었다. 처음 그런 일이 있고 난 후부터는 줄곧 창가 좌석을 피했다―그것이 그다지 도움이 되지 못했는데도 말이다. 속도는 그의 눈뿐만 아니라, 그의 온몸에 영향을 미쳤다. 그것은 그를 당장이라도 없애버릴 것만 같았다.

사실 처음으로 그런 느낌에 휩싸였던 것은 아주 오래 전, 첫 비행기 여행보다 훨씬 전의 일이었다. 일정한 속도에 이르면서부터는 단순히 보고 듣는 것 이상은 불가능해졌다. 자전거 안장 위에서조차 그는 순간적으로 몸을 가누지 못하고 넘어지곤 했다. 몇 차례 뇌진탕을 당하고서야 그는 이러한 사고들이 마른하늘에 날벼락처럼 느닷없이, 매번 자전거나 길 때문에 혹은 그의 서투름 때문에 일어나는 게 아니라는 사실을 깨달았다. 다른 사람들에게 폐쇄공포증이나 고소공포증이 있다면, 그가 싸워야 할 것은, 이를테면 속도계 공포증 또는 속도공포증이라는 것이었다. 그것은 계기판이 어느 특정한, 아니, 확실히 알 수 없는 어떤 수치를 넘으면 순식간에 그를 평정으로부터 내동댕이치는, 급작스럽게 폭발하는 커다란 공포였다.

그의 유일한 교통사고도 그런 식으로 일어났다. 그가 옆좌석의 누군가와 나누던 대화에 너무 열중한 나머지, 그에게나 해당되던 그 제한 속도를 조금 넘었을 때였다. 거의 눈에 띄지 않을 정도로 조금 초과한 것이었는데도 그는 갑자기 핸들을 잡을 수 없는 상태가 되었고 그만 사고가 나버렸다. (여기선 그가 계속 실어 상태에 빠져 있는 바람에, 말을 하는 대신 잠자코 생각에 잠기거나 다른 사람들의 말에 귀를 기울이는 게 전부인데다가 무엇 하나 그로 하여금 속력을 내게 하는 것도 없어서 어쨌든 다행이었다.)

"심지어는 바깥에서 구경만 하다가도." 그는 내게 설명했다.

"나는 여러 속도의 희생물이 되곤 했답니다. 그런데 그게 모두 좀 특별한 경우들이었던 게 분명해요. 나는 꼭 한 번 F1 그랑프리 자동차 경주를 텔레비전이 아니라 야외에서 관람한 적이 있어요. 아내의 등쌀에 못 이겨서 그랬죠. 아내는 늘 속도에 홀딱 반했거든요. 속력을 내는 것을 보고 있거나 혹은 스스로 속력을 내고 있으면 그녀는 다른 어떤 곳에서보다 활짝 피어났고, 그녀의 아름다움도 한껏 드러났지요. 그녀는 요술쟁이 마녀, 그래요, 내겐 가끔 두렵게도 느껴지는 아름다운 속도의 마녀 같았어요. 또 한 번은 하넨캄에서 있었던 가장 유명한 동계 스키 활강 경기 때였는데, 그때도 그녀 때문에 갔었답니다. 챔피언들을 한번 실제로 보고 싶다고 해서 키츠뷔엘까지 갔었지요. 그때 마침 경주용 스포츠카들이, 아이펠이었는지 에스토릴이었는지는 잘 모르겠는데, 화산 봉우리 위인지 아니면 대서양 절벽 위에선지, 어쨌든 어디선가 나타나자, 그녀가 환호성을 질러댔죠. 하지만 나는 그 모습을 보자마자 글자 그대로 비틀비틀 뒷걸음질치면서 아내를 꽉 붙들어야만 했어요. 상상도 못 할 정도로 빠르게, 텔레비전에서 보던 것과는 비교할 수 없는 속도로 레이서들이 질주하는 거예요. 비정상적으로 빨랐느냐고요? 아니, 차라리 초지상적(超地上的)으로 빨랐다고 해야 할 거예요. 그들은 보이는가 하는 순간 벌써 사라져버렸어요. 그때, 아내와 내게서 동시에 외마디소

리가 터져나왔죠. 그녀에게서는 열광의 환호성이, 내게서
는 경악의 비명이, 말하자면 원초적 경악의 비명이었지요."

그리고 당시 키츠뷔엘 계곡에서 스키 경기가 시작되면서
부터는 그에게 다음과 같은 일이 일어났다. 첫번째 선수가
저 위쪽 숲길에서 나와 길고 가파른 골인 지점인 골짜기
속으로, 지구상에서는 볼 수 없는 비인간적인 속도로 총알
처럼 재빠르게 빨려들어가자, 이 광경은—경주용 자동차
때와는 달리 곁에 서 있는 아내처럼 그도 감동하긴 했지
만—또다시 그에게 커다란 충격을 주었다. 이번에는 비명
이 터져나오지는 않았지만, 그 대신 오랫동안 한마디 말도
꺼낼 수 없었다.

"그러니까 그때 벌써?" 나는 물었다.

"그래요, 그리고 거기서 끝난 게 아니었소."

예전의 스키 영웅이 자동차 뒷좌석에서—그가 그 당시
하넨캄의 우승자가 아니었던가?—다른 사람에게라기보다
자기 자신에게, 또한 운전기사의 생각을 읽고 거기에 대답
하기라도 하듯 말했다.

"속도와 관계를 맺는 것은 필수적인 일이야. 그걸 해내지
못하는 사람은 살아갈 능력이 없다구. 이건 단지 오늘날에
만 해당하는 게 아니지. 내가 속도에 적응하기로 결단한 바
로 그 순간, 아니 속도에, 최대한으로 가능한 속도에 단호
히 나 자신을 내맡긴 그 순간에야 비로소 나는 기저귀를
뗀 후 처음으로 나 자신이 되었다고 생각해. 이게 나를 '아
아, 나', '어느새-또다시-오로지-나!' 밖에 모르는 자기 중

심적인 존재로부터 치유해주었지. 그렇다고 해서 내가 나 자신이 되는 걸 포기한 건 아냐. 속도 가운데 파묻혀 있으면 나는 집에 있는 듯 편했어. 내가 오늘 완전히 기진맥진한 것도 아마 이제는 그렇게 재빠르지 않기 때문인지 몰라."(잠깐 너털웃음)

그렇다, 다른 두 사람도 그가 여유 있게 달리는 편이 좋은 모양이었다. 그들은 시간이 있었다. 어쨌든 이 문장은 무슨 주문(呪文)처럼 거듭 반복되었다.

"우린 시간이 있어요."

유럽 횡단 터널 안에서 또 차가 막혀 서 있는 동안 시인이 말했다.

"우리가 가는 마을의 축제는 며칠 동안이나 계속된다더군. 게다가 야간 축제까지 있고."

그들은 시간이 있었다. 그래서 전유럽의 도로변 식당마다 빼놓지 않고 들렀다. 하지만 거기서 무엇을 먹든 매번 선 채로 음식을 먹었다. 그들은 시간이 있었다. 그래서 어느 순환 도로에서는 들길로 방향을 꺾어들어가 차에서 내려서—운전기사는 차 안에 남아 있었다—잠시 동안 비를 맞기도 했다. 또 그들은 적지 않은 주유소 편의점들을 순회하면서 자질구레한 물건들을 샀다. 그때마다 그들은 동반한 운전기사에게 그들이 얼마나 많은 언어를 구사할 수 있는지 보여주었다.

비는 계속 내렸다. 불빛이 반사되었다. 한번은 운전기사가 갑자기 핸들을 꺾으며 피해야 할 정도의 과속으로 자동차 한 대가 그들을 추월했다. 그렇게 질주해간 '산타나' 차 속에 지난밤의 그 여자가 타고 있던 건 아니었을까? 자신이 그녀를 한 번도, 주먹다짐을 당하면서도, 이제까지 단 한 번도 정면에서 보지 못했다는 사실이 떠올랐다. 기껏해야 옆모습만을 보았을 뿐이다. 말하자면 그들 세 사람이 도착해서 그녀가 자기 집 정문 앞에 서 있었을 때 말도 붙이기 어려울 만큼 슬픔에 잠긴 미망인의 옆모습만을 본 게 전부였던 것이다.

마지막 터널은 엄청나게 길었다. 그러나 곧 그들이 도착하게 될 그 반대편 끝이 아주 멀리서부터 보이기 시작했다. 처음에는 마치 아주 가늘게 말은 종이나 헛간의 조그만 옹이 구멍, 또는 주먹을 쥘 때 생기는 자디잔 구멍을 통해 들여다보는 것처럼 몹시 작았다.

그는 더욱 천천히 달렸다. 터널 속 길은 너무나 반듯해서 운전에 거의 신경을 쓸 필요가 없었다. 터널의 끝은 알아차릴 수 없을 정도로 조금씩 확대되면서 여전히 시야에 남아 있었다. 지독한 암흑 속에서 저기 빛의 구멍으로 드러난 이 터널의 끝은 너무나 비입체적으로 느껴졌으며 얼마 동안은 정말 그림처럼 보이기도 했다(터널 내부에도 불이 켜져 있지 않았으며 그 역시 전조등을 켜지 않았다. 하지만 멀리 보이는 밝은 점을 보고 있느라 이 사실은 까맣게 잊고 있었다. 차 안의 누구에게도 그 사실이 문제가 되지 않는지 그들은 모두 한 눈이 되어 한 방향만을 바라보고 있었다).

저 구멍을 통해 바깥 세상으로 빠져나갈 수 있다는 게 한낱 속임수에 지나지 않는 것은 아닐까? 희미하기는커녕 대낮같이 환한 게 오히려 부자연스러워 보이는 출구의 모습은 꼼짝 않고 정지해 있는 것 같았다. 그래서 그들의 눈에는 그 출구가, 그곳을 통과하기 바로 직전까지도 마치 지하 갱도의 일부인 것처럼 보였다. 과도하게 노출시킨, 눈부신 색상의 축소판 슬라이드 한 장이, 거기 그들 앞에, 완벽하게 어두운 표면 위에, 초록빛 잎사귀가 떨리는 듯, 바위 측면의 적황색이 반사되는 듯, 그렇게 투영되어 있었다.

그리고 한동안 그들은 더이상 앞으로 나아가지 못할 것 같은, 계속 제자리걸음만 하면서 거기서 빠져나가지도 못한 채 기껏해야 부르릉거리는 차와 함께 있을 것만 같은 인상을 받았다. 그러다가 곧 바깥으로 나올 것 같았다─바깥이라니?─바깥 말이다.

희한하게도 그 인상, 아니 그 환각은 터널 출구의 영상이 서서히 커질수록 점점 더 강해졌다. 울긋불긋한 영상은 점점 더 크게 확대되면서 그들에게 다가왔지만, 어두운 표면 위의 영상 자체에는 아무런 변화도 없었다. 이미 그 영상에는 관목 덤불과 잔디까지도, 무척 자세하게 보이도록 조명을 한 듯, 실제보다 더 생생하고 실물보다 더 크게 묘사되어 있었다. 다만 이 모든 것들은 하나하나 꼼짝 않고 고정되어 있었다. 사람들은 어디 있었을까? 대체 어딘가 있긴 있었던 걸까? 어째서 그들 외에는 아무도 터널을 지나가지 않았으며, 반대 차선에서 달려오는 차가 한 대도 없었을까?

그리고 그 구멍은, 처음과 꼭 마찬가지로 여전히 꼼짝도 않은 채 울긋불긋한 모습으로 어느새 화면 전체를 차지했다.

"불길한 통로로군!"

그는, 언젠가 읽은 서사시에서 이 말이 거의 확실한 죽음과의 싸움을 의미했다는 게 생각났다. 또한 지금도 그 말은 굉장한 것이었다. 스스로 깜짝 놀라면서 그는, 아침나절과 마찬가지로, 속력을 내야 할 이유가 아무것도 없다는 것을 깨달았다. 터널 안으로!

그리고 이제야 비로소, 말하자면 그 구멍으로 삼켜지기 직전 바퀴가 몇 차례 구른 끝에, 불타는 듯 노란 암벽의 모습들이 시야로 밀려들어오더니 잔디와 나뭇잎들이 쌓여 있던 화면은 마치 마법에 걸린 듯 사방으로 흩어져버렸다. 그 마법이 그다지 사악한 것은 아니었던 모양이지? 터널에서 빠져나오자 나무들이 훨씬 더 자유롭게 움직이고 있던 것이다. 심지어 가장 굵은 줄기들까지 두 팔을 활짝 벌린 채 아주 강렬하게 움직였다. 게다가 터널 바깥의 양 옆으로 펼쳐진 바위 언덕들은 순식간에 도로를 얼마나 넓어 보이게 하던지. 그렇다, 이곳은 새로 도착한 이들에게 얼마나 넉넉한 공간을 안겨주었던가.

그들 가운데 한 사람은 손뼉을 치기까지 했다. 마치 장거리 비행 끝에 예상 외로 아름다울 뿐만 아니라 앞날이 기대되는 곳에 착륙한 것 같았다. 그 터널을 벗어남으로써 새로운 날이 시작되었거나, 시작될 수 있었다. 진기한 모험.
현내적인 모험?

어쨌든 그들은 이 순간 그들이 찾아가고 있는 축제 분위
기에 들떠 있었다. 그들은 축제에 대해 굉장한 기대를 품었
다. 그런데 운전기사이자 이방인, 다른 두 사람이 전혀 의
견을 물어오지도 않는 제삼자인 그도 그랬을까?

"그래요, 나도 그때 불현듯, 오래간만에 비로소, 다시 축
제의 기쁨을 느꼈다오."

그가 내게 설명했다.

"그 구멍을 빠져나오던 순간, 여행중 처음으로 나는 시인
과 올림픽 챔피언과 나를 '우리'라고 생각했어요. 우리는
앞으로 일어날 일들을 잔뜩 기대하고 있었소. 그렇게 자주
우리라는 단어를 생각하리라고는 물론 상상도 못 했던 일
이지요."

바깥 사정에 대해 말하자면, 그 진기한 대낮의 모습은 조
금 더 차를 몰고 가자, 아니 어쩌면 눈 깜박하는 사이에 사
라져버리고 말았다. 터널을 빠져나오고 보니, 대낮처럼 환
한 빛 속에서 불타오르듯 선명하게 보이던 것들은 터널 출
구의 단면을 통해서만 그렇게 보인 것이었다.

실제로는 땅거미가 지고 있었다. 무엇보다도 여기서는
비가 오지 않았으며, 비가 온 흔적도 없었다. 하늘은 구름
한 점 없이 높았다. 이상하게도 벌써 가을 날씨 같았으며,
겨울마저 성큼 다가온 듯 느껴졌다. 지대가 전반적으로 높

은 고산지대였기 때문일까?

그러자 정말로 놀랄 만큼 많은 화물차와 트랙터들이 땔나무들을 가득 싣고 지나가는 게 보였다. 국도변에 여기저기 흩어져 있는 집들은 창문만 빠끔히 남겨 놓은 채 지붕 밑까지 장작을 쟁여놓았다. 게다가 이 온갖 업무용 차량들은 대체 뭐란 말인가? 도대체 오늘은 휴일이 아니던가, 그것도 이 근방에서는 일 년 중 가장 특별하고 큰 휴일이?

시인은 길을 몰랐다. 그것은 여행중 처음 있는 일도 아니었다. 그는 이 마을에 차를 타고 와보는 건 처음이라고 변명했다.

게다가 그는 마을 이름도 기억해내지 못했다. 그가 알고 있는 것이라곤 듣기 좋고 유명하다는 게 전부였는데, 그 마을이 아니라 이름이 그렇다는 것이었다. 그 마을은 세계적으로 유명한 어떤 도시 이름으로 불리다가 그렇게 명명되었다. 어쩌면 일찍이 누군가가 이 마을의 이름을 따서 그 문제의 도시 이름을 지은 것은 아닐까, 그렇다면 이 마을이 그 이름의 원조가 아닌가? 아니면 서로 전혀 관계가 없는데도 특이한 지형적 입지 조건 때문에, 같은 수호신을 모시는 까닭에, 아니면 다만 소리가 듣기 좋아서 같은 이름으로 불리는 마을들이 전세계적으로 무수히 많은 것은 아닐까. 그리고 그 가운데 하나가 바로 만인의 입에 오르내리는 이 경우가 아닐까.

"딸아이가 사는 곳이 대체 뭐랬더라? 벨로 호리촌테? 알

렉산드리아? 로디? 베들레헴? 산 세바스티안? 샌디에고? 포트 아파치? 아니면 마닐라니 단치히 같은 이름인지도 몰라!"

그가 세계 방방곡곡을 두루 다녀본 스포츠맨에게 그 마을에 대해 정말 상세하게—특히 아주 사소한 부분까지 설명했는데, 시인은 바로 이런 점에서 능력을 발휘하는 것 같았다—설명했음에도 불구하고 스포츠맨 역시 시인을 도와줄 수 없었다. 아닌게 아니라, 단조롭게 펼쳐진 넓은 암석 지대로 인해 마을들은 한결같이 거기가 거기 같았다. 적어도 스포츠맨처럼 그곳에 처음 발을 들여놓은 사람에게는 거의 다 비슷비슷하게 느껴질 만했다. 더구나 그때는 날이 어둑어둑해질 무렵이라서 서로 구별하기가 한층 더 어려웠다. 게다가 왕년의 챔피언인 스키 선수는 시인이 평소답지 않게 몹시 흥분해서 열렬히 설명한 그런 사소한 점들은 거의 눈여겨보지도 않았다.

그들이 스쳐 지나온 수많은 마을의 표지판들은 거의 모두 자동차 불빛이 비춰지기 무섭게 널리 알려진 대도시의 이름을 보여주거나, 적어도 유명한 이름들과 은근한 친척 관계라도 되는 듯한 이름들이라서 처음에는 혼동하기 십상이었다. 하지만 그런 거창한 표지판에 걸맞는 곳이라곤 하나도 없었다. 그저 힐끗 한 번 둘러본 후 (어차피 어느 마을이고 오랫동안 눈여겨볼 만한 것은 하나도 없었다) 시인은 죄책감에 빠진 듯 매번 다시 고개를 저을 뿐이었다.

그들은 생캉탱, 뢰벤, 산토도밍고, 베니스, 라구사, 피레오스(오!), 예루살렘(오!), 랑군, 페어뱅크, 로젠탈에 흩어져 있는 마을들, 트로야, 여리고, 폼페이, 하일리히그랍/산 세풀크로, 몬터레이/쾨니히스베르크—2개 국어 표지판의 경우였다—레이덴, 베델, 달라스, 루스테나우, 리베나우, 발파라이소, 보스톤을 그렇게 가로질러 갔다. 심지어 한 번은 '탁스함'이라는 표지판을 지나치기도 했다(그러니까 이게 세상천지에 적어도 두 개는 있군!).

앞 좌석의 운전기사는 처음부터 그 표지판들 가운데 어느 한군데에서도 머뭇거리지 않았고, 이제는 질문하듯 시인을 돌아보지도 않았다. 시간이 지날수록 그 모든 마을들을 단호하게 오른편 또는 왼편으로 지나치면서 마치 어디로 가는지 정확히 알고 있는 것처럼 점점 더 거침없이 달려갔다.

그런데 사실 그는 '생캉탱' 앞에서 꼭 한 번 멈췄었다. 그때 그는 양복 상의에 꿰매 넣은 편지를 아무도 모르게 뜯어내 펼쳐서 재빠르게 훑어보았다. 그제야 처음으로 그 편지를 읽은 것이었다. 거기에는 지명과 함께 목적지가 크게 그려진 약도가 있었다. 화살표가 나아갈 방향을 정확하고 알기 쉽게 가리켜주었다.

우스운 일일지도 모르지만 그 마을은, 혹은 무엇이든간에, 아무튼 '산타 페'라는 이름이었다. 그것은 전유럽을 통틀어 천 개는 됨직한 이름이다(호주에도 틀림없이 한 군데 있었다. 아니면 아시아였나? '고아' 섬이나 마카오였던가?).

그들은 물론 사방을 훤히 둘러볼 수 있는 곳에 잠시 차를 멈추고, 귀를 기울이면 아주 먼 곳의 희미한 소리까지 들려오는 바위와 초원지대에서 혹시라도 축제에서 들려오는 소리라도 있는지 아니면 축제의 불빛이 번쩍거리는 쪽은 없는지 찾아보려 할 수도 있었다. 그러나 땔감을 실은 차량들이 하루 일을 끝낸 듯 사라지고 나자, 그날 마을 고유의 축제가 벌어지지 않는 곳은 근처에 한군데도 없다는 사실이 곧 드러났다. 심지어 집이 많아야 두서너 채밖에 없는 사거리에도 옆에 천막이 쳐져 있었다. 그 나지막한 천막은 어둠 속에 완전히 가려져 있긴 했지만, 강렬한 불빛 속에 담배연기가 피어올랐으며 따뜻한 김이 모락모락 나고, 발 구르는 소리가 흘러나왔다.

"이것은 꼭 언급해야겠군요." '운전기사'가 내게 말했다.

"처음에 우리는 길을 묻기 위해서만이 아니라 함께 움직이고 춤추면서 노래하고 즐기려고 여기저기에서 차를 세웠죠—적어도 스포츠맨과 시인이란 작자에게 해당하는 말이지요. 자칭 몰락한 인물들이라고 하던 그 두 작자가 잔뜩 신이 나서 움직이던 꼴이란 정말 볼 만하더군요. 한 작자가 느닷없이 춤꾼으로 나섰는데, 그래도 정말 누구 한 사람 언짢게 노려보거나 침입자나 이방인 취급을 하지 않았지요. 다른 한 명은 아주 당연하다는 듯이 아무렇지 않게 어느 행렬에 끼어들더니 성모상을 받들어 옮기는 천개(天蓋)의 손잡이까지 함께 잡고 행진했습니다. 한 사람은 자동차에서 내리기가 무섭게 어느새 이미 한창 진행중인 활쏘기 대회에 참가해서 상품으로 포도주를 한 병 타오질 않나, 또다른 사람은 때마침 쉬고 있던 악기를 연주해서 잠시 휴식을 마치고 돌아온 진짜 악사로부터 대단한 박수갈채를 받질 않나. 어쨌든 특이한 건 두 사람 다 하는 짓이 똑같았다는 거예요. 특히 시인에게는 혀를 내두르지 않을 수 없었죠. 그러는 사이 나는 어쨌든 내가 그런 인간들과 관계를 맺고 있다는 사실조차 까맣게 잊고 있었답니다. 더구나 우리들 중에 목적지에 도달하려고 애쓰는 사람도 오직 나 혼자뿐인 듯했죠."

시인은 '산타 페'를 처음에는 미처 알아보지 못했다. 바위산 등성이가 꽤 가파른데도 불구하고 '산타 페'는 그 위에 자리잡고 있었다. 산 아래에서 한데 모여드는 두 강줄기도 주위의 다른 마을들에 비해 높이 솟아 있는 '산타 페' 사이를 흘러내려왔다. '산타 페' 아래쪽에 있는, 웃자란 잡초들로 뒤덮인 어느 퇴락한 정거장에서 그곳의 해발고도 수치가 적힌 타원형 에나멜 판 하나가—그래도 여전히 '지중해 해발'이 거의 천 미터였다—자동차 전조등 불빛에 빛나던 순간 마침내 시인이 외쳤다. "여기야! 다 왔어!" 그리고는 다시 뜻밖의 침묵에 빠져들었다. 지난날의 애인과 딸을 찾아가는 길을 기억하지 못해서 그런 것만은 아닌 듯했다.

그 도시—그렇다, 이곳은 마을이 아니었다—어디서나,

도시의 위쪽이나 아래쪽이나 축제의 장이었다. 장거리 약도에는 그들이 지나야 할 거리와 골목 이름까지 자세히 적혀 있었다. 운전기사가 말없이 편지를 접어 시인에게 보여주었지만 시인은 조금도 놀라지 않았다.

길을 물은 행인들 중 어느 누구도 길을 설명해주지 못했다. 그들 역시 외지인이었을까? 아니다. 이 이야기가 진행되던 때에는 보통 주민들뿐 아니라 오래 전에 정착한 사람들까지도 거의 지방 사정에 밝지 않았다. 아주 가까운 인근 지역말고는 자기네 고장에 대해 아는 게 별로 없었다. 처음에는 질문 받은 사람들도 모두 여행객 같았다. 심지어는 길을 물어보는 사람들과 같은 나라에서 온 사람들처럼 보이기도 했다. 자동차 창문을 열면, 대개 무리지어 바깥에 빈둥거리며 서 있거나 신나게 축제를 즐기고 있던 그곳 사람들로부터 친숙한 독일어 같은, 말하자면 오스트리아 사투리 같은 말들이 쏟아져나왔다. 그러나 정작 그것은 완전히 다른 말투, 당연히 여기 산타 페의 말이었다(두 동승자들은 여기서도 여전히 거리의 사람들에게 말을 걸면서 자기들이 얼마나 유창하게 그 말을 구사할 수 있는지 과시하려고 서로 경쟁을 했다)—그런데도 거리를 두고 들으면 그 모든 말들이 그처럼 비슷하게 들릴 수 있다는 사실이 놀라웠다.

가까이 가서 들어보면 별 뜻이 없는 미사여구들과 감탄사들이 국제적 차원에서 구사되었는데, 종종 말하는 사람의 역할이 바뀌기까지 했다. 외지인들이 '올라' '부에나스 노체스' '아디오스' '그라시아스'라고 인사하면, '할로'

'하이' '구텐 탁' '츄스' '차오' '유 아 웰컴' '세르부스' '아우프 비더제엔' 하는 답례가 돌아왔다. 한술 더 떠서 어느 가게는 '모차르트'(오락실), 또 어떤 곳은 '티롤'(여관—아침식사 제공 안 함), 그리고 또다른 곳은 '마인츠'(안달루시아와 아랍 풍으로 타일 장식한 야간 바)라는 전광판을 달고 있었다. 또한 어깨 넓이도 못 되는 가파른 골목이나 칠흑같이 캄캄한 좁은 골목, 아마도 옛날 사람들은 그 길을 걸어서 마을의 종교재판소로 끌려갔을 그런 골목에도, '괴서 비어'나 '한넨 알트'처럼 그곳 언어와 순수 독일어가 함께 씌어진 간판들이 깜빡이고 있었다.

그들은 대체 잘츠부르크 시를 벗어나기나 한 것일까? 유럽 어디서나 한결같은 눈부신 강한 조명이 수직의 헐벗은 거대한 바위 절벽들과 함께 비추고 있는 여기 이 옛 시가지는 잘츠부르크의 요새를 아주 똑같이 재현하고 있지 않은가?—그렇지 않다. 그들은 철저하게 그곳에 있었다. 잘츠부르크를 떠나, 탁스함을 벗어나, 틀림없이 그 유일무이한 산타 페에, 멀리, 아주 먼 곳에. 어느덧 다른 하늘을 통해, 특히 그 동안 줄곧 열려 있던 차창으로 들어오는 밤바람을 통해 이 모든 것을 느낄 수 있었다.

"먼 곳에 있다"고 누가 그처럼 단정했을까? 이미 말했듯이 그들의 분위기와 상황, 그들의 여건 그리고 이야기를 결정한 건 그들 자신이었다. 어떤 이야기 속에서 그들이 함께 길을 떠나는 것을 알고 있다는 사실을 말이다. 어떤 이야기를, 더구나 공동의 이야기를 체험한다는 의식이, 비록 집에서 전혀 떠나지 않았더라도, 멀리 와 있다는 느낌을 불러 일으킨 것이 아닐까?

"당신도 가끔 그럴 때가 있나요?"

탁스함의 약사는 내게 이렇게 묻고 나서, 한참 후에야 말을 이었다.

"그토록 오랫동안 찾아 헤매도 매번 허사였던 무언가를 얼떨결에 갑자기 발견하게 되는 경우요. 내겐 그런 일이 바로 산타 페에 도착하던 저녁에 일어났다오. 행운처럼 말이오. 그 도시를 찾아 위아래로 사방을 헤매던 끝에, 갑자기 나는 우리를 기다리는 곳이 어디에 있는지를 알게 된 거요. 그곳은 내가 전혀 모르던 곳이었고, 그래서 그곳을 뭐라고 설명할 수도 없었지만, 나는 단 한순간도 머뭇거리지 않고 순식간에 질주해갔어요. 달과 낯선 별자리를 따라, 그게 아니라면 오로지 우리의 얼굴 위로 스쳐 가던 밤바람에만 이끌려서 말이오. 그리고 그 순간 내겐, 내 이야기에 약간 오해의 소지가 있어서 사람을 혼란스럽게 하거나 현혹하기도 하는 '산타 페'라는 이름을 대신할 만한 다른 이름이 떠올랐소. 바로 '밤바람 도시'요. 나는 지금도 계속 그렇게 부르고 싶어요. 그렇게 해서 우리는 이제까지 찾아 헤매던 거리에, 바로 그 집 앞에 도착했지요."

"다 왔다!"

시인이 외쳤다. 운전기사에 대해서는 조금도 놀라워하지 않고, 마치 자기 혼자 길잡이 노릇을 했다는 듯한 태도였다.

"저게 담장에서 떨어져나간 기왓장이야. 작은 새들이 드나들 수 있는 구멍이 그 안에 있지!"

그러자 운동선수가 뒷좌석에서 맞장구쳤다.

"그래, 정말 있는걸. 담장 구멍에 참새 둥지가 있어."

시인은 마치 이 근방을 훤히 꿰고 있는 전문가라도 되는 듯한, 심지어 여기 이 거리에서 어린 시절을 보내기라도 한 듯한 말투였다.

길이 어떻게 나 있고, 또 어디로 계속 연결되는지 그날 밤에는 도무지 알 수 없었다. 축제 덕분에 거리는 강렬한 조명등에, 활짝 열린 대문과 주차장 등에서 퍼져 나오는 자동차 전조등 불빛까지 보태져 한층 밝게 빛나기는 했다. 하지만 거리 전체가 그런 것이 아니라 띄엄띄엄 불이 밝혀져 있어 어두운 곳은 더욱 어둡게 보였다.

그 집 앞에 서자 그들은 일단 눈이 부셨다. 운전기사는 다만 그 거리의 끄트머리에 더 길게 뻗어나가는 어두운 거리가 있을 것이라고 짐작해볼 뿐이었다. 그 길을 지나고 나면 더이상 불빛도, 연결되는 길도 없을 것 같았다. 그렇다면 어디로 넘어가는 길이란 말인가? 어쨌든 그들이 있는 곳이 도시의 위쪽은 아닌 듯했다. 도시의 위쪽이라면 주위가 대낮처럼, 무대처럼 환하게 밝혀져 있었을 것이다.

그는 양손뿐만 아니라 몸 전체에서 여전히 떠나오기 전 집에서 나던 은은한 냄새를 맡을 수 있었다. 그 모든 냄새들을—방, 정원, 공항의 숲, 지하식당에서 나던 냄새들, 그리고 국경의 강에서 수영할 때 묻어온 냄새들—각각 따로 분류해 이름을 붙이고 설명할 수 있었음에도 불구하고, 지금 저기 길 끄트머리의 어둠 속에서 불어온 밤바람과 함께, 그가 잠시 행복이라고 여겼던 어떤 냄새가 코끝을 스치고 지나가자 그는 그만 깜짝 놀라고 말았다.

그는 나중에 이렇게 말했다.

"내가 스스로 행복하다고 말할 수 있었던 적은, 물론 몇 번 안 되지만, 언제나 내 몸이 위로 붕 뜨는 것 같은 순간이었어요. 그리고 그때마다 매번 그 값을 톡톡히 치렀구요."

눈이 부신 듯 두 손으로 불빛을 가리면서, 세 사람은 거리의 축제를 둘러보았다. 그 집의 대문만 거리에서 유일하게 잠겨 있었다. 집 안에서 나오는 듯하던 많은 불빛은 바깥의 불빛들이 반사된 것이었다. 그 집은 땅바닥에 딱 달라붙은 오두막처럼 지붕이 낮고 양 옆으로 길게 뻗어 있는 다른 집들과 비슷했고, 양쪽으로 빈틈없이 죽 늘어 서 있는 똑같은 회백색 집들과 함께 일렬종대를 이루고 있었다. 굴뚝에서는 장작불 연기가 피어오르고 있었지만, 문 앞에 그 흔한 유리구슬 발이나 철제 발 하나 걸려 있지 않았고 초인종도 없었다.

시인에게는 문을 두드리고 서둘러 집 안으로 들어서려는 기색이 없었다. 그는 먼저 우리들을 졸개처럼 거느리고 거리로 나서고 싶어했다. 그러나 그가 몇 년 동안 여기서 살았으며 자칭 이 근방의 유명인사였다고 했지만, 이젠 아무

도 그를 알아보지 못하고 무시한 채 지나쳤다(지금처럼 설
칠 때마저도 남의 이목을 끌지 못했다). 겨우 한 사람이 잠
시 멈칫거리며 쳐다보았지만, 그 역시 이내 눈길을 돌렸다.
시인 자신도 마찬가지로 이제 아무도 아는 사람이 없었다.

"정말 죄다 떠나버렸군." 그가 말했다.

한번은 그가 예전의 이웃인 듯한 어떤 사람에게 인사했
는데, 그 사람은 그 이웃의 아들이라고 했다. 그가 자신을
소개하며 자신과 아버지의 특징적인 인상착의, 그 거리에
서 있었던 일들을 이야기해주었지만, 시인은 여전히 낯설
어했다.

"이제는 전해내려오는 게 없어." 그가 중얼거렸다.

그러고 나서도 다시 한번 예전의 이웃인 줄 알았던 부인
이 바로 그 부인의 손녀라는 사실이 밝혀지자 그는 할말을
잃었다.

"도대체 어느 시대에 와 있는 거야? 내가 시간을 잘못 찾
아든 건가?"

축제의 거리에서 지난날의 올림픽 영웅을 알아보는 사람
이 아무도 없었다는 점에는, 시인의 경우와 달리 한 가지
분명한 이유가 있었다. 설령 누군가 예전의 그의 모습을 잘
알고 있었다 해도, 지금의 얼굴엔 예전의 모습이 하나도
남아 있지 않았다. 금메달 수상자의 모습은 사반세기 사이
에 어느덧 그렇게 달라져 있었다. 딱히 수술이라고 할 수도
없는 어떤 수술 때문인 듯, 그의 얼굴에는 예전의 흔적이
조금도 남아 있지 않았다. 눈빛도 예전의 눈빛이 아니었다.

어느 누구도 전혀 놀라게 하지 못하던 그를, 그래도 누군가가 알아보게 되면, 그 놀라움은 더욱 컸다.

"설마 선생이 그 사람은 아니시겠죠? 하느님 맙소사!"

이런 외침은 스키 스타의 고향에서도 이미 수차례나 들어오던 터였다. 그러나 여기서는 그럴 가능성도, 그럴 위험도 없었다.

그들 세 사람 가운데서 한 번도 아니고 여러 차례 사람들이 말을 걸어온 사람은, 다른 두 명의 그림자에 반쯤 가려진 채 맨 뒤에서 인파 속을 걷고 있던 사람, 바로 그들의 운전기사였다.

"당신 혹시 얼마 전 텔레비전에, 어떤 서부극에 나오지 않았소?"

"나는 당신이 누군지 알아, 뭔지 잘 모르겠지만 어쨌든 어떤 병의 치료약을 발명한 의사잖아."

"어이! 어쩐 일로 이렇게 누추한 오지를, 막다른 골목 중에서도 가장 막다른 뒷골목을 찾아왔소?"

그는 그런 질문에 한 번도 대꾸하지 않고 그 나라 말을 못 알아듣는 사람처럼 행동했다. 그 덕분에, 그가 말을 할 수 없게 된 사실만은 계속 숨길 수 있었다. 그때마다 시인과 운동선수가 사람들의 착각에 대해 해명하고 그의 보디가드, 통역 및 대변인 역할까지 해가며 그를 도왔다.

가는 곳마다 각양각색의 축제 놀이들이 다양하게 벌어지고 있는 기다란 거리에서 사람들은 대부분, 오로지 자기 자신에만 열중하고 있었다. 아니, 아예 자기 자신이 곧 스타였다. 한 가지 낯익은 것은 수많은 젊은이들의 모습이었다. 계속해서 왔다갔다하는 그들의 모습은 어딘가 유쾌하기도 한 게, 때론 즐겁고 때론 친근하게 느껴졌다.

"세상이 온통 제집이구먼!"

한 무리의 젊은이들이 자기들 멋대로 길을 휩쓸고 가는 바람에, 다른 사람들은 모두 간신히 비껴가는 모습을 보고 시인이 말했다. 또 파트너의 눈에 비친 자기 얼굴을 발견하고는 서로 더 가까이 달라붙어 두 배 세 배 다정해진 한 쌍의 남녀의 면전에 대고도 그렇게 말했다. 그리고 어슴푸레한 어둠 속에 서서 자기 자신을 애무하거나, 밤바람에게 자신을 내맡기고 있는 모든 그/그녀의 얼굴에 대고도 일일이 말했다.

"절대로 틀린 말이야." 시인은 덧붙였다.

"나르시스가 물에 비친 자기 자신의 모습과 사랑에 빠졌다는 것 말야. 실은 나르시스는 매우 강렬한 세계애(世界愛)를 타고났거나 그게 아니면 어느날 갑자기 세계애가 생겨난 거라구. 그는 자기 손가락 끝에서 우주공간 저 끝까지 이르는 존재와 현상들에 대한 깊은 애정을 지니고 태어났어. 또 그렇게 자라났고. 애정과 호감을 한 몸에 지녔던 청년 나르시스는 전세계를 품에 꼭 안는 것 외에 더이상 바라는 게 없었지. 그런데 세상이, 인간 세상이 어쨌든 이걸 용납하지 않고 그를 피하면서, 사랑의 눈빛으로 응대해주지도 않았던 거야. 존재에 대한 그의 희열과, 아는 사람이든 모르는 사람이든 모든 사람들을 향한 그의 애정은 그 어디에도 머물 데가 없었어. 그러니 서서히 자기 자신에게서 의지할 곳을 찾을 수밖에. 세계를 열렬히 사랑하던 나르시스가 자기 자신에게 갇혀버린 거야. 결국 그는 그렇게 파멸한 거라구. 하지만 그래도 그편이 낫지, 훨씬 낫고말고. 어쩌면 그는 세계 정복자 아니면 전쟁 도발자, 또는 국가 원수나 사회학자, 그리고 설교가든, 신의 포로든, 예언자든, 신흥종교 교주든, 이도저도 아니면 국민 시인이나 세계적 시인이 되었을지도 모르니까."

"자네 무슨 말을 하는지나 알고 있나?" 올림픽 우승자가 대꾸했다.

"그럼! 내겐 아름다운 것, 모범이 될 만한 것, 유용한 것, 더구나 불멸의 것을 이루어내는 것 따윈 절대 중요하지 않았어. 나중에 가서는 그런 것들이 더 적합한 일이었을지도 모르지. 하지만 무엇보다도 나는 늘, 그래, 늘 그저 좋은 일을 하고 싶었던 것뿐이야. 그래, 좋은 일. 다만 그걸 너무 늦게야 깨달은 거지."

밤의 축제 거리에서는 젊은이들만이 주인공은 아니었다. 야외에서 타고 있던 모닥불 곁에는 이제 막 일어나 앉기 시작한 젖먹이가 유모차에 앉아 있는 게 보였다. 아기는 그곳에서 새끼 양 한 마리를 굽고 있는 어른들을 향해, 제가 거기 총사령관이라도 되는 양, 손짓을 해가며 소리를 질러대고 있었다. 그러면서 어른들이 적절하게 감탄해주고 있는지 주위의 구경꾼들을 둘러보며 살피는 것이었다. 여느 집들보다 조금도 크지 않은 길가의 성당 앞에서는 신부가 축제 미사에 참석할 사람들을 맞이하고 있었다. 그는 계단 도 없는 작은 성당 입구에 굴려다 놓은 바윗돌 위에 올라 서서 마치 관할 담당 경찰관이라도 되는 듯, 지나가는 산보 객들을 샅샅이 뜯어보았다. 미사 참석자들의 경우에는 한 층 더 엄격하게 살펴보았다. 나병으로―그러니까 그 병이 여기에는 아직도 있나? 그래, 있군!―코와 입술 그리고 귀 까지 거의 문드러진 한 중년 남자는 곧 도착할 악단(樂團) 을 위해 조명을 밝혀놓은 가장 환한 곳에 서 있었다. 그는 말 붙일 만한 상대를 찾아 계속 두리번거렸는데, 그건 대화 를 나누기 위해서가 아니라, 다만 얼굴을 알아볼 수 없는 자신을 위한, 대개는 욕설들로 이어지는 장황한 연설을 위 해서였다. 일그러진 그의 얼굴에 비해 지나치게 선명한 젊 은 눈이 한결 날카롭게 번쩍였다. 그의 곁에서는 정신이 나 간 듯한 노파가 흩어지는 불빛 속에서 춤을 추고 있었다. 밤하늘을 향해 고개를 치켜들고서, 자신을 무시하려는 모 든 사람을 거만하게 내려다보는 눈빛으로 벌이라도 주는 것 같았다.

그런 식으로 그들은 거리의 끝까지 걸어갔다. 길이 어디 로 이어지는지, 대체 계속되기나 하는 것인지, 여전히 알 수 없었다. 불빛의 장벽 때문이었다. 그 순간 미사를 알리 는 마지막 종소리가 울려 퍼졌다. 그것은 차라리 매달아 놓은 빈 깡통에 망치질하는 듯한 소리였다. 몇 번의 종소리와 함께 거리는 텅 비어버렸고, 여기저기 소방대원 한 명씩만 남아 있었다.

이 소용돌이에 떠밀려 그들 이방인들도 미사에 참석하게 되었다. 이제 예복 차림으로 성당 안의 아주 조그만 제단 앞에 발가락 끝을 까딱거리며 서 있는 신부는, 전투 준비를 완료한 듯, 진작부터 그들을 기다리고 있던 사람 같았다. 신부는 먼저 사람들을 전체적으로 둘러본 후에—수천 개의 촛불들 때문에 한층 더 좁아진 성당 안에 이렇게 많은 방문객들이 서 있을 자리가 있다는 게 놀라웠다—그들에게 진심으로 환영한다는 눈길을 보냈다.

거리의 사람들 역시 경축 미사 자리에서는 조금씩 달라 보였다. 적어도 모두 나름대로의 튀는 개성을 상실한 것 같았는데, 한동안 그렇게 보였다. 제단 위에는 그림 한 점이 걸려 있었다. 성모 승천일을 위해 특별히 그려진 게 분명했다. 그림 하단부에는 농촌 여인의 것인 듯 검게 그을린 벗은 발바닥이, 위쪽에는 위를 올려다보는 두 눈이 또렷하게 그려져 있었다. 그 사이에 거대한 구름이 다채로운 색깔로 펼쳐져 있었다. 아마추어에게는 전신상보다 이런 그림이 그리기 쉬웠을 것이다.

성당 안에 있는 대부분의 사람들처럼 시인이 성체를 받기 위해 제대 앞으로 나가자 운동선수도 덩달아 시인을 흉내내며 그의 뒤를 따랐다. 그러는 동안 운전기사에게는 마침내 남 몰래 숨겨둔 편지를 읽을 여유가 생겼다. 편지에는 이렇게 씌어 있었다.

"당신이 분노하며 아들을 내쫓은 건 잘못된 행동이었어요. 그래서 당신 이마에는 당신의 생명을 앗아갈 표지가 하나 자란 거예요. 그 첫번째 표지는 사람들이 도려내버렸지만, 나는 무슨 수를 써서라도 그걸 다시 자라나게 할 거예요. 비록 당신을 수십 번 두드려 패야 할지라도. 그래요, 그래야 하고말고요! 왜냐하면 나 자신도 무척 아팠으니까요. 그럼, 스텝 지역 언저리의 산타 페에서 잘 자요!"

미사가 끝난 후에도 그는 한동안 성당 안에 남아 있었다. 두 일행은 시인의 아이를 찾기 위해 밖으로 나갔다. 성당 안에는 촛불과 유향(乳香)의 향기가 가득 차 있었고, 거리에서 갖가지 고기 굽는 냄새가 밀려들어왔음에도 불구하고, 멀리서 또다른 냄새가 밤바람에 실려오는 것을 확인할 수 있었다.

"나는 귀기울여 들었소." 하고 그가 설명했다.

"마치 냄새와 귀기울여 듣는 것이 서로 무슨 관련이라도 있는 것처럼 말이오!"

그는 유달리 환하게 불이 밝혀진 성당 한구석, 죽은 신의 아들의 쭉 뻗은 와상(臥像) 옆에 서 있는 두 소녀를 주의 깊게 바라보았다.

실물 크기에 실제와 흡사한 색상으로 제작된 그 반라의 시신은 니스칠까지 되어 있어서, 조각가가 아주 섬세하게 만들었을 그리스도의 신체 각 부분들이 한층 더 반짝거렸다. 밤바람 도시에서는 으레 그러기라도 하는 듯, 두 소녀는 이제 그 살아 있는 듯한 육체 위로 몸을 구부려 머리에서 발끝까지 입을 맞췄다. 두 손을 가슴에 모으고 이마와 눈과 입 등에, 입술은 거의 움직이지 않고 부드럽게. 다만 마지막에, 몸을 일으켜 앞에 전신을 쭉 펴고 누워 있는 이를 다시 한번 쳐다볼 때, 두 소녀 중 한 명이 재빠르게 와상의 허리 위를 쓰다듬더니 손가락 끝으로 그 곡선을 따라 훑어내려갔다. 그리고는 그녀의 눈길을 뒤쫓던 옆의 소녀를 마주 보았다. 순간 그녀와 꼭 닮은 그 소녀의 치켜뜬 눈썹과 굳게 다문 입술 위로 공범자에게서 볼 수 있는 미소가 떠올랐다—설령 그렇게 쓰다듬은 까닭에 그녀들의 죽은 신이 그녀들의 손길 아래 장승처럼 불쑥 일어선다 해도 그녀들은 전혀 놀라지 않을 것 같았다.

그 동안 밖에서는 거리의 축제 여왕, 그리고 여왕의 시녀와 시종들을 위한 무대가 세워졌다. 거기서 그는 일행들을 발견했다.

영주의 수행원들이 입장하기 전 깊은 침묵이 흐르던 몇 분 동안 시인은, 마치 운전기사의 생각을 알고 그를 겨냥한 협박 편지를 읽기라도 하는 듯이 또다시 혼잣말을 했다. 그는 대략 다음과 같이 말했다.

"최근 남자와 여자 사이에는 적대감이 생겨났어. 오늘날 남자와 여자들은 예외 없이 모두 다 완전히 틀어졌다구. 이를테면 나는 오래 전부터 적이라곤 하나도 없어—그런 건 있을 수도 없지─하지만 만일에 있다고 한다면, 그것은 아마 여자일 거야. 우리는 이제 사랑받지 못할 뿐만 아니라, 아예 싸움에까지 말려들었지. 사랑이 작용한다고 해도, 오로지 전쟁을 개시하는 데나 이용될 뿐이야. 너를 사랑하는 여자는 조만간 어쨌든 너한테 실망하게 될 텐데, 너는 그 이유조차 알 수 없어. 그녀는 너를, 그녀의 설명에 따르자면, 꿰뚫어보게 된 거야. 그런데 대체 네 어디를 꿰뚫어보았다는 것인지는 도무지 설명해주지 않아. 그리고 그녀는 네 속이 훤히 들여다보인다는 사실을, 네가 잠시도 잊지 못하게 만드는 거야. 그러면서도 이제 널 절대로 혼자 내버려두지는 않지. 전에 사랑 놀음을 하던 때보단 훨씬 덜하지만 말야. 그리고 그녀가 늘 네 곁에 붙어 있으니, 너는, 그녀가 너를 나쁘게 생각한다는 사실에서 거의 벗어날 수가 없어. 너는 절대로 자신을 사기꾼이나 거짓말쟁이, 위선자로 여기지 않고, 더구나 그녀에겐 언제나 처음 시작할 때처럼 좋은 남자이고 싶지. 하지만 너는 너 자신을 그런 치한으로 보도록 강요당하고 있어. 이제는 너를 놔주지 않고, 또 네가 무엇을 하든 간에 너에 대한 부정적인 의견과 씁쓸한 실망을 확인시켜줄 그녀의 눈동자 속에서, 그녀의 눈으로 자신을 보도록 강요당하는 거지. 네가 원하는 걸 하기만 하면, 넌 당장에 속셈이 빤히 드러난 사람이 되고 영영 그런 인간으로 남는 거야. 아무리 애를 써도 여자는 더이상 네게 감탄하지 않아. 설령 그녀가 평생 동안 남 몰래 꿈꾸고 바라던 소원을 이루어준다 해도, 그녀는 너를 쳐다보면서 눈

117

만 치켜뜰걸. 네가 그녀를 위해 죽는다고 해도, 그녀는 네게 몸을 굽힌 채 꼼짝 않고, 마지막 순간까지 그녀말고 다른 건 바라보지 못하도록 방해할 거야. 그래, 요즘은 남녀 간에 처음부터 증오가 기다리고 있다구. 오늘날처럼 이렇게 이성간에 더러운 일이 많았던 적은 결코 없었어. 오히려 더럽지 않은 사람들이 어리석을 정도지. 어쩌면 언제나 그래왔던 걸지도 몰라. 하지만 아무리 그렇다 해도, 분명히 이렇게 비열하고 적나라하지는 않았을 거야. 예전에 우린 그저 서로 묵묵히 견디기만 했던 걸까? 그렇다면 지금처럼 이런 게 더 나은 걸까? 어쨌든 이것은 일반적인 현상이야. 너나 나한테만 일어나는 일이 아니라구. 그 어떤 커플도, 여전히 마음이 설레는 젊은 커플이나 존경할 만한 나이 드신 커플도 예외가 아니지. 그들에게는 그 어떤 상황에서도 갑자기 갈라서는 일이 벌어지지 않을 것 같지만, 요즘에는 실제로 그런 일이 언젠가 한 번쯤은 반드시 일어나게 마련이지—비록 나중에는 다시 덮어두려고 할 테지만—그런 일은 처음부터 이미 남녀 사이에 예정된 거야, 적어도 요즘에는. 그렇다면 차라리 처음 만났을 때부터 대뜸 치고 박고 하는 게 낫지 않을까? 안 그래? 그윽한 눈길 대신, 얼굴이 발그레해졌다 창백해지는 대신, 가슴에 사무치는 아픔 대신 곧바로 사납게 서로 두들겨 패는 편이, 안 그래? 요즘 남녀들은 어째서 상대방을 내버려두지 않는 걸까?—잠시라도? 하여간에 나는 그런 괴롭힘에서 벗어난 지 이미 오래지만."

그리고 나서 그들은 노천의 긴 테이블에 앉아 사람들과 함께 먹고 마셨다. 드디어 건너편 무대 위로 축제 수행단이 입장했다. 모두 아주 젊은 사람들이었다. 그중 몇몇은 조금 전까지만 해도 여기저기서 빈둥거리며 서 있던 사람들이었다. 그 젊은이들이 이제까지의 별난 태도를 버리고 당당하게 행동하는 것은 단지 짙은 색깔의 의상 때문만은 아니었다. 지금 그렇게, 함께 모여 있는 모습이 실제의 그들인 것처럼 보였다. 그들은 무대 위에서 어떤 역할을 연기하는 게 아니었다. 특정한 포즈를 취할 필요도 없었다. 그들은 한결같이 타고난 귀공녀이며 귀공자였다. 어떻게 부르든 간에 바로 그런 사람들이었다. 의상과 왕관 모양의 머리 장식, 부채 등이 아니라, 그들이 자리를 잡고 앉은 모습과 제각기 자신을 보여주는 태도가 그런 인상을 만들어냈다.

 이 자연스러운 고귀함이 관중들에게로 퍼져나갔다. 특히 손가락 하나 까딱 않고 거리의 군중을 하나로 만든 주인공은 바로 축제의 여왕이었다. 이것은 그녀가 지닌 특이한 아름다움 때문이었다. 보통 때의 그녀는, 아직 어린아이에 가까운, 그저 한창 자라나는 소녀일 뿐이었다. 그녀의 아름다움은 사람들을 유혹하거나 흥분시키지 않았다. 만약 흥분시킨다고 한다면, 그것은 사람들을 감동의 도가니에 몰아넣는다는 의미에서였다. 비로소 지금 이 순간에야 분명해진, 불확실하고 불분명한 그 무엇에 대한 기억이 갑자기 터져나온다는 뜻이었다. 마치 이 아이가 아래에 모인 모든 사람들의 가장 가까운 피붙이라도 되는 듯, 그들을 감동시키는 아름다움이 축제의 여왕인 소녀에게서 뿜어져나왔다.

그러자 실제로 관객 가운데 한 사람이 자기가 바로 그 아이의 가족이라는 사실을 알려왔다. 악단이 어느새 영주의 수행원단 아래쪽으로 트럼펫과 클라리넷을 들고 와 연주를 준비하는 동안, 운전기사는 바로 옆에서 아주 낯선 목소리가 알아들을 수 없는 이름을 부르는 소리를 들었다. 시인이 딸의 이름을 부른 것일까? 하지만 그는 그 아이를 처음 보는 거잖아? 시인은 아이를 향해 자기가 아버지라고, 절규하듯 날카롭게 외쳐댔다.

"내가 왔다, 내가, 네 애비가!" 그리고는 "그렇소, 내가 아버지요!" 하고 고개를 돌려 그를 쳐다보는 사람들에게 선언했다.

여왕은 자신이 '만인을-위한-존재'라는 표정을 조금도 바꾸지 않은 채, 그를 향해 돌아섰다. 그녀의 얼굴에 잠시 기뻐하는 기색이 보였지만, 아주 잠깐이었다. 이 기쁨이 그녀의 얼굴 전체로 퍼져나갈 시간적 여유가 있었더라면, 그녀는 분명 축제에서 가장 빼어난 미인이 되었을 것이다.

"그렇게 되지 않았다오." 약사가 내게 말했다.

"소녀의 얼굴은 순식간에 일그러졌어요. 너무 놀랐던 거죠. 언뜻 보면 그녀가 아버지를 바라보는 것 같았지만, 사실은 그 뒤의 무언가를 보고 있던 거라오. 간단히 설명하자면 이렇소. 그곳에 막 경찰관 두 명이 나타나 모든 사람이 보는 앞에서 어린 여왕을 체포했어요. 그녀는 끌려가면서 뒤를 돌아보며 아버지를 찾았어요. 그 사람은 당장 모든 걸 다 팽개치고 그녀 쪽으로 내달렸지요. 운동선수도 함께요. 시인과 시인의 친구가 신분증을 보여주고, 세 사람은 모두 경찰차를 타고 사라졌어요. 나는 꼼짝 않고 혼자 앉아 있었지요."

"그래서요? 그 다음에는요?" 내가 물었다.

"소녀의 어머니는 근처에 없었나요, 시인의 옛 애인 말이에요?"

"없었어요."

"죽었나요?"

"내 이야기 속에서는 아무도 죽지 않아요."

탁스함의 약사가 대답했다.

"가끔씩 슬프게 진행되고, 때론 거의 절망적이기도 하지만 죽는 사람은 있을 수 없어요."

"그럼, 그녀는 어떻게 된 거죠?"

"그새 잊으셨구려. 일단 그냥 내버려두기로 했잖소. 여왕의 어머니는 그냥 놔둡시다—하지만 소녀가 연행당할 때 내가 왜 꼼짝 않고 앉아만 있었는가는 그냥 넘어가지 않으리다. 똑같은 일을 나는 이미 내 아들과 겪었던 거요. 지방 경찰들이 집 안으로 들어와 아들의 팔을 등뒤로 비틀어쥐고는 끌고 나갔지요. 그때, 아들애도 시인의 딸과 똑같이 뒤를 돌아봤어요. 물론 그 소녀의 경우, 지금까지도 나는 그애가 무슨 이유로 체포되었는지 몰라요. 그러나 내 아들은 도둑이었소. 처음 구속당할 때는 그저 급우들간에 스포츠처럼 유행하던 도둑질 놀이를 따라한 것에 불과했다오. 그애는 딱히 외톨박이는 아니었지만 또래들 사이에서 뒤처지지 않기 위해 해야 하는 경험들은 매번 마지막으로 하는 그런 아이였죠. 뚜렷한 확신이나 흥미도 없이—순전히 대화에 끼기 위해 따라 했던 거라오. 그때 아들을 경찰서에서 데려가라는 전화 연락을 받았소. 아이는 일단 경고만 받고, '훈방 교육'을 몇 시간 듣는 것으로 끝났죠. 경찰서 앞길에서 나는 아들을 부둥켜안았소. 언젠가 한번 그렇게 했을 때, 아이의 몸에 소름이 돋는 걸 본 적이 있었는데, 이번에는 그렇지 않았어요. 우리는 같이 울었죠. 하지만 그리고 나서 내가 아이의 얼굴을 세차게 후려갈긴 거요. 온갖 범죄 중에서도 내가 가장 지독히 혐오하던 게 바로 도둑질이라는 것밖에는 달리 내 행동을 설명할 수 없어요. 나는 그 순간의 동작들, 손가락을 뻗어 슬쩍해가는 그 장면을 생각하기도 싫었죠. 또 도둑이, 그것도 얼치기 도둑이 우발적으로 도둑질을 할 때의—전문적인 도둑은 아무 표정이 없지요—잔뜩 찌푸린 낯짝은 정말 구역질이 날 정도였어요. 마치 인류에 가장 어긋나는 장면을 목격하는 기분이었어요. 그건 그렇고, 내 아들과의 연대감이 바로 그 순간, 경찰서 앞에서만큼 강했던 적도 없었다오. 그 뒤, 아이가 집을 나가 실종되고 나서 나도 도둑질을 한번 해보았다오. 그저 자질구레한 것 하나를, 어디선가 껌 한 통이나 연필 한 자루를 슬쩍 가져왔을 거요. 아무튼! 그렇게 한다고 해서 아이를 돌아오게 할 수는 없었죠."

그리고 나서도 그는, 그날 밤이 새도록, 또 잇따른 며칠간의 축제 기간 내내 그렇게 앉아 있었던 것 같았다. 그렇다, 여기서 내게 자신의 이야기를 하는 지금도 그는 여전히 거기 앉아 있는 것처럼 보였다. 뭔가 사건이 벌어졌던 것이다. 그날 밤 내내 거리의 테이블들을 차례로 돌던 악사들 가운데서 그는, 아들을 발견했다.

여왕이 체포되었어도 축제는 그대로 계속되었다. 끔찍한 몇 초가 지난 후, 다행스럽게도 음악 소리가 울려 퍼지기 시작했다. (경찰차가 문을 닫고 그 자리에서 사라진 후 트럼펫의 첫 선율이 울려 퍼지던 사이의 그 짧은 시간 동안, 그곳 야외에 모여 있던 주민들은 너나없이 소스라치게 놀랐는데—누구 하나 옆 사람과 눈길을 마주치려고 하지 않았다—이전에도 이후에도 그런 모습을 보인 적이 없었다.)

가수가 따로 없이 대부분 집시들로 이루어진 악단은 전부 한가족이거나 한집안인 것처럼 보였다. 집시 출신이 아닌 듯 피부가 희고 금발인 사람도 두엇 눈에 띄었지만 모두 한집안 식구라는 말이 들렸다. 그들은 대체로 작고 짧은 관악기만 연주했는데, 트럼펫도 클라리넷처럼 짧았다. 그래서 음악은 거칠고 숨 가쁘게 이어지는 고음으로 울려 퍼졌다. 마치 거침없고 자신만만한 찬가(讚歌)처럼 같은 음을 딱딱 끊어 연주하는 음악이었다. 찬가처럼 딱딱 끊어진다고? 그렇다.

유일하게 다른 종류의 악기인 아코디언은 넓게 펼쳐질

때마다 사람들의 시선을 끌기는 했지만, 소리가 선명하게 들려온 것은 중간에 한 번 독주할 때뿐이었다. 트럼펫과 클라리넷 리듬에 비해 유별나게 속으로 잦아드는 멜로디였다. 이 아코디언의 건반을 누르고 있는 사람이 바로 그의 아들이었다. 게다가 그의 아들은 그룹 내의 몇몇 외지인 가운데 가장 한집안 식구처럼 보이는 쪽이었다.

"내 편견만은 아닐 거요." 탁스함의 약사가 내게 말했다.

"오랫동안 나는 집시들을 불쾌하게 여겨왔어요. 그래도 젊은 시절에는 집시들을, 또는 그들에 관해 떠도는 소문을 매혹적이라고까지 생각했었지요. 그런 건 굳이 설명하지 않아도 될 거요. 그런데 훗날 여행을 하거나 여기저기 돌아다니면서 몇 차례 습격을 받고 강도를 당했던 게 거의 다 집시들의 짓이었다오. 아들애한테도 말했었지만, 먼발치에서 이 패거리의 모습이, 고작 꼬마나 갓난아이들만 보여도 벌써 나는 증오 정도가 아니라 완전히 패닉 상태에 빠져들게 된답니다. 순식간에 배에 들이대는 칼이, 겨드랑이로 파고드는 수많은 손들이 셔츠 밑으로 느껴진다니까요."

그런 그가 이제 집시들 사이에서 옷차림만이 아니라 얼굴 표정까지 그들과 똑같아진 아들과 마주쳤다. 그는 그 표정을 어떻게 표현해야 할지 알 수 없었다. '뻔뻔'스럽다거나 '불안'하다기보다 '거기 있으면서도 한편 없는 것 같고', 어딘가 접근하기 어렵게 보였다는 표현이 가장 적절할 터였다.

그런 표정으로 연주하면서 아들은 아버지를 제법 다정하

게, 하지만 그를 특별히 염두에 두지는 않은 태도로 바라보았다. 다른 단원들도 마찬가지였다. 특히 밤하늘을 향해 살짝 치켜든 채 연주를 계속하고 있는 트럼펫들은 아들의 보잘것없는 아코디언과는 비교도 안 되는 장관을 연출해냈다.

아버지는 아들에게 한 번도 알은체를 할 수 없었다. 밤낮으로 이어지는 축제가 다 끝날 때까지 마찬가지였다. 악사들은 다음 테이블로 옮겨갔고, 다음날 해가 뜨고 질 때 거리를 한 바퀴 돌면서 시가 행진을 했다. 그때마다 트럼펫들은 매번 다른 빛을 발하며 그의 곁을 지나갔고, 아들 역시 아코디언을 멘 채 여전히 다정하게, 피곤한 기색도 없이 그렇게 그를 스쳐갔다.

그 축제의 첫날밤에는 또다른 사건이 있었다. 분수령 우물가의 여인인 그 미망인, 소위 승리자라지만 그에게는 구타하며 돌을 던지는 여인인 그 여자가 느닷없이 어둠 속에서 나와 긴 테이블 옆에 나타났다. 그는 무서워서가 아니라 깜짝 놀라서 그녀로부터 몇 발짝 뒷걸음질치며 물러서려 했지만 그렇게 할 수 없었다. 그녀는 한참 동안 말없이 그의 주위를 빙빙 맴돌면서, 널 없애버리겠다는 듯 그의 코앞에 얼굴을 바짝 들이대고, 두 눈을 크게 부릅뜬 채 아무 짓도 하지 않았다.

그래도 그는 잠깐 틈을 타 그녀에게 인사말을 건네며 미소를 지어 보이기도 했다. 그러나 그녀는 전혀 아랑곳하지 않고 마지막으로 그의 주위를 한 번 더 돌더니, 전과 다름없이, 뒤를 한 번 돌아보고 사라졌다.

축제 동안 도대체 잠을 자긴 했나? 그의 기억으로는 아니라고 한다. 며칠 밤을 꼬박 지샜다—그것은 그의 눈앞에 항상 아른거렸던 경험 내지 있을 법한 전환점이었다. 한편, 그는 그때 그곳에 관한 어떤 영상을 간직하고 있었다. 그가 여인숙에서—거리의 성당 바로 옆에는 '포사다'*도 있었다—깨어난 순간, 꼭 한 번, 그의 비좁은 침대 위에 그 낯선 여자가 누워 있었던 것이다.

한 가지 확실한 것은, 얼마 지나지 않아 시인과 올림픽 영웅이 경찰서에서 풀려난 축제의 여왕을 가운데 옹위하고 축제로 돌아온 일이었다. 그들은 한동안 모두 운전기사처럼 묵묵히 말이 없었다. (그제야 비로소 시인에게는 운전기사가 그 동안 줄곧 한마디도 말을 하지 않았다는 사실이 떠올랐다.)

"그런데 그 모든 게," 탁스함의 약사가 내게 설명했다.

"아들이 금세 눈앞에서 사라져버린 것조차도—그애가 어린 축제의 여왕과 춤추는 것을 본 게 마지막이었지요—내겐 조금도 불행하게 여겨지지 않았고, 어디 다른 데로 가고 싶지도 않았소. 다 그런 거지!라고 생각했다오. 중요한 것은 거기 밤바람 불어오는 야외에서 사람들과 함께하고 있다는 사실이며, 그 다음은 차차 두고 봐야겠다고 말이오."

---

* (스페인어 사용 지역에서) 여관, 음식점.

3

내게 이 이야기를 해준 그 사람은 축제 기간이 지나도록
그곳 외국에 머물렀다. 그 동안 탁스함의 약국은 직원인 두
모자(母子)에게 맡겨 두었다. 내전의 난민인 그들은 신체적
인 고통뿐 아니라 그보다 더한 고통까지 치료하는 약품들
에 대해 아주 잘 알고 있었으며 얼마만큼 처방해야 하는지
에 대해서도 훤했다. 게다가 아직까지 생생히 느껴질 정도
로 어려운 일을 겪은 그들 모자 앞에서 많은 사람들은 순
간적으로 자신들의 아픔을 잊어버리기도 했다.

당분간 그는 도시 아래쪽 거리의 여인숙에 머물렀다. 아
침 햇살 속에 그 모습을 드러낸 시가지는, 아직 개발되지
않은 듯 모래와 자갈이 뒤섞여 있는 스텝 지역으로 곧장

연결되었다. 여인숙 창으로 내다보면 이 시가지는 어디를 가나 고른 평지가 아니라, 완전한 평지와 야트막한 둔덕들이 차례로 나타나면서 구릉지대를 이루고 있었다. 크고 작은 가옥들이 올망졸망 시야를 가리는 뒤쪽을 빼면 시가지는 저 먼 지평선까지 온통 텅 비어 있는 듯이 느껴졌고, 길다랗게 뻗은 바위 절벽을 경계로 위쪽과 아래쪽으로 분명하게 나뉘어 있었다. 도시 전체가 시선이 미치는 저 끝까지 황무지로 빙 둘러싸여 있어 마치 도달할 수 없는 다른 대륙으로부터 컴퍼스로 정확하게 재어낸 듯 떨어져 있는 인상을 주었다.

그나마 적어도 이 이야기가 진행되는 시기에는, 하루에도 몇 번씩 기차가 스텝 지역을 통과하거나 장거리 화물 트럭의 경적 소리가 들리지 않았던가? 또한 그곳에 비행장이 없긴 해도 하늘이 온종일 새들 차지는 아니었다. 어느 항공 노선이 그 지역 상공을 통과하고 있는 게 틀림없었다. 그다지 자주 운항되지는 않지만―비행기 구름이 하루에 두세 번 생기는 정도―적어도 이곳 사람들이 다른 세상으로부터 격리된 것은 아니었다. 비행기 구름은 매번 하늘 높은 곳에, 보다 높은 곳, 언제나 변함없이 푸른 하늘의 깊숙한 곳에, 아니면 그보다 더 먼 곳에 생기곤 했다. 그 비행기 구름을 만든 비행기가 예외적으로 한 차례 번쩍 빛나며 그 모습을 드러내거나 영공(領空)의 저쪽 끝에서 잠시나마 희미한 소리가 들려오면, 어느 먼 나라에서 오래 전에 출발해 벌써 수천 마일을 그렇게 날아온 비행기가 아직도 상당히 오랜 시간을 동일한 고도로 계속해서 날아가게 될 것이라는 느낌이 그 아래의 사람들에게 긴박하게 전해져왔다.

스텝 지역의 노천 주점을 겸하고 있던 그 여인숙은 며칠 동안 축제의 여왕이었던 어린 소녀가 운영하고 있었다. 실제 주인인 소녀의 어머니는 늘 부재중이었다. 나에게 이야기를 해주던 그 사람은, 혹시 독자들이 이제 정말 설명 같은 걸 필요로 한다면 물론 다음과 같은 말을 덧붙일 수 있을 거라고 말했다. 그녀는 아마 옛 애인을 깜짝 놀라게 해주려고 그를 찾아 나선 듯하며, 그 동안 시인이 여기 이 근방을 기웃거리는 것처럼 그녀 역시 그렇게 돌아다니던 중이라 두 사람이 엇갈릴 수도 있었다는 것이다.

소녀 혼자 그곳을 경영해나가기란 물론 상당히 힘에 부치는 일이었다. 그 건물은 이미 오래 전부터 바람에 기울어진 모습으로 그렇게 서 있었던 것 같았다. 벌써 오래 전부터인 듯 망가져서 사용할 수 없게 된 것들이 많았고 없는 것 또한 많았다—없어진 건지, 아니면 처음부터 없었던 건지 모를 일이다. 어떤 방의 세면대에는 배수구가 없는 반면, 다른 방의 세면대는 마룻바닥 아래로 곧장 배수구가 나 있었다. 침대는 하나같이 너무 짧았다. (그렇다면 주변에서 심심찮게 보이던, 난쟁이들처럼 키가 작은 사람들을 위한 침대인가?—원래 그런 사람들을 위해 지어진 여인숙인가?) 방도 모두 너무 작아 그 안에서는 걸어다닐 필요도 없었다. 기껏해야 한 걸음이면 모든 이동이 가능했다. 문에서 침대로 한 발짝, 문에서 창문까지도 한 발짝이면 되었다. 게다가 침대에서 창문, 침대에서 세면대, 세면대에서 창문까지는 한 발짝도 움직일 필요가 없었다―그럴 필요가 있겠는가?

그런데 며칠이 지나자 그렇게 비좁은 거실과 침실이 만족스러웠고 마음에 들었다. 몇 번이나 잠을 잤는지는 몰라도, 어쨌든 잠이 들기만 하면 아주 깊고 편안하게 잘 잘 수 있었다. 평소와는 달리 꿈도 꾸지 않았다. 그리고 하루 종일, 특히 아침에, 방에 앉아 있으면―그 방에선 그 밖의 다른 행동은 생각해볼 수도 없었다―아주 조용한데다가 몇 가지 필요한 물건들도 바로 손 닿는 곳에 있어서, 때로는 그렇게 쪼그리고 앉아 있는 일이 마치 중요한 행동을 하고 있는 것처럼, 그것도 어쩌면 아주 유용한 일을 하고 있는 것처럼 느껴지기도 했다.

그러나 문마다 제대로 된 열쇠가 없다는 점, 여인숙 아래쪽에 있는 주출입문이나 건물 안의 문에도 빗장이 없는 점은 마음에 들지 않았다. 그는, 적어도 가끔은, 자신을 방 안에 가두어두고 싶었는데, 그것은 화장실에서조차 불가능했다. 창유리 몇 장도 깨진 채였고, 정강이 높이의 현관 문지방은 삭아서 군데군데 부서져 있었다. 지붕은 아직 내려앉지는 않았지만, 밤바람이 아닌 폭풍 때문인 듯 여기저기 기왓장이 서로 겹치거나 밀려나가 있었다. 추녀의 홈통은 스텝 지역에서 날아온 잡동사니들이 잔뜩 쌓여 막혀 있었고, 함께 날아온 모래까지 꽉 들러붙어 있어서, 지나칠 만큼 풍부한 그 지역의 이슬이 단 한 번도 시원스레 흘러내리지 못했다. 고산지대에서 흔히 볼 수 있는 장작도, 여느 집들처럼 길가 창문 아래 차곡차곡 쌓여 있지 않고 뒷마당과 부엌에 아무렇게나 흩어져 있었다.

그러나 집과 그에 딸린 주요 건축 자재들, 그리고 그 밖의 장식품들에서는 어떤 기품이 풍겨나왔다. 돌로 된 외벽과 그 화강암의 푸르스름한 빛, 눈높이까지 어느 한 군데 밋밋하지 않게 전체적으로 올록볼록 물결 모양으로 타일을 입힌 내벽들, 플라스틱 컵 옆에 놓인 시커멓게 변한 은스푼, 박제된 늑대와 날씬하고 높다란 무쇠 난로 하나, 여인숙 후미진 구석에 있는 난로 속에서 한여름에도 줄곧 타오르고 있는 장작불, 불이 붙지 않는 투명한 구식 운모판으로 만들어진 화덕 문, 그 운모판에서 반사되는 불빛이 어른거리는 박제 늑대의 유리 의안(義眼), 테이블 축구 기계 한 대—머리나 다리가 떨어져나간 게 대부분인 축구 기계의 인형들—그 옆 유리장 속에 진열된 아랍풍 웨딩드레스, 바와 더불어 유일하게 넓은 공간인 공동 욕실의 크리스탈 문 손잡이와 욕조 다리와 수건걸이, 압착 목재로 된 문, 통조림 깡통과 같은 소재인 양철로 만들어진 욕조, 놀랍게도 타일 벽으로부터 방사형으로 돌출해 있는 크리스탈 수건걸이에 걸려 있는, 물에 적셔도 아주 뻣뻣한 조그만 때 수건 한 장.

거리의 축제 기간 동안 세 사람은 제각기 다른 일에 몰두했다. 한번은 자정도 한참 지나서 스텝 지방의 황소떼가 거리로 내몰린 적이 있었다. 뒤편에 처져 있던 사람들까지도 소떼 앞으로 내달렸는데—그 소들은 뿔은 벌써 거의 딱딱하게 자랐지만 아직 한 번도 투우장에 나가보지 못한 아주 어린 소들이었다—아무튼 제자리에 앉아 있는 사람은 한 명도 없었다. (아니, 한 사람은 있었나?) 베르베나라고 불렸던, 축제의 마지막 팔 일째 날에는, 차양들 아래 침묵 행렬이 성상(聖像)을 들고 앞장섰다. 한 차양 아래에는 이 거리에 정착한 사냥꾼들이, 다음 차양 아래에는 이곳에 사는 체스 선수들이 앉아 있었으며 세번째 차양 아래로는 성체(聖體)가 운반되었다. 아주 멀리, 까마귀와 까치들의 울음소리가 독수리와 말똥가리들의 울음으로 바뀌는 스텝 지역 너머까지 크게 한 바퀴 돌아서 거리로 되돌아왔을 때는, 무릎 위까지 먼지를 뒤집어쓰지 않은 사람, 축제 예복에 온통 엉겅퀴 같은 식물 가시들이 박히지 않은 사람은 아무도 없었다.

그리고 축제중의 어느 날 일식이 일어났다. 그 최초의 순간, 태양의 내부로 맨 처음 진입해가는 둥그런 달은 잠깐 사이에 무언가를 아주 조금 베어 문 것 같았다. 그 장면은 축제가 끝난 뒤에도 한동안 많은 사람들의 망막에 네거티브 필름처럼 반짝거리며 남아 있었다.

소녀에게는 (여왕의 권위는 잃어버리지 않은 채) 집안일로 돌아갈 시간이 다가왔다. 스텝 지역 변두리의 거리 가운데 적지 않은 길목들이 전과 다름없는 공사장으로 변했다. 방금 전까지만 해도 성모승천일 축제용 테이블들이 늘어서 있던 곳이었다. 영주 수행원들의 무대가 있던 자리에서는 하수도 공사 인부들이 땅속으로 사라졌고, 주로 악사들이—그러니까 그들이 거리를 아래위로 휩쓸고 다니지 않을 때—머물던 자리는 스텝 지역 쪽으로 계속 포장되어 나갔으며, 새로 하얗게 칠하고 있는 성당의 활짝 열린 문으로는 파이프 오르간 소리 대신 페인트공의 라디오 소리가 흘러나왔다. 특히 인부들이 점심을 먹으러 간 사이 사용되지 않는 공구들이 세워져 있거나 땅바닥에 놓여 있을 때면 삽이나 망치, 고무 호스 또는 서랍형 공구함들은 당장이라도 집어들고 나름대로 무언가를 시작했으면 싶게 매력이 있었다.

　그리고 세 사람은 비슷한 방식으로 실제로 일을 시작했다. 도로를 포장하는 인부들 중 한 사람이 멀리서 길을 쓸다가 장난 삼아 철사 솔 하나를 그들의 발치로 던지자, 세 사람 가운데 하나가 허리를 굽혀 그것을 집어들고는 어느새 여인숙 외벽을 문질러대기 시작했다. 처음에는 물론 단순히 장난이나 시험삼아 시작한 일이었지만, 그는 금방 그만두지도 않고 제법 진지하게, 이런저런 식으로 집의 다른 부분으로 옮겨가면서 한 주일 내내 문질러댔다. 그런가 하면, 또다른 한 명은 길 어딘가에서 버려진 듯한 수준기(水準器)를 주워들면서 일을 시작했고, 그런 일이 거듭 되풀이되었다.

여인숙에는—유리장 속의 실크 해트와 작고 길쭉한 배 모양의 장교용 군모(軍帽)들 외에—인근에서 흔히 볼 수 있는 작업복들도 있었다. 바에서 일하는 소녀가 나중에 이 작업복을 건네주어 한 사람은 푸른색, 다른 사람은 흰색 작업복을 입고 일했다. 며칠 지나지 않아 벌써 그들은 거리의 노동자들과 전혀 구별할 수 없게 되었다. 거의 빗이 내려갈 수 없을 정도로 헝클어진 머리카락, 질질 끄는 걸음걸이, 축 늘어진 바짓자락, 거리낌없이 떠들썩한 말투 등 점점 거리의 일꾼들을 닮아갔다. 그런 말투는 기와장이들이 흔히 사용했는데, 위쪽 용마루에서 아래 땅 위에 있는 사람이 알아듣도록 하기 위해서는 어쩔 수 없는 일이었다.

그들도 다른 일꾼들처럼 약간 비탈진 거리에 있는 유일한 공동 샘터로 틈틈이 물을 마시러 갔는데, 벽에 박혀 있는 맨 파이프에서는 가느다란 샘물이 쉬지 않고 졸졸 흘러나왔다. 그리고는 점심시간이 지나도록, 거리를 통틀어 단 한 그루뿐인 그곳의 나무 밑, 유일한 풀밭에서 칠장이들과 도로공사 인부들에 한데 섞여—그런데 누가 누구더라?—말없이 사지를 뻗고 누워 있었다.

다른 사람들처럼 육체 노동을 하면서도 자기 일에 완전히 몰두하지 못하고, 그래서 위장 취업자처럼 보이는 사람은 시인 한 사람뿐이었다. 건성으로 일을 한다거나 서툴다거나 살살 꾀를 부리는 것도 아닌데—정반대로 그는 맡겨진 일을 그 자리에서 당장에 해치웠다—그는 늘 마음이 딴 데 가 있는 사람처럼 보였다. 몹시 힘든 일을 하고 나서도 다른 사람들과 함께 잠시 쉬면서 숨을 돌리지도 않고, 원이나 삼각형 모양으로 둘러앉아 있는 사람들로부터 벗어나 곧장 어디론가 가버렸다. 그곳의 일꾼들도, 그가 사실은 문지방 수선공이나 덧창 페인트공과는 전혀 다른 종류의 사람이라는 것을 금방 눈치챘다. 아니, 그것은 오히려 불신이었다.

"당신은 이런 일을 할 사람이 아닌데 그냥 꾸며대고 있는 거지?"

그후, 처음에는 그저 딸을 위해 요리사 일을 시작했던 그가 바깥의 길거리 샘터에서 쉬고 있는 사람들에게도 간단한 음식들을 대접하고 나서야 비로소 진짜 일꾼으로 인정받게 되었다. 그가 요리할 때면 주위에 물건들이 매우 어지럽게 널려 있어서, 밀가루를 아주 슬쩍 건드리거나 새의 솜털을 뽑아낼 때, 뼈를 잘라낼 때도 매우 긴장해 있는 것 같았고, 불이 꺼진 화덕 가에서조차 더운 것처럼 보였다.

낡은 여인숙 하나가 제대로 굴러가는 데 이렇게 손이 많이 간다는 사실에 놀란 사람은 역시 전 스포츠 스타, 잊혀진 올림픽 우승자, 세계 챔피언이었다. 명성과 부귀영화를 누리던 짧았던 옛 시절에 그가 식당, 호텔 그리고 술집들에 조예가 깊었다는 사실은 수긍이 갔다. 그는 그런 부동산 몇 가지를 소유하기도 했었다. 물론 눈 깜짝할 사이에 "주인은 지금 도피중"이라는 결과가 꼬리에 꼬리를 물고 이어지기는 했지만 말이다. 그런데 누가 꿈엔들 생각이나 했을까. 스피드의 세계 챔피언에게 이런 자질구레한 일들, 정리 정돈, 청소, 탁자 광택내기가, 게다가 다른 사람들을, 그것도 낯선 사람들을 위해 일하는 것이 그토록 기쁨을 가져다주리라는 것을. 그렇다, 그는 그들 세 사람 사이에서 일을 계획, 분배하고 필요한 물품들을 제때에 구입해야 하는 훨씬 힘든 일을 맡고 있으면서도 특별히 생색도 내지 않고 '서비스'라고 불리는 일에도 오히려 무척 신이 났었다. 그는 거기 포사다에 머무는 동안 다른 사람들을 위해 침대를 정리하고, 구두를 닦고, 집 안에 있는 다림질거리를 전부 다렸으며, 심지어 시장도 보고 바느질과 짜깁기까지 했다. 게다가 그런 일들을 언제나 단숨에 신속하고 간단하게 해치웠다. 그는 이제 챔피언도 사업가도 아니었지만 적어도 이 여인숙에서는 열성적인 봉사자가 되기에 충분했다. 누군가에게 물 한 잔을 대접할 때도 그의 얼굴은 환하게 빛났다. 그럴 때면 금메달 수상대 위에 선 전성기의 그를 상상할 수도 있었다.

아무튼 그 늙은 스포츠맨은 그렇게 해서 처음으로 그만의 표정을 갖게 되었다. 그런데 어떤 표정이었더라? 그렇게 사람들은 비로소 다시 그의 이름을, 이제는 발음하기 어렵지 않은 그의 이름을 부를 수 있었다.

"어이, 알폰스! 이봐, 알폰소!"

그는 그저 이렇게 대꾸할 뿐이다.

"그럼, 사람은 일을 해야 해. 이 일은 곧 내 휴가며 여가 시간이야. 여지껏 한 번도 이렇게 많은 여가 시간을 누린 적이 없어. 그러니까 더 일을 해야 되는 거야."

다만 그렇게 말하고 나서 그의 표정은 감격에 겨운 듯 잠시 눈동자의 움직임이 없다가도 이내 다시 절망에 휩싸이는 것처럼 보였다.

"아니야, 난 끝장났어. 나는 이제 가망이 없다구."

그러는 사이 여인숙의 문 바깥으로, 불 뒤에서 일하느라 불꽃과 연기에 얼굴을 찌푸리고 있는 도로 포장공들의 모습이 나타났다.

"적어도 저 불 가운데 설 수만 있다면!"

우리의 이야기꾼을 다른 두 사람 곁에 붙잡아 놓은 것은 무엇보다도 이러한 공동 작업이었다. 수리를 끝마치자 스포츠맨과 시인은 차츰 그의 시야에서 사라졌다. 시인이 여인숙을 떠나 시내 쪽 산타 페 중심가로 (여느 때나 다름없이 그의 단짝도 그의 꽁무니를 따라갔다) 옮겨갔기 때문이다. 그 사이 그의 딸도 어디론가 사라졌는데, 악사를 따라갔다고들 했다. 그렇다, 축제가 끝난 후에도 축제의 냄새는 여전히 거리 곳곳에 남아 있었다.

그리고 그 남자, 우리의 화자는 아코디언 연주자인 그의 아들을—만약 그가 아들이 맞다면—묵묵히 떠나 보냈다.

"그게 옳지요." 그가 설명했다.

"아버지와 아들은 언젠가는 영영 헤어져야 하니까요. 바로 그때가 적절한 순간이었소. 그렇게 나쁜 순간은 아니었을 거요. 그렇잖아요? 아무튼 나는 얼떨결에 그 사바나* 변두리 여인숙의 유일한 거주인이 되었다오."

이제 '승리자'라고 불리는 그 여자를 찾는 일이 시작된다. 하지만 그녀를 두려워할 법도 한데? 첫번째 싸움이 있던 밤에—일방적인 싸움이었지만—그녀가 맨손으로 입힌 상처들이 미처 아물지도 않았다. 특히 예전에 조그만 혹을 도려냈던 이마에서는 원인 모를 출혈이 거듭되었다. 그 자리는 바로 그때—'그때'라고? 그렇다, 그는 그렇게 생각했다—잘츠부르크 공항의 숲가에서 보이지 않는 무언가에게 세차게 한 방 얻어맞은 자리이기도 했다.

그래도 그는 그 여자를 찾고 싶었고, 찾지 않을 수 없었다. 세번째로 머리통을 얻어맞는 한이 있더라도. 이처럼 열을 올리기는 난생 처음이었다.

"아마 사람에 대해서라기보다는," 하고 그가 덧붙였다.

"오히려 무언가를 추적해 찾아내는 일 자체에 열을 올렸던 거겠죠."

여자가 주먹을 휘두를 때 부러져 다음날 아침 산장 방바닥에서 발견된 손톱 한 조각은 그에게 불길한 징조가 아니라 오히려 일종의 단서가 되었다. 그것을 골똘히 들여다보고 있으려니, 그녀가 근처에 있을 거라는 느낌이 더욱 강렬하게 다가왔다.

단지 그녀가 더이상 눈에 띄지 않을 뿐이었다. 한번은 스텝 지역 언저리에서 무언가에 머리를 세게 얻어맞은 적이

---

* 열대 또는 아열대 지방의 건조한 초원.

있었다. 사과였다. 그런데 나무는 어디 있지?—한 그루도 눈에 띄지 않았다—그렇다면 누가 던진 건가?—사방을 둘러봤지만 아무도 없었다—얼마 후에야 그는 약간 떨어진 곳에 있는 까마귀를 보았다. 사과는 거기 마른 하늘에서, 그러니까 까마귀 주둥이에서 떨어진 모양이었다.

그의 추적을 바깥에 있는 다른 사람들은 전혀 눈치채지 못했다. 줄곧 푸른색 작업복을—이 옷은 정말 실용적이고 보기도 좋았다—입고 다녔기 때문에, 크다기보다 그저 넓게 펼쳐진 스텝 지역의 도시 어디에서도 그는 그다지 눈에 띄지 않았다. 그의 행동이나 표정, 눈빛도 일자리를 찾아다니는 여느 노동자들과 다를 바가 없었다. 한눈을 팔거나 주춤거리지도 않았다. 그러나 속으로는 자신의 계획에 집중하기가 쉽지 않았다.

"바로 그녀가 내게는 너무나 강력하게 느껴졌기 때문에 오히려 순간 순간 그녀를 잊을 수 있었던 거요. 그녀를 찾는 일이 너무나 중대하고 절박했기에, 내 의식은 가끔씩 그녀를 더이상 담아 둘 수 없었던 거지요. 한동안 나는 글자 그대로 그녀에 대해 싹 잊어버리고 철저하게 다른 것을 생각했다오. 그렇지만 아무리 그렇다 해도 그녀를 찾는 것과 같은 밝기로 빛나고 있는 무언가일 수밖에 없지요! 가끔씩 정말 아주 고마울 때, 정작 고맙다고 말하는 건 잊어버리는 경우와 비슷하죠."

그는 며칠 동안 산타 페를, 주로 도시의 아래쪽으로 훑고 다녔다. 그쪽은 사바나 주변 기후가 도시 위쪽에 비해 한층 강하게 나타나 절로 혼잣말이 나올 정도였다.

"뜨겁군!"

그가 골목길 위쪽으로 걸어서 여전히 중심가인 절벽 위 옛 마을로 올라가 본 것은 단 몇 차례뿐이었다. 그것도 대개 저녁 무렵, 그 위쪽 거리의 광장에 차츰 사람들의 물결이 빠지고, 도시의 아래쪽과는 달리 밤바람이 제법 세게 불어오는 게 느껴질 때에야 비로소 그렇게 했던 것이다. 절벽 가장자리, 가장 높은 곳의 텅 빈 공터에 우뚝 선 채 얼굴과 모근들과 기억, 그리고 그 이상의 것들을 컴컴한 심연에서 불어오는 그 바람으로 씻어내는 것이었다.

"나는 밤바람의 사람이오. 그런데 내 밤바람의 동족들은 대체 어디 있는 거요?"

입천장이나 혓바닥이 아닌 관자놀이에 돛을 단 느낌이었다.

그러던 어느 날 밤바람 속에서 그는 실어 상태에 빠져 있는 것이 아주 만족스럽게 느껴졌다. 그는 계속 생각했다. 더이상 말할 수 없다니, 잘된 일이야. 결코 다시 입을 열지 않아도 돼. 이건 자유야! 아니 그 이상이지, 아주 이상적인 상태야! 정당을 하나 창설할까, 아니 차라리 신흥종교를 만들어? 벙어리들의 정당, 벙어리들의 종교? 아니지, 홀로 서야 해. 묵묵히, 자유롭게, 그리고 마침내 당연히 혼자서.

그러던 어느 날, 밤바람에 몸을 맡기고 서 있던 순간에 그는 다시 한번 뭔가에 머리를 맞았다. 아니, 그저 그렇게 느끼기만 한 것인지도 몰랐다—사실은 생쥐의 털이 가볍게 스쳤을 뿐이었다. 그건 돌담 위에 앉아 방금 먹이를 통째로 삼켰던 부엉이가 뱉어낸 것이었다.

낮 동안에는 언제나 아래쪽 절벽 기슭에 머물렀다. 실제로 그곳이 '절벽 기슭'이라고 불린 것은 아니었다. 도시가 거기서부터 곧장 평야로 이어졌기 때문이다. 여기서 서로 합류하는 두 개의 강 너머로 지형은 다시 밋밋하게 솟아올랐다가 다시 한번 주저앉기를 반복해가면서, 바로 바위들이 흩어져 있는 스텝 지역의 내부까지 깊숙이 이어진다.

수많은 암벽들, 그리고 (강가와 시냇가의) 암벽의 갈라진 틈과 협곡들로 인해 도시 전체에는 특이한 메아리 현상이 일어났다. 그 메아리는 소리를 멀리 퍼지게 하는 데 그치지 않았다. 되풀이해서 방향을 잃게 하고, 아래위를 헷갈리게 만들며, 때로는 원근조차 구분할 수 없게 했다. 특히 아직 잠에서 깬 사람이 별로 없는 아침에—여기서는 늦잠 자는 것이 지방의 관례라도 되는 듯했다—갑자기 두 사람이 그의 방 창문 아래에서 시끄럽게 말을 주고받는 소리가 들려 바깥으로 몸을 구부리고 내다보면, 아무도 없기 일쑤였다. 거리에 사람이라곤 그림자 하나도 보이지 않았다. 멀리 저 바깥 스텝 지역에서 점 같은 두 형체가 움직일 뿐이었는데, 놀랍게도 그들이 나누는 대화가 한마디도 빠짐없이 그의 비좁은 방안으로 선명하게 메아리쳐 들려온 것이었다.

또는 아주 고요하고 깊은 밤, 오로지 단조로운 부엉이 울음소리만 아래선가 혹은 위에선가 들려올 때, 사바나에 단하나뿐인 큰 과수원이 펼쳐져 있는 어느 좁은 강어귀에서 그곳을 지키는 개들 가운데 한 녀석이 여기저기 흩어져 있는 도랑을 따라가며 조그맣게 킁킁거리는 소리가 곧바로 암벽에 부딪혀 돌아오기도 했다. 녀석이 한 번 짖은 소리가 메아리가 되어 대답처럼 다시 돌아온 것이다. 곧 다른 개한 마리가 뒤따라 짖으면 좁은 계곡에 부딪혀 돌아온 반향은 두 배로 늘어난다. 거기 또 세번째 개가 합세하면 굽이굽이 흘러가는 강가 전체에 어느새 몇 배의 메아리가 생겨나 점점 시끄러워지고, 고지대와 저지대 전역에서 셀 수도 없이 늘어난 반향은 끝까지, 아니 끝나려면 아직 멀었다, 그저 개 세 마리가 서로 짖어대고 있을 뿐인데도 마치 한무리의 개떼가 한꺼번에 야간 순찰을 나서기라도 한 것처럼 되고 마는 것이다.

아직 여름이었다. 그러나 계절마저 혼란을 일으켰다. 도시 곳곳이 종종 여름과 겨울의 온도 차이만큼이나 서로 다른 기온을 보여준 것은 전자 온도계에 문제가 있어서가 아니었다. 칠월 초부터 벌써 낙엽이 떨어지는 것도 전혀 낯선일이 아니었다.
다만 여기서는 계절이 이상하게 앞뒤로 마음대로 움직여, 어느 순간에는 한참 앞서가다가 다음 순간에는 저만치멀리 뒤로 물러나곤 했다. 어느 날 우리의 화자는 두 군데

142

강 가운데 물이 더 많이 흐르는 쪽에서 헤엄치고 있었다. 양쪽 강가에서는 포플러나무가 잎사귀를 살랑이며 속삭이고, 비록 한 마리였지만, 어쨌든 여치가 여름의 소리를 들려주고 있었다. 그런데 난데없이―그는 강을 거슬러 헤엄치고 있었다―노랗고 빨갛고 거무스름한 낙엽 한 무더기가 그를 향해 쉬지 않고 날아왔다. 꽃다발 모양으로 물위에 길게 줄지어 늘어선 그 낙엽들은 물 속에 잠겼다가 다시 수면으로 떠오르기를 반복하면서 가을의 정취가 물씬 풍기는 장면을 연출했다. 그러더니 곧 이어 뻐꾸기 울음소리가 들려왔다. 마치 이제 겨우 늦은 봄이라고 알려주기라도 하듯.

그리고 아직 대부분 설익은 열매가 가득 달린 뽕나무도 있었다. 탁스함의 뽕나무는 벌써 오래 전에 열매들이 모두 떨어졌으며, 땅바닥을 물들였던 붉은 얼룩들조차 색이 바랜 지 오래였다. 마찬가지로 이곳에는 담황색 라일락도 아직 잘디잘게 피어 있었다. 라일락은 또 어느덧 11월로 접어든 듯 스산하게 세계대전 참전용사 무덤들을 연상시키는 거무스름한 해바라기밭을 에워싸고 있었으며, 동시에 그 위로는 한여름의 대기가 여전히 이글대고 있었다.

그 와중에도 그는 거의 길을 잃지 않았다. 어쩌다 그런 일이 생겨도, 이제 드디어 이런 일을 겪는구나, 하면서 태연하게 넘어갔다.

오히려 그 지역 사람들이 그보다 훨씬 더 자주 길을 잃었다. 그 지역에서 이방인 중의 이방인인 그는 언제나 길 안내를 부탁받았고, 그러면 대개 말없이 동작만으로도 사람들을 도와줄 수 있었다.

그에게 길을 묻는 사람들은 대개 관광객들이었지만 기껏해야 밤바람 도시가 수도인 그곳의 지방에서 올라온 시골 사람들이었다. 그 밖의 다른 관광객들은 없었다. 수수한 차림의 이들 관광객들이나 소풍객들은 즐거운 마음으로 이곳저곳을 둘러보았다. 그래도 외지에 나온 탓에 한편으로는 수줍음을 타면서도 노인들까지 (매번 한 번씩 뿐이었지만) 껑충껑충 뛰어다닐 정도로 자유분방하기도 했다.

한번은 화려하게 장식한 승용차를 타고 중앙로를 따라 떠들썩하게 달려 내려가던 결혼식 행렬을 보았다. 부드러운 경적 소리를 울리며 달리던 자동차 꽁무니에서는 깡통들이 덜컹거렸다. 그때 그 신혼 부부 차량에 시골서 올라온 게 분명한 그런 노인 둘이 타고 있는 것이 보였다.

그러나 그는 대개 여자를 찾아 다니거나, 이런저런 다른 생각에 빠져, 땅바닥만 쳐다보며 걸었다. 그렇게 시가지를 벗어나 사방이 탁 트인 스텝 지역에 접어들면, 그 고장 특산물인 여러 종류의 버섯들을 심심찮게 발견할 수 있었다. 일반적인 유형에서 벗어난 변종이긴 해도 그리 낯설지는 않은 것들이었다.

그는 그 버섯들을 그냥 길에서 먹을 때도 있었지만, 대개는 늘 같은 바에서 먹었다. 버섯 요리를 설명하는 데 그저 한두 가지 손동작이면 충분했기 때문이다. 그곳 주민들에게는 자기 고장의 토산품이 아주 이상하고, 낯설고, 위험한 것으로 여겨지는 듯했다. 그들은 발길 닿는 곳마다—심지어 집 뒤에서도—볼 수 있을 정도로 흔한 아주 먹음직스런 버섯을 채취하는 그를 목숨을 내건 사람 취급하면서, 마치 쳐다보기만 해도 생명이 위험하다는 듯 눈길을 돌렸다—하지만 몇몇 사람들은, 대개 악마의 소행보다 기적에 더 이끌리게 마련이듯, 그래도 버섯에 관심이 있는 것 같았다.

그 고장의 다른 많은 토종 식물과 과일 역시 도심(都心)에 사는 사람뿐 아니라 지역 전체 주민들에게 거의 알려지지 않거나 금기시되었다. 어느 날 그는, 도시의 다른 편 출구에 자리잡았을 뿐, 스텝 지역의 언덕 위로 고만고만한 장방형의 집들이 올망졸망 들어서 있기는 그의 여인숙이 있는 거리와 마찬가지인 어느 변두리 동네를 지나가고 있었다. 그때 그가 어느 대문 옆에 늘어진 나뭇가지에서 무화과 한 알을 따자 갑자기 한 노파가 고함을 지르며 뛰어나왔다. 과일을 훔쳐서가 아니라 이른바 그 고장 무화과 품종의 독성 때문이었다.

"먹지 마세요!"

그녀 자신조차 평생 한 번도 먹은 적 없는 자기네 무화과를 먹고 그가 목숨을 잃는 일이 생겨서는 안 되었던 것이다.

그녀의 근심 어린 눈길을 받으면서 그는, 너무 맛있어서 과일나무를 한 그루째 다 먹어치우고 싶었지만, 그냥 두 알만 먹었다. 그것도 제일 작은 것으로. 그는 바로 자기 집 대문 앞에 있는 것조차 뭔지 모르고 동네에서 늙어간 존재들의 불안과 아울러, 아침부터 저녁까지 마주쳤던 사람들의 불안감까지 모조리 먹어치우고 싶었다.

그렇게 여자를 찾아 다니던 동안 그는 그의 두 일행과 두어 번 마주쳤다. 그저 잠깐 헤어져 있을 뿐인데도, 시인과 스포츠 영웅은 서로 마주치자 자신들의 운전기사를 짐짓 모르는 체했다. 아니면 자동차와 여인숙이 아닌 바깥 길이라서, 탁스함에서 흔히 그렇듯이, 정말로 그를 알아보지 못했을지도 모른다.

그게 아니라 해도 그들은 뭔가 다른 일에 정신이 팔려 그를 보지 못하고 지나친 것 같았다. 그들 역시, 아니 그보다 훨씬 더 눈에 띄게 무언가를 찾고 있었다. 그들은 무엇을 찾고 있었을까? 싸움? 돈? 관중? 운전기사보다 훨씬 추진력 있고, 단 하룻밤만이 아니라 영원히 그들을 도와줄 조력자? 단 한 명의 구원자가 아니라, 구원자 전체, 아예 구원자 종족을 찾는 것일까? 혹은, 마침내 자신들을 없애줄 사람, 제거자, 집행인을 찾는 것일까? 작업복에서 다시 우아한 정장으로 갈아입고 있었지만 두 사람은 여전히 남루해 보였다. 심지어 단 며칠 새 이까지 거의 다 빠져버린 모습이었다. 아니면 전에는 틀니를 끼고 있었는데 그 동안 잃어버리거나 꿀꺽 삼켜버리기라도 했단 말인가?

146

그들의 얼굴은 홍조를 띠다가도 다시 시체처럼 창백해졌다. 구두 밑창은 다 떨어져 너덜거렸고, 수염 위로는 달팽이가 지나간 것 같은 자국이 나 있었다. 그래도 마지막까지 단정해 보이던 단 한 가지는, 아주 꼼꼼하게 다듬어진 손톱이었다(그것은 그들에게 변태적인 킬러 같은 인상을 보태주었다).

그들은 계속해서 거들먹거리며 거의 밤낮으로 도시 아래 위를 배회했다. 길 가는 사람들을 가로막고 그들의 외모나 걸음걸이, 목소리 등을 트집 잡으며 시비를 걸었다. 그러나 장난스러운 시를 지어서 읊조린다거나 노래를 부르며 트집을 잡는 게 대부분이어서, 적어도 아직까지는 사람들도 그들을 건드리지 않고 그냥 내버려두었다. 가끔씩 그들은 시와 노래에 대한 사례를 받기까지 했다.

언젠가 한번은 일 년 중 가장 더운 어느 날, 도시 위쪽 플라차 마요르*에서 얼음덩어리를 사라고 외치고 있는 그들을 보았다.

"인공적으로 얼린 것도 아니요, 트럭에서 떨어진 걸 주운 것도 아닙니다. 신토불이 동리 굴 속에서 까마득한 빙하기에 태어나, 콘스탄티누스 대제 시절부터 황제 폐하의 얼음이라 칭송받았던 얼음, 바로 그 얼음이 왔소이다!"

그 다음에 아래 강가의 큰 다리 위에서 만났을 때도 그

---

* 플라차 마요르(Plaza Mayor) : 스페인어로 큰(혹은 오래된) 시장(市場)이라는 뜻.

들은 그를 알아보지 못한 채, 길을 가로막고 사진을 찍어달라고 했는데(그는 물론 그렇게 해주었다), 얼굴을 알록달록 요란하게 칠하고 머리에는 새까만 까마귀 깃털을 꽂고 있었다.

  그 도시의 약국들을 전부 지나다녔지만―신기하게도 그런 벽지치고 약국은 많은 편이어서 거의 스무 군데도 넘는 것 같았다―그는 정말 아무것도 필요하지 않았고 아프지도 않았다. 혹시 그의 실어증 치료약 같은 게 있다면 몰라도.

  그는 나이 많은 약사를 거의 발견하지 못했는데, 마찬가지로 오래된 약국 역시 찾아볼 수 없었다. 이 고산지대의 약사들은 모두 튼튼해 보였으며 얼굴과 손도 거칠었다. 마치 여가 시간이든 아니든 대부분의 시간을 등산과 장거리 보행으로 보내는 사람들 같았다. 어쨌든 화장품 진열장과 약품 진열장 사이를 오가며 약국 안에서 지내기보다는 노상 바깥에 있기를 좋아하는 사람들 같았다.

  그는 도시의 위쪽, 그곳에 하나뿐인 약국에서 유일하게 나이 든 약사를 보았다. 이 약국 역시 새로 지었거나 다시 수리한 것이었는데, 야간 당직 때 닫힌 문의 비상 창구로 그 약사가 얼굴을 내미는 것을 한 번 보았었다. 하지만 밤바람이 부는 거리를 아무리 둘러봐도 손님이라곤 한 사람도 보이지 않았으니―아마도 밤 공기를 쐬려 했던 모양이다. 그리고 또 한 번은 어느 날 정오 무렵, 바로 바위 절벽

쪽으로 나 있는, 그러니까 암벽으로 향한 커다란 뒷창문 앞에 서 있는 그의 그림자를 볼 수 있었다. 따로 직원을 두지도 않고 혼자서 약국에 앉아 있는 노인의 그림자 윤곽이 스텝 지역 앞으로 비치고 있었다. 스텝 지역은 원래 인적이 없는 저 깊숙한 곳까지 모든 잔디와 모래와 바위들이 온통 누런색이었지만 정오의 햇빛 속에서는 거의 하얗게 바래 보였다. 바깥쪽 거리에 서 있던 그는 그 하얀 햇살 속에 비친 노약사의 그림자에서 훗날 자신의 자화상을 보는 듯했다.

우리의 화자가 만나던 유일한 사람은, 도시 아래쪽에 있는 어떤 은밀한 술집의 주인이었다(헌데 뭐가 '은밀'하단 말이지? 그곳에 있는 수많은 바들은 절반 정도가 모두 어딘가에 숨어 있는 듯했으며, 이름 역시 '은신처'나 '구석'과 같은 것들이었다). 이 술집 주인도 나이가 꽤 지긋했는데, 그는 주름살이 늘고 피부가 허옇게 변하는 게 아니라, 각질층이 두껍게 앉아 거칠어지는 방식으로 늙어갔다. 그가 입을 연 것은 아니지만 모든 걸 알 수 있었다. 그 남자는 이미 오래 전에 아내를 여의었고, 두 번 다시 보지 말자며 자식들이 떠나간 것은 그보다도 훨씬 오래 전의 일이었다. 바로 지금이 그가 카운터에 서 있는, 또 이 술집이 존재하는 마지막 시즌이 될지 모른다. 어쩌면 그는 다음해를 볼 수 없을지도 모른다.

"내가 바에 들어설 때마다 그는 카운터에 있지 않고, 타일로 장식된 실내 한가운데 서 있었소. 그리로 가려면 계단을 두어 개 밟고 내려서야 했는데, 거기에는 희미한 네온 사인이 빛나고 있었지요. 그는 내가 손님이란 걸 알아차리고 나서야 허리를 구부리고 바로 들어가는 통로를 잽싸게 통과해 자신의 영역으로 들어갔지요. 그도 나와 똑같이 말이 없었어요. 권하는 거라곤 늘 똑같은 병에 담겨 선반 위아래를 가득 메우고 있는, 단 한 종류의 술뿐이었지요. 다만 그가 내놓는 안주는 매번 달랐어요. 올리브 열매, 피스타치오 열매, 순식간에 볶아낸 꼴뚜기, 메추리알, 민물 가재들과—내가 들고 가면 그가 묵묵히 요리해내는—버섯에 이르기까지. 하지만 안주에 대해 물어볼 필요는 없었지요. 어차피 무엇을 내놓느냐는 오로지 그의 권한이니까! 그렇게 우리는 카운터를 사이에 두고 있었다오. 언제나 둘뿐이었는데도, 대개 서로 눈길이 마주치지 않도록 했지요. 내가 있으면 그는 내가 먹는 것과 같은 음식과 음료를 나와 같은 속도로 먹고 마셨어요. 뻣뻣한 머리카락이 머리통 위로 어색하게 곧추 서 있었고, 귀와 콧구멍 역시 어색하긴 마찬가지였지요. 카운터의 테이블은 두껍고 흰 대리석으로 만들어졌는데, 한군데가 넙적한 대접 모양으로 패어 있어서, 그 속에는 늘 물이, 언제나 깨끗한 물이, 배수구도 없이 고여 있었어요. 그는 뿌옇게 낡은 유리잔들을, 사용하자마자 이 우묵한 곳에 담그고 하나씩 따로따로 씻어냈어요. 물이 더러워지면 그 물을 퍼내고 다시 깨끗한 물을 채웠죠. 린콘* 안에서 가장 고즈넉한 순간은, 전부 깨끗하게 씻겨진 아주 작고 우아한 유리잔들이 대리석 위에 나란히 서 있고, 곁의 개수대에도 물이 새로 차 있을 때, 다른 것들을 모두 치우고, 우리 가운데 어느 누구도 더이상 먹거나 마시지 않을 때, 그리고는 깨끗하게 줄 서 있는 낡은 유리잔들과 약간의 물을, 아주 맑은, 구멍이 없는 심연 속을, 밝은 대리석 바닥의 그 동그란 작은 연못을, 나란히 들여다보고 있을 때였다오. 아마 같은 시각 극동의 한 사찰 뜨락에서는 방문객과 스님이 텅 빈 모래 화단 한가운데 놓인 바윗덩이를 함께 바라보고 있었을지도 몰라요. 파도처럼 길다랗게 갈퀴로 긁어 놓은 그 모래 화단은 동해(東海)를 상징하는 것이겠죠."

어느 날 아침 우리의 화자는 도시의 또다른 변두리 동네에 발을 들여놓았다. 그곳은 막다른 골목처럼 생긴 짤막한 협곡 안에 자리잡고 있어서, 오른편 왼편 할 것 없이 스텝 지역의 바위 언덕들이 치솟아 있었다. 한결같이 자그마한 집들은 담장을 두른 오두막에 불과했다. 집들 사이사이와 그 뒤로는 암벽들이 솟아 있었는데, 그중에 가장 낮은 암벽조차도 집들보다는 훨씬 높았다.

마을로 진입하는 길 중에서 오직 하나만이 맨 위쪽까지 차량 통행이 가능했고, 다른 길들은 곧장 가파른 층계로 이어졌다. 자그마한 건물들 사이로 높고 낮은 계단 여기저

---

* 린콘(rincón) : 스페인어로 모퉁이, 코너라는 뜻.

기에 자동차 몇 대가 서 있는 것이 눈에 들어왔다. 그 차들은 도시 변두리에서도 한참 벗어난 이곳 돌출된 바위 위에, 지도자나 수령의 동반자처럼 버티고 있는 집채만큼 커다란 맨 꼭대기의 차를 위시해, 각각 다른 차량보다 높이 발을 돋우며 스텝 지역 언덕 위에 군림하고 있는 것처럼 보였다.

우리의 화자가 어쨌든 그답지 않게 달리기 시작했을 때—물론 그저 몇 발짝뿐이긴 했지만—그는 자신이 무슨 짓을 하려는지 알고 있었다. 아래편 오두막들 앞에는 대부분 벤치가 놓여 있었다. 해를 마주 보고 있는 그 벤치들이 예외적으로 비어 있을 때에도 외벽에 설치된 유리함 속의 전기 계량기들이 오두막 안에 누군가 살고 있다는 사실을 알려주었다. 그것도 단순 주거용이 아니라 일종의 영업용 시설로 사용되는 것이 분명했다. 계량기의 계기판은 대부분 상당히 빠르게 돌아갔는데 개중에는 쏜살같이 질주하는 것들도 있었다.

그러나 그가 마을 위쪽으로 올라갈수록 계기판은 점점 더 느리게 돌아갔다. 처음에는 자전(自轉)하는 금속에서 때때로 획일적인 섬광만 비쳐 나오더니 이제는 그 옆의 색칠된 부분까지 알아볼 수 있었다. 언덕 높은 곳에 자리한 집들의 몇몇 계량기에서는 계기판이 꼼짝도 않고 있었다. 이처럼 움직이지 않는 것들은 언덕 위로 갈수록 점점 늘어갔다. 이런 집들은 대개 덧창이 내려져 있었고 굴뚝에서 연기도 피어오르지 않았다.

아침 햇살 속에도 이렇게 계기판이 멈춰 있는 것은 이상한 일이었다. 게다가 여기 마을 위쪽에는 바위가 점점 더 많아지면서 그 사이로 가로등도 서 있었다. 더구나 새로 생긴 듯 유난히 밝은 가로등 주변의 집들은 우뚝 솟은 전신주에 둘러싸여 있었으며, 그 전신주마다 굵은 전선들이 여러 겹 감긴 채 가장 허름해 보이는 집 주변에까지 사방으로 뻗어나갔다. 뿐만 아니라 대부분의 집들은 하루 또는 며칠씩 비워져 있는데도 전혀 내버려진 듯한 느낌을 주지 않았다. 마을 끝 거의 꼭대기의 어느 한 집에만 당장 입주가 가능한 매물(賣物)임을 알리는 문구가 적혀 있었다. 그 곁밋밋한 지붕선 위의 이른 아침 하늘을 배경으로, 이제 막 놀이를 시작한 아이들이 완전히 텅 빈 스텝 지역의 구릉 위로 줄지어 올라가는 모습이 보였다. 그 아이들의 머리카락 끝은 언덕 꼭대기의 키 큰 사바나 풀들처럼, 노란 지푸라기보다도 훨씬 더 밝게 빛나고 있었다.

"그 집에서 스텝 지역을 내다볼 수 있었다면, 나는 그날 당장 그 집을 샀을 거예요. 그런데 창문들이 하나같이 절벽 위의 도시를 향해 있더군요."

커브 길을 돌자 그는 첫번째 폐허와 마주쳤다. 이곳에는 뜻밖에도 전기 계량기뿐만 아니라, 문짝이나 지붕도 없었다. 무너진 사각형의 공간 안에는 키 작은 나무들이 자라고 있었는데, 대개 무화과나무들이었다. 나무 아래 파편 더미 속에는 매트리스와 밑 빠진 냄비들이 뒹굴고 있었다. 그래도 그 옆으로는, 급경사임에도 불구하고 꽃과 열매들이 실하게 달린 텃밭이나 쓰러진 닭장들이 여전히 남아 있었다.

그 뒤 마을의 맨 끝에 이르러서야 비로소 스텝 지역을 향하고 있는 한 구조물을 만날 수 있었다. 그 구조물은 가축을 키우거나 식물을 재배하기에도, 하다못해 텃밭을 가꾸는 데 사용하는 농기구들을 보관하는 광으로도 적당하지 않은 것 같았다. 그것은 사방벽을 판자로 두른 초라한 방이었는데 크기는 제법 커서, 자리잡고 있는 언덕의 돌출부에까지 약간 걸쳐질 정도였다. 그 규모에도 불구하고 그 방은 내부 시설이 하나도 갖추어져 있지 않아서 그저 판자만 둘러 놓은 버팀목에 불과한 인상을 주었다. 농기구나 짐승, 그리고 사람을 위한 공간은 진작부터 없었던 듯했다. 그 방을 이루고 있는 모든 게 그러하듯이 나무로 만들어진 문도 하나 있었는데 여기저기서 모아온 자투리로 만든 것이 분명했다. 그런 식으로 만들어진 문짝들은 몇 개 더 있었다. 하지만 서 있다기보다는 앞뒤로 서로 기대 있어서, 하나를 밀거나 들어내면—그것이 그 문들을 열 수 있는 유일한 방법이었다—곧 다른 문짝이 나타났다. 그런 식으로 그 문짝들을 계속해서 들어내거나 밀어나가면 결국에는 방 안으로 들어가는 게 아니라 다시 바깥으로 나오게 되는 것이었다.

이른바 벽이라고 서 있는 것들도 마찬가지였다. 그것들은, 뒷벽에 이르기까지 모두, 촘촘히 탑처럼 쌓아올려진 나무더미에 불과했다. 아마도 저 아래쪽 폐허에 있던 집들의 자재를 가지고 만든 것 같았다. 다 망가진 격자 무늬 창의 일부도 거기 한데 쌓여 있었지만 그렇다고 바람이나 볕이 드나들도록 해 놓은 건 아니었다. 오히려 각목과 판자들로 꽉 막힌 채 비스듬하거나 평평하게 놓여 있을 뿐이었다. 이 모든 것들이 서로 얼기설기 얽혀 있어서, 어쩌면 남아 있을지 모를 방 안의 공간도 기껏해야 쥐구멍 정도에 지나지 않을 것처럼 보였다.

큰 바위들이 뒤섞인 스텝 지역의 가장 위쪽에 위치한 이 구조물은 대체 무엇인지 알 수가 없었다. 이것은 뭘까? 어디다 쓴단 말인가? 바리케이드에 가깝다고 보는 게 가장 적절할 것이다. 다만 이 바리케이드에서 유일하게 제대로 된 모양을 갖추고 있는 것은 차곡차곡 쌓여 있는 판자더미 위에 난간 혹은 복도처럼 얹혀 있는 부분이었다. 망을 보기 위한 바리케이드일까? 그 외에는 아무것도 없었다. 굴뚝도, 방수용 천막도, 상추 한 포기 심을 정원도.

게다가 그 구조물은 마을 끝 가로등과 얽힌 전선타래에서 약간 떨어진 건너편에 있었다. 그런데도 차량이 통행할 수 있는 길이 거의 여기까지 이어져 있었고, 바리케이드에서 멀지 않은 곳에는 집채만큼 크고 긴 자동차 한 대가 주차되어 있었다. 거의 버스에 가까운 그 자동차는 이전에 보았던 산타나 지프차였다. 지난번 이리로 오면서 추월당할 때보다 훨씬 더 커 보였다. 그 차의 전조등에는 스텝 지역의 길에서 튀어 오르는 돌들로부터 보호하기 위한 철망이 씌워져 있었다.

비어 있는 자동차와 나무 판자들이 불쑥불쑥 튀어나와

있는 곳을 지나서—어디에도 사다리는 없었다—난간 위
로 올라갔다.

("그전에 물론 나는 몇 걸음 뒷걸음질쳤답니다" 하고 그
는 이야기했다. "그렇게 뒷걸음질로 걸으면 세상이 온통 움
직이는 것 같지요. 앞으로 걸으면 어릴 때나 그저 가끔 그
랬던 것처럼 말이오!")

난간에서 내려다보니, 아래의 구조물, 즉 사방벽을 판자
로 두른 그 초라한 방으로 연결되는 내부 사다리도 있었고
그 아래에는 그래도 방이라고 할 수 있는, 거처가 될 만한
공간이 있었다. 그는 사다리를 타고 아래로 내려가지 않고
그저 위에서 배를 깔고 엎드려 한참 동안 아래를 들여다보
았다. 뒤죽박죽 섞여 있는 나무들 틈에 침대라기보다는 간
이침대라고 할 만한 것 하나가 간신히 끼어 있었고, 바로
그날 아침에 누군가 빠져나간 게 분명한 담요 한 장 외에
는 아무것도 없었다. 분수령에 있는 승리자의 집의 화려함
과는 극히 대조적으로 전혀 아무것도 없었다. 그리고 그 순
간, 다른 사람 역시 아무도 없었다.

"그런 식으로 남편의 죽음을 애도하려는 것이었나요?"
내가 물었다.

"아니면 뭔가 참회하고 싶었던 걸까요?"

우리의 화자는 대답이 없었다. 어쩌면 나중에 들려준 이
얘기가 그 대답일지도 모른다.

"전에 그렇게 집을 떠나 있을 때면 종종 나는—평상시
같으면 결코 말할 수 없었을 텐데—외로웠소. 한 번은 어

느 바의 카운터에서 빵 한 쪽을 슬쩍 들고 나와 한동안 몸에 지니고 다녔다오. 그 빵을 썬 여자의 향수 냄새 같은 게 풍겨나왔기 때문이죠. 또 취객을 찾아 거리를 배회하기도 했는데, 그저 지나치면서 그들과 슬쩍 부딪치고 싶어서였지요. 그리고 어느 가게든지 언제나 내 앞에 들어선 낯선 사람이 잡았던 바로 그 부분을 잡고 문을 열었구요. 또 여인숙의 공동 욕실에선 깨끗한 수건 대신 누군가 사용하고 구석에 팽개쳐 놓은 수건으로 닦았소. 커피에 넣는 설탕도, 보통 카페에서는 꼬박꼬박 쓰다 남아 포장이 벗겨져 있는 각설탕을 애용했지요. 하지만 그곳 판자 건물 (아니, 사람이 살고 있어도 그것은 차라리 바리케이드였다) 안에서의 외로움이라니! 그 '승리자'! 중세 서사시를 읽어서 나는 잘 알고 있소이다. 그런 종류의 호칭이나 이름은 때때로 정반대를 의미하지요. '승리자'는 그러니까 처음부터 '실패자'였던 거요. 서사시의 비밀은 당연히, 언젠가는 모험이 무사히 끝나 '패배자'가 마침내 '승리자'가 된다는 것이오. 그래야 진짜 승리자가 될 수 있기 때문이라오. 그녀가 그렇게 불린 것도, 실제로 그렇게 될 수 있거나 그렇게 되어야 하기 때문이겠죠. 승리자가 된다는 것은 지금 현재의 실패자에게 정해진 운명이오! 그리고 그 사이에는 어쩌면 모험만이 팽팽한 긴장을 일으키고 있는지도 몰라요."

그는 판자 건물에서 뛰어내렸다. 바람이 일었다. 뭔가 할 일이 있다! 그는 이제부터 매순간 그 일에 몰두해야 한다. 아니면 후각이 발달한 그가 말하듯이 '늘 코를 벌름거리고' 있어야 한다. 그런데 무엇을 위한 몰두인가? 바로 무언가를 발견하기 위해서, 아니 무언가를 재발견하기 위해.

같은 날 그는 그의 이야기에서 마지막으로 시인과 스포츠 영웅을 만났다.

저 산타 페는, 적어도 그 드넓은 아래쪽은 세간에 흔한 시끌벅적한 도시였다. 하지만 아무리 그렇다 해도 그는 거기서 지금 들리는 이런 고함 소리는 아직까지 한 번도 들어보지 못했다. 어린애들이나 축구 경기 관람자들, 크레인 감독과 복권 판매인들, 아무튼 누가 외치든 간에 이렇게 소리를 지르는 사람은 없었다. 때는 점심 무렵이었다. 마침 그는 텅 비어 있는 투우 경기장을 지나 좀더 외진 곳으로 접어들고 있었다. 일 년에 단 한 번뿐인 투우 경기가 이곳에서는 초여름에 벌써 열렸기 때문에, 경기장은 내년 여름에나 다시 이용될 것이었다. 유월의 페리아* 포스터들이 마치 수십 년이나 묵은 것처럼 바래 있었다. 그리고 그 고함 소리가 바깥 쪽에서, 길거리와 둥근 야외 무대 사이의 한적한 모퉁이에서 들려왔다. 그곳은 햇볕이 쨍쨍 내려쪼이기 때문에 특히 여름에는 되도록 기피하는, 야외 무대에서 다소 소홀히 취급되는 자리였다. 그래도 야외 무대에는 늦가을에 열릴 모터크로스 경주와 음악회들이 예고되어 있었다.

---

*가톨릭 예배식에서 일요일이나 휴일에 대해 평일을 일컬음.

가시풀에 달라붙어 찢어진 비닐 봉지와 종이들로 온통 뒤덮인 앞자리에, 그의 두 일행이 한 젊은 남자와 나란히 서 있었다. 그 젊은이가 고함을 지른 장본인이었다. 다른 청년들이 몇몇 거리를 두고 떨어져 있었다. 지난주 내내 그런 패거리들의 모습이 눈에 띄었다. 그들은 길거리에서 서로 달려들어 당장 험악하게 다투는 시늉을 하다 말곤 했다. 그 고장에서는 흔히 있는 일이었다. 그러나 여기서는 그 젊은이가 그의 두 일행 앞에서 이리저리 왔다갔다 펄쩍펄쩍 뛰어오르며 소리를 질러대는 걸로 보아 다소 심각한 것 같았다. 그 젊은이는 평생 한 번도 그렇게 소리쳐본 적이 없는 사람처럼 보였다. 여태까지 수십 년간 길을 가면서 기껏해야 알아듣지 못하게 중얼거려보거나 가끔 침을 뱉었던 게 전부인 모양이다. 그런데 지금 절호의 기회가 온 것이다. 그는 소리 높여 전쟁을 선포했다.

"죽어! 이제 늬들 죽었어!"

그러자 그 두 사람도 비로소 상황을 파악했다. 비록 예상했던 것과는 전혀 다른 방식이긴 했지만.

그 젊은이 같은 인간들이 요즘 들어 점점 더 자주 나타났다. 그 치들은 전에는 언제나 혼자 아니면 많아야 둘씩 돌아다녔는데, 어느새 큰길이나 스텝 지역의 오솔길이나 할 것 없이 나란히 또는 앞뒤로 떼를 지어 몰려다니게 되었다. 그들에 비하면 그 지역의 나머지 주민들이 오히려 소수 집단으로 보일 정도였다.

이제 길거리에서는 그다지 젊다고 할 수 없는 그들이 점점 주도권을 잡아나갔다. 중심가와 다리, 심지어 공공 건물의 출입구 앞에도 새카맣게 모여 있었다. 그들은 다른 행인들은 관심 없다는 듯 대충 훑어보면서 인사말은커녕 아주 간단한 질문에도 대꾸 한마디 하지 않았다. 자기들끼리도 별로 말이 없었지만, 자기들 무리에 속하지 않은 사람이 한 명이라도 가까이 다가오면, 더더욱 침묵을 지켰다.

아무튼 그들은 어떤 식으로든 자기들이 한 무리임을 나타냈다. 그들은 일상 언어를 거부할 뿐만 아니라, 알아듣지도 못하는 체했다. 그들에게는 그들만의 언어가 있었고, 또 그것이 그들 사이에서만 유지되길 바랐다. 그들 사이에서만 유지된다는 말은, 그들의 지역에서는—그곳은 그들 자신의 소유지로, 그곳에서 그들은 분명 이미 오래 전부터 다수를 이루고 있지 않았던가?—그들과 또 그들의 언어 외에는 어느 누구도, 그리고 어떤 다른 언어도 중요하지 않고 통용되지도 않는다는 것을 의미했다. 거기에는 그들이 단시일 내에, 가능하면 즉시 얻으려는 그 지역의 토지 소유권과 자치권에 대한 요구도 얽혀 있었다. 그들이 공공연히 허공을 바라보는 것은 일종의 합의된 행위 같았다. 그리고 그들은 날이면 날마다 계속해서 그들과 부딪치는 사람들에게조차 무표정했으며, 옆사람이나 뒷사람에게는 물론 혼자서도 결코 웃음을 짓는 일이 없었다.

오로지 숫자만이 그들을 하나로 엮어주는 듯했다. 그래도 그들 각자는 모두 순간적인, 또한 지금까지 체험해보지 못한 방식의 폭력적인 돌발 사태에 공동으로 돌입할 태세를 갖추고 있었다. 몇몇은 벌써 도전자처럼 거리를 나다녔다. 외관상 그 패거리와 구별되는 사람들이 점점 줄어들었다. 그들은 그 도발적인 걸음걸이만으로도 다른 사람들과 달랐다. 무릎을 휘청거리며 기운이 없는 듯 어슬렁거리며 걷는다든지, 살금살금 걷는다든지, 아니면 자기네들을 과시하려고 멍하니 정신 팔고 걷다가 갑자기 돌진해서는, 시선은 허공을 향한 채 일부러 어떤 사람을 바짝 스치고 지나가는 식이었다.

이렇게 순간순간 돌변하니, 이 도전자들은 종종 남자인지 여자인지 성별을 구별하기도 어려웠다. 가뜩이나 그들의 너저분한 행동거지에는, 세상 사람들의 얼굴을 헐뜯다가 제 얼굴이 한결 더 늙고 추하게 되어, 일찍 늙어버린 여편네 같은 구석이 있었는데—그러다 갑자기 제 패거리가 아닌 다른 사람과 눈길이 마주치면, 단숨에 암살단원의 표정으로 굳어버렸다.

그런데 무엇이든 자신을 살짝 건드리기만 해도 모른 체하고 그냥 넘어가지 못하는 시인이, 이제 이 도전자들 가운데 한 명의 덫에 걸려든 것이었다. 아마도 시인은 그자에게 무심코 말을 걸었거나, 그자의 의도를 몰랐거나 또는 알면서도 개의치 않았던 모양이다. 단지 앞에서 마주 오는 낯선 행인의 걸음걸이와 외모가 시인을 잔뜩 격분시켰을 테고, 그 결과 막상 모욕당하는 사람도 손바닥 뒤집듯이 쉽게 이해할 수 있는 말로 그자를 헐뜯기 시작했을 것이다.

그러나 지금 여기서 명백해진 사실은, 시인이 완전히 자신을 방어하지 못하는 상태라는 것이었다. 그는 먼저 손찌검을 한 적도, 또한 손찌검을 당해본 적도 없었다. 아마도 꿈속에서 누군가를 때리려고 할 때 상대편의 몸 바로 앞에서 주먹이 힘을 잃고, 기껏해야 가볍게 건드리기만 하는 것과 같은 일이 그곳에서 그에게 실제로 일어났던 모양이다. 더 놀라운 일은 만능 스포츠 선수인 올림픽 우승자까지도 손가락 한 번 까딱할 수 없었다는 것인데, 이것은 그때 그가 잠시 취해 있었던 탓만은 아니다. 올림픽 우승자 역시 이제껏 자기 자신을 방어해본 적이 없었으며 방어할 줄도 몰랐던 것이다. 그것도 어렸을 적부터. 그리고 주먹으로 이제 막 한 방 먹으려는 사람이 바로 그였다.

그자는 칼도 지니지 않았다. 그러나 그자가 고함 한 번 지르지 않고 말없이 스포츠맨에게 보여준 동작만 봐도 특별한 무기는 전혀 필요 없을 것 같았다. 동작만으로 넌지시 나타내 보인 일련의 재빠른 구타 동작은 결국 실제로도 치명적인 한 방으로 끝날 게 분명했다. 가까이서 자세히 보면 주름진 얼굴이 조금 나이 들어 보이는 그 남자가 나무토막 같이 뻣뻣한 스포츠맨을 향해 때리고 치는 시늉의 무언극을 재빨리 되풀이하면서, 동시에 그 곁에서 똑같이 뻣뻣해져 있는 시인을 향해 형 집행을 위한 일격을 가하려는 순간이었다.

"나는 내 이야기가 위기에 처했다는 사실을 깨달았습니

다" 하고 우리의 화자가 말했다.

"그리고 내게는 이야기가 중요했지요—너무나요! 내가 계속해서 그냥 바라보고만 있었더라면 이야기는 끝장이 났을 테고, 지난 모든 일들도 물거품이 되어버렸을 거요. 도망치거나, 그냥 지나쳐버리거나, 어디 딴 곳을 바라보았을 경우도 마찬가지겠죠. 나는 내 이야기를 놓칠 수 없었소. 없고말고요! '안 돼!'"

이것은 참으로 오랜만에 그의 입에서 나온 첫마디였다. 그러나 거의 들리지 않게 입 안에서만 맴돌았다. 그리고 그는 이렇게 또 한마디 덧붙였다.

"가슴아, 진정해라!"

그러자 심장이 진정되었다. 그렇게 되었다.

그 역시 평생토록 자신을 방어해본 적이 없었다. 능력이 없었거나 또는 저항할 의지가 아예 없었다. 자신을 방어하는 그의 유일한 방법은 안정, 안정 그 자체였다. 그런 그가 지금, 두 희생자들 앞에서 페인트 모션을 취해가며 당장이라도 머리와 목 근처를 그냥 내리쳐서 목뼈를 두 개나 부러뜨릴 만한 치명타를 날리려는 남자에게 덤벼들었다. 그리고 그 남자는 야외 무대의 벽에 부딪쳐 쓰러져서 다시 일어나지 못했다. 그렇게 된 것이다.

구경꾼들은 별다른 시비 없이 세 사람을 보내주었고, 심지어 몇 사람은 그 사태를 수긍하는 것 같기도 했다. 어차피 온갖 잡음이 뒤따르게 마련인 그런 폭력행위의 시기도 아직 무르익지 않았으며, 내전이 터지기에는 아직 이르다고 생각하는 듯했다. 운전기사의 차가 마침 길 모퉁이에 서 있었다. 정말 그랬다. 그리고 그제야 모두—그만 빼놓고— 부르르 치를 떨었다. 그는 안정을 유지하고 있었다.

그리고 나서 그가 다시 말없이 위압적인 제스처와 함께 그들을—자기의 자동차 열쇠를 시인의 손가락에 쥐어주며 방향을 가리켜 보이고—집으로 돌려보낸 것은, 지난날 그가 아들을 경찰서에서 데리고 나와 따귀를 때린 행위와 흡사했다(그때 거기서 아버지인 그는 수갑을 풀어주던 경관에게 덤벼들고 싶은 격정을 가까스로 억눌렀었다).

두 일행은 그의 말을 따랐다. 그러나 떠나기 전에 모두 함께 여인숙의 바에서 이별주를 마셨다. 갑자기 옛 올림픽 우승자가 그곳에서—정말 뜬금없이—노래를 부르기 시작했다.

"고향집 외양간에는 고약한 냄새. 우유는 미친 젖소가 두엄 속에 처박고. 말발굽에 가슴 채여 돌아가신 어머니. 마을 극장 영사막에 튄 톱밥 난로의 불똥. 여 선생님 치맛속 들여다보기. 포탄 구덩이에서 천국과 지옥을 오가고, 침대에 쭉 뻗고 누워 아버지가 발치에 둔 가시나무에 긁혔다. 대문 앞에서 이웃 사람이 내 아이를 짓밟아대고. 훈련병 시절 옥수수 밭에서 잠자기. 텔레비전 화면에서 쏟아져나오는 스키 모서리에서 튀는 불똥. 형은 캐나다에서 실종. 첫사랑은 모르몬교도와 결혼. 일본과 남미의 눈(雪)을 비교했지. 한밤중에 성문을 달리다가 다리를 부러뜨렸지. 아버지는 벌써 오래 전에 돌아가시고. 누나들도 벌써 오래 전에 세상을 떴지. 수천 개의 말발굽에서 튀어나와 묘지 위로 퍼져가는 불똥들. 옛 애인 대문 열쇠 갈아치우고. 재빨리 살짝 빠져나오지 못했다. 메달은 한 번만 팔아먹은 게 아니지. 자포자기. 그래도 여태까진 언제나 집을 찾아갔다. 어둠 속에서 영사막으로 퍼진 불똥들. 여름날 해질녘에 박쥐들과 앉아 있었고. 겨울밤에는 친구들과 앉아 있었지. 그러나 고향 마을도 집도 아닌 들길에 정신을 팔았다."

그는 운전기사에게 손을 내밀었다. 눈 한 번 깜빡이지 않고 그를 주시하던 시인은, 마치 적어도 그와 그의 이야기에 대해 한두 가지는 알고 있다는 듯이 일어나서 말했다.

"그들은 아침부터 저녁까지, 계속해서 똑바로 앞을 향해 말을 달렸다. 끊임없이 나비들이 날아와 그들을 깊은 상념에서 끌어내곤 했다. 귀뚜라미 한 마리가 자기 집 구멍 앞에 피티아*처럼 앉아 있었다. 해답은 억지로 쥐어짜낸 생각에서가 아니라, 전혀 엉뚱한 데서 나왔다. 왕들의 시대와 달리, 이제 절대권은 없었다. 어째서 절대권만 없었을까? 평생 그는 그토록 외로워본 적이 없었다. 자일에 매달린 산악인들이 서로 절박하게 대화를 나누듯이, 절실했다! 아, 오스트리아 출신이라니! 하지만 누가 평생 동안 공포와 불안에 떨면서 살 수 있었겠는가? 어서 네 가슴이 피를 흘리고 말을 하게 하라! 머리가 그저 머리이기만 했으니 얼마

---

* 그리스 신전에서 예언하는 여자.

나 멍청했는가, 그 머리가 아무리 크더라도—클수록 더욱 나쁘지. 왕자는 홀로 말을 타서는 안 된다. 귀부인은 창 두 개 길이 정도 떨어져 앉아 있었다. 가문 나쁜 여자는 결혼할 수 없다. 그녀의 결혼식 날 대문 빗장을 걸어 잠근 집은 도시를 통틀어 한 채도 없었다. 하지만 그가 아직도 한참 더 말을 달려야 한다는 사실은 아무도 몰랐다. 오만한 여인의 비할 바 없는 외로움! 이윽고 두 사람은 기진맥진해서 집에 다다랐다. 눈물 한 방울 내비치지 않는, 우리 시대의 영웅. 운다면 넌 철저히 실패한 거야. 공포와 경악이 없는 사랑은 온기 없이 타는 불꽃. 기사여, 배짱을 길러라. 아론*도 지휘봉으로 내려치니, 그것이 바위로 변하지 않았던가—모세는 십계명을 이 바위에서 새로 깨뜨려내지 않았더냐. 말을 타고 어디든 달려야 한다. 그렇지 않고선 모험은 결코 끝나지 않는다. 그리고 궁정에서 기다려야 한다. 하지만 그들이 결국 만나는 가장 아름다운 것은, 아름답기 그지없는 영접이었다—얼굴을 아래로 숙이고 내 자리에 앉는다. 바람일지도 모른다. 나는 더이상 존재하지 않을지도 모른다. 근본적으로 지금까지 내 인생의 거의 모든 날들은 치욕과 불명예의 나날이었다—그저 뜬눈으로 지새운 밤들만 자랑스러울 뿐이다. 잉크 고리는 잉크 속에, 혈우병 환자는 그의 피 속에.** 나무가 얼마나 큰지는, 나무 꼭대기에 올라가본 자만이 알게 되는 법."—그리고 나서 숙련된

---

* 모세의 형 이름. 이스라엘 최초의 제사장.

시인도 그에게 악수의 손길을 내밀었다.

그는 두 사람에게 여비도 주고, 두 사람이 자기 차를 몰고 떠나는 모습을 지켜보았다. 시인은 핸들을 잡고서도 한두 마디를 더 했다. 같은 날 오후 그 자신도 거리의 끄트머리에서 스텝 지역으로 떠났다. 전에는 낮 동안 아주 멀리 벗어났다가도 저녁 무렵이면 다시 도시로 돌아오곤 했었지만, 이제는 매번 산타 페의 여인숙으로 그를 팽팽히 끌어당기던 줄이 뚝 끊어져, 전혀 다른 어딘가를 향하고 있었다. 그의 이야기 중 처음으로 방위도 분명해졌다. 북서쪽이었다.

여인숙의 달력에 따르면 초생달이어야 했다. 창공에는 아직 밝은 대낮인데도 낮 모양의 초생달이 떠 있다. 달력은 작년 것이었다.

우리의 화자는 그제야 비로소 씩씩하게 세속을 벗어났다. 그는 힘차게 스텝 지역으로 걸어갔다. 수천 개의 길들을 너는 말을 타고 달려야 한다. 그렇지 않고서는 너의 모험은 결코 끝나지 않을 것이다!

** 원래의 번역은 '하룻밤 버섯은 잉크 속에, 혈우병 환자는 피 속에' (Der Tintling liegt in seiner Tinte, der Bluter liegt in seinem Blut.)인데 말장난을 살리기 위해 위와 같이 번역했음.

4

시험 삼아 걸을 때도 그랬듯이, 주택들을 벗어나 초원지
대로 들어서기 무섭게 그는 선글라스를 벗어 들었다. 이곳
의 햇살이 대부분 하얗게 회칠한 집들 사이에서보다 덜 날
카롭기도 했지만, 바깥에서는 세세한 모든 것들이 너무 다
르게 느껴지기 때문이었다. 그 뒤로 그는 단 한순간도, 심
지어는 태양이 작열하는 한낮에도 어두운 색안경을 쓰지
않았다. 그건 그렇고, 그는 정말 여기에 발을 디뎌본 적이
없었던가? 아니면, 그의 조상들이 여기 왔었던 걸까? 어떤
조상이었지? 스텝 지역을 누볐던 길가메시 왕*일까? 이처

---

*세계에서 가장 오래된, 바빌로니아의 최장편 영웅시의 주인공.

럼 어떤 일이 이미 한번 경험한 것처럼 느껴질 때는, 지금까지 늘 그래 왔듯이, 크나큰 위기가 다가오고 있는 듯한 예감 역시 뒤따랐다.

그의 등뒤에는 여전히 도시가 건재했다. 기중기와 전기톱, 그리고 보도 블록 다지는 소리. 그런데 아스팔트 길 끝에서 사바나로 첫걸음을 옮기자마자, 또하나의 다양한 소리의 세계가 열렸다. 어떤 전환점, 혹은 소음의 분기점 같은 곳에 이른 듯 갑자기 발소리마저 잦아들었다. 아무튼 신발을 벗어 들고 걷기라도 하는 듯, 풀밭에서 들리는 수천 가지 다른 소음들처럼 멀리 퍼지지는 않았다.

'풀'과 '초원지대'란 말은 그곳에 적당하지 않았다. 이 특이한 고산지대의 스텝 지역은—그런데 스텝 지역들은 모두 특이하지 않은가—풀이라기보다는 늦여름의 메마른 약초와 엉겅퀴들로 뒤덮여 있다고 봐야 했다. 그 사이사이로는, 쓰레기나 잿더미가 함께 묻혀 있는 듯, 그다지 비옥하지 않은 땅들이 여기저기 드러났다. 아니면 아예 스텝 지역 전체가 매립지를 연상시키기도 했다. 실제로 스텝 지역의 깊숙한 곳에 이르기까지 유리조각, 사기조각, 병 뚜껑 같은 것들이 땅속에서 바깥을 기웃거리고 있었다. 한 그루뿐인 호두나무에 껍질이 벌어진 열매들이 달려 있었는데, 그는 여행중에 먹을 것을 좀 모아두려고 그 열매들을 향해 손을 뻗었다. 회색은 스텝 지역의 지배적인 색깔이었다. 은빛 베일을 두른 회색. 그가 거기 회색빛으로 시든 야생 국화꽃과 아니스* 줄기들, 또 마찬가지로 회색으로 시들어버린 라벤더 줄기들을 두 손으로 감싸쥐자 비로소 향기가 피어올랐다. 그 향기의 여운은, 그해 겨울 그가 내게 자신의 이야기를 들려줄 때까지도 여전히 남아 있었다.

그는 스텝 지역에서 한동안 다시 뒷걸음질로 걸으면서, 밤바람 도시로 두어 번 작별의 눈길을 보냈다. 그곳의 주택들은, 갑자기 가장자리가 특히 녹색으로 변하며 하류에서 서로 합류하는 강들, 채소밭과 포플러나무가 우거진 녹음 짙은 언덕자락만큼 주변 환경과 대조적이지는 않았다. 드높은 포플러나무 꼭대기에―도시 아래쪽에서 아직 햇빛이 미치는 유일한 부분―걸린 햇살이 없었다면, 그 지역은 한결같이 칙칙한 어둠에 빠져 있는 것처럼 보일 터였다. 멀리서 들려오던 망치질 소리가 메아리 절벽에 부딪혀 몇 배로 불어났는데, 그 절벽 아주 가까이서 되울려오는 소리들까지 모두 합쳐져서는, 도시의 수많은 이슬람 사원의 첨탑들에서 동시에 기도 시각을 알리는 종소리가 울려 퍼지는 것처럼 들렸다. 뒷걸음질치는 그의 발 밑으로 셀 수 없이 많은 잿빛 메뚜기 떼가 사방으로 튀어오르자, 손톱을 깎을 때처럼 탁탁 튀기는 소리들이 들려왔다.

그래! 앞으로! 그는 180도 회전했다. 그는 그곳에서 무엇

---

*동부 지중해 지방에서 나는 향료 및 약용 식물.

인가를 가져가기 위해 스텝 지역에 와 있는 것이었다. 헌데 누구에게? 누구라도 좋다. 그저 무엇인가를 가져간다는 게 중요했다. 그 동안 그는 빛 바랜 푸른 작업복의 헐렁한 상의와 바지를 여전히 걸치고 있었다. 게다가 햇빛을 가리느라 이마에 수건을 동여매고 있었는데, 수건이 팽팽히 조이는 바람에 두 눈썹이 밀려 올라가서 두 눈까지 팽팽히 당겨지는 듯했다. 그러자 확실히 더 선명하게 볼 수 있었다. 비록 대서양은 스텝 지역에서 거의 수천 마일 떨어진 곳에 있었지만, 가장 가까운 지평선 위로 바다의 푸른빛이 피어 올랐다.

그는 한 차례의 모험도, 큰 짐승 한 마리도 만나지 못한 채 해 질 무렵까지 걸었다. 머리 위에서 나선형을 그리며 사바나 쪽으로 날아가던 독수리가 그가 만난 가장 큰 놈이었다. 한껏 벌린 두 개의 발톱의 날렵한 움직임. 놈이 이끌기라도 하는 듯, 도시의 바위틈에 사는 시커멓고 윤기 나는 까마귀들이 한 소대를 이루어 한동안 그의 뒤를 따랐다. 기껏해야 드문드문 외마디소리를 질러대는 독수리에 비해 경쾌하게 허공으로 울려 퍼지는 까마귀들의 합창은, 일제히 들려오는 채찍소리처럼 그의 머리맡을 맴돌았다.

하지만 그는 똑바로 앞을 보고 나아갔다. 그리고 되도록 이면 땅바닥을 쳐다보면서 스텝 지역에서만 나는 버섯들을 찾으려 했다. 가능하면 쓸수록 더 좋았는데—그가 전문가라고 한다면, 특히 쓴 버섯의 전문가였다—모두 귀향 후

최종적으로 완성하고자 하는 버섯에 관한 책을 위한 것이었다. 또한 그는 그렇게 땅바닥을 살피는 게 좋기도 했다. 그 광활한 평원에서 그는 아득히 먼 도로에서 자동차 소리가 들려올 때만 (극히 까다로운 차량만이 거기서 제대로 된 도로를 필요로 할 터였다) 눈을 들거나 고개를 돌렸다. 처음 몇 시간 동안은 그래도 몇 대의 차들이 드문드문 그를 지나쳐 갔다. 매번 그 모델과 크기들이 천차만별인 산타나 지프들이었다. 그처럼 안전하게 스텝 지역을 굴러가던 것도 겉보기에만 그랬을 뿐이라는 사실을, 그는 나중에야 깨닫게 되었다. 핸들을 잡은 사람은, 곳곳에 있는 냇물들로 인해 여기저기에 계곡처럼 깊숙이 패어 있는, 땅 위의 갈라진 틈에 주의하면서, 그 역시 그러했듯이, 우회해 가야만 했던 것이다.

처음 한 시간 동안은, 옆을 달려가던 사람이 갑자기 그의 목덜미에 대고 헐떡이며 가쁜 숨을 몰아쉬어도 돌아보지 않았다. 처음에는 앞장서서 그들처럼 발걸음을 빨리 하려 했지만, 그 다음부터는 느릿느릿 걸었다. 그리고 격렬하게 쏜살같이 눈앞으로 뛰어드는, 대전차 로켓포처럼 커다란 바퀴가 달린, 스텝 지역 횡단용 외발 자전거를 타는 사람들도 그의 관심 밖이었다. 그들은 어느새 나무 한 그루 없는 초원지대를 가로질러 가면서 멀리서도 들릴 만큼 고함과 괴성을 질러댔으며, 온 사방에 귀뚜라미 울음소리만 울려 퍼지는 지역에 접어들어서도 여전히 그의 끈질긴 동반자로 남아 있었다. 헬멧 속에 감춰진 그들의 얼굴과, 땅을 향

173

해 유선형으로 몸을 구부리고 쏜살같이 달려가는 그들의 모습에 한눈을 팔 필요는 없었다. 그들의 자전거 바퀴 아래서는, 남아 있거나 살아 있는 것이면 무엇이든지 터져 흩어지고, 뿌리가 뽑혀 으스러지거나, 방금 돋아났던 싹을 잃어버렸다. 그들은 모두 그런 자신을 모험의 화신으로 여기는 게 분명했다. 하지만 그가 찾고 있던 것은 그런 게 아니었다.

해가 지기 전에 마침내 그는 스텝 지역에 혼자 남았다. 그 사이 '큰 짐승' 한 놈이 그래도 나타나긴 했었다. 땅구멍 속에 사는 주인 없는 개였는데, 처음에는 이빨을 드러내며 으르렁거리더니, 어느새 그의 손가락을 빨면서 한참을 졸졸 따라왔다. 그러나 지금은 너무 적막해서, 대부분 깊은 땅속에서 울려 나오는 듯, 웬만해서는 거의 느껴지지 않는 소리를 들으려고 그는 저도 모르게 귓가로 손을 가져갔다. 산들바람이 바싹 마른 식물을 훑고 지나가면 얇은 인쇄지를 넘길 때처럼 나지막하게 사르륵대는 소리가 났다.
그렇다, 그는 이 지역을, 아주 오래 전에, 한 차례 지나간 적이 있었다. 그리고 당시 혼자가 아니었다는 사실이 지금 온몸으로 전해져왔다. 그에게는 이제 곧 밤을 지낼 거처가 필요했다. 그러나 지는 해를 손바닥으로 가리면서, 몇몇 다른 그림자들처럼 거기 꼼짝 않고 걸려 있는, 이를테면 가장 아득한 구름 그림자를 끝까지 속속들이 살펴봐도 사람 사는 곳의 흔적이라고는 하나도 보이지 않았다. 그때 거기 길

없는 곳에 서 있던 그의 발치, 산딸기덤불 줄기 밑으로 거의 지워져가는 스텝 지역의 이정표 혹은 도로 표지판 같은 것이 드러났다. 이정표대로라면 '로스 헤로니모스'까지는 그리 멀지 않았다. 그런데 아까 '로스 로보스(늑대들)'라는 표지판도 지나오지 않았던가—그렇지만 그 마을은 나타나지 않았으며 '바이마르' 역시 마찬가지였다—그렇다면 앞으로도 아무것도 없는 게 아닐까?

그때 마침 수탉 우는 소리가 들려왔다. 칠면조가 꾸룩대는 소리도 들리는 것 같았다. 소리를 따라가보니 눈에 띄지 않아 무심코 지나쳐온 골짜기 안으로 들어가게 되었다. 하지만 그곳에는 폐허로 변한 작은 교회당과 헛간이 딸린 정원 외에는 아무것도 없었다. 길을 떠난 지 그리 오래되지도 않았는데 그는 벌써 이 사바나에서 다른 걸음걸이로—다리를 넓게 벌리고 양 발 안쪽을 살짝 앞으로 돌린 채, 마치 제설기처럼—걷고 있었다. 그때 정원 입구로 고슴도치 한 마리가 몸을 흔들며 지나갔다. 오랫동안 보지 못했던 고슴도치는, 이제 해가 지는 것과 동시에 그 모습도 사라지기 직전의 순간 갑자기 태고의 거대한, "내 여정을 통틀어 가장 큰 짐승"이 되어 있었다.

이 이야기가 진행되는 시기에, 유럽에는 다시 은둔자들이 증가하고 있었다. 그중 한 사람이 스텝 지역 골짜기에 살고 있어서 우리의 화자는 그 사람의 집에서 잠자리를 얻을 수 있었다. 그는 무너진 작은 예배당 뒤편에 있는 고장

175

난 캠핑 버스 속에서 침대 하나와 먹을 것을 얻었다.

두 사람 가운데 누구노 입을 열지 않았다. 이튿날 아침 휘파람 소리를 내며 커피 물이 끓어댈 때에야 비로소, 이 스텝 지역의 은둔자가 귀머거리라는 사실을 알게 되었다. 그제야 그에게는, 지난날 그와 내가 잘 알고 지냈던 실종된 잘츠부르크의 라틴어 교사 안드레아스 로저와 그 남자가 어딘가 닮았다는 생각이 들었다. 그렇다, 그가 바로 그였다. 하지만 그들은 서로 모르는 체 시치미를 뗐다―은둔자는 뜻밖에 자마이카 산 '블루 마운틴' 커피를 내왔을 뿐이었다. 그러니까 우리 세 사람 가운데 특히 듣기와 경청하기로 성공이 보장되었던 그가 귀머거리가 되다니, 그것도 바로 영원한 스텝 지역의 정적(靜寂)으로 말미암아 그렇게 되다니! 더구나 '사바나 드 라 소노라'*라고 불리는 지역에서?

"불과 하룻밤이었지만," 우리의 화자는 말했다.

"내 귀 역시 일시적으로 마비되어서 밤은 조용히 지나갔고, 수탉과 칠면조들까지 잠잠했어요. 무슨 소리든지 좀 들어보려고, 아침에 잠자리에서 일어나자마자 은둔자의 거처에 있는 종이라도 쇠막대기로 두들겨볼까 했다니까요."

"그 로저가, 하다못해 은둔자답게, 말에게 풀을 베어주기라도 하던가요?"

"물론이오. 게다가 스텝 지역에 머무는 동안은, 실제로는

---

*사바나 드 라 소노라(Sabana de la sonora) : 스페인어로 소리가 잘 울려 퍼지는 사바나라는 뜻.

온종일 걷고 있었는데도 마치 내가 말안장 위에 높이 앉아 매우 빠르게 달리고 있는 것처럼 느껴지던걸요."

계속해서 앞으로 걸어나가는 그를 방해한 것은, 등뒤 동쪽에서 비쳐오는 햇빛 때문에 시종일관 앞으로 드리워지는 제 그림자를 바라보아야 한다는 점이었다. 그래서 그는 한동안 또다시 뒷걸음으로 걸었다. 그러다가 나중에는 땅바닥에 아주 선명하게 드러난 자신의 그림자를 요모조모 자세히 뜯어보았다. 정오 무렵이 되자 그림자는 그럭저럭 시야에서 거의 사라졌다. 이제는 그림자를 곁눈질할 수 있는 거리 안에 둔다는 것이 오히려 반가웠다. 지평선을 넘고 또 넘어도 한결같은 풍경의 사바나에서 그나마 이 그림자가, 앞으로 움직이고 있다는 느낌과 함께 무엇인가와 은밀히 동행하고 있다는 느낌을 주었기 때문이다.

그렇게 그는 온종일 걸었다. 마을은 한 번도 마주치지 못했다. 그렇지만 줄곧 혼자였던 날은 하루도 없었다. 한 번은 멀찌감치, 스텝 지역의 다른 길에서 수레를 끌고 있는 사람의 모습을 보았다. 그 사람이 그가 있는 쪽으로 방향을 바꾸자 피리 소리 같은 것이 몇 소절 들려왔다. 피리 소리라기보다는 날카롭고 또 널리 퍼지면서 애절하게 파고드는 소리였다. 멜로디 역시 끊임없이 되풀이되고 있었다. 그 방랑자는 떠돌이 행상이었는데, 구멍 뚫린 쇠막대로 자신의 존재를 알리면서 진심으로 그를 환영했다. 행상은 구두끈이 어느새 양쪽 모두 끊어져 있었다. 그가 끄는 수레에는 커다랗게 '울트라마리노스'라고 씌어 있었는데, 그것은 원래 '바다 건너온 물건'이라는 뜻이라고 한다―그 행상은 단순히 그의 구두나 닦아주려고 온 것일까―굉장한 걸!

어느날 오후에는 잠깐 낮잠을 자려고 원추형 꽃나무 그늘로 뒤덮인 대평원의 풀밭 한구석에 누워 있었다. 그가 몸을 벌떡 일으키자, 난데없이 곁에서 뭔가 묵직한 것이 소리를 지르며 높이 튀어 올랐다―이번에도 주인 없는 개였다. 아마 어린 새끼 적부터 스텝 지역에서 자란 듯한 그 개는 진작부터, 허리춤까지 올라오는 풀밭에서 상대방에게 조금도 들키지 않은 채 한 뼘 정도 떨어진 곳에 누워 잠들어 있었던 모양이다. 그런데 이제 제풀에 깜짝 놀라 일어나더니 제 구덩이에서 달아나버린 것이다. 또 한 번은 마찬가지로 집 한 채 없는 스텝 지역에서 그의 앞으로 회색 병아리들이 달려갔다. 처음에는 서두르지 않던 병아리들은 잠시 후 갑자기 속력을 내며 지나갔다. 곧 이어 허둥지둥 다급하게 쏜살같이 허공으로 비스듬히 날아가는 메추리 한 떼. 동시에 여기저기 땅속에서 솟아난 듯한 몇 명의 수렵꾼들이 놈들을 향해 총을 쏘아대기 시작했다.

어느 날 오전 어떤 사람이 그를 향해 달려왔다. 그런데 어디서 온 걸까? 가슴팍은 땀으로 얼룩져 있었으며, 다른 곳에서 달리는 사람들보다 조금 더 빨리 달려온 듯했다. 그를 지나쳐 가다가 돌아서더니 그의 길을 가로막았다. 손에 엽총 한 자루를 들고 있긴 했지만, 분명 사냥꾼은 아니었다. 그에게 총구를 들이대고 안전 장치를 풀면서 그 사람은 그가 자기 아내를 겁탈한 게 확실하니 대질해보기 위해 자기를 따라와야 한다고 다그쳤다—하지만 그의 손바닥에 놓인 버섯 몇 점을 힐끗 쳐다보고 나서는 한마디도 하지 않고, 또다른 방향으로 계속해서 달려갔다.

어느 날 저녁 무렵에는 어떤 작은 무리의 사람들과 마주쳤다. 말안장 위에 앉은 젊은 여인 양 옆으로, 형편없이 찢어진 군복 차림의, 아직 어린 티가 가시지 않은 군인과, 기다란 군복 외투를 단추를 채우지 않고 입은 중년의 남자가 서 있었다. 그 남자의 한쪽 어깨 위에는 호랑이 무늬가 있는, 노란 눈의 작은 매가 앉아 있었고, 다른 편 어깨 견장 위치에는 트럼프 카드 한 통이 꽂혀 있었다. 그들은 그에게 어떤 정신나간 노인이 길을 잃고 헤매는 것을 보지 못했느냐고 물었다. 그 노인은 걸어가면서 허공에 글씨를 끄적거리고 이따금 껑충대기도 하는 게 나이에 비해 기괴해 보인다는 것이었다. 그리고 그들은 벌써 몇 주째 노인을 찾고 있는데, 산 채로든 죽은 채로든 노인을 찾지 못하면 그들도 집으로 돌아가지 않을 것이라고 했다. 그저 잠깐 고개를 가로 저어 보이고 나서 걸음을 옮겨 놓기는 했지만, 얼마 후 어쩐지 그 찾는다는 사람이 어디선지 모르게, 그것도 바로 조금 전에 그에게로 숨어든 게 아닐까라는 생각이 들었다. 그리고 그는 그런 일이 어디서, 어떻게 일어날 수 있는지 밤새도록 골똘히 생각해보았다. 아니다, 그는 그 사람을 보지도, 듣지도, 냄새 맡지도 못했다—냄새를 맡았었다면 그가 분명히 알고 있을 터였다, 그렇지 않은가?—그 작은 수

색대가 자아낸 절박함만으로 그는 그들이 찾는 사람에 대한 일종의 몽타주 같은 것을 간직하게 되었다.

어느덧 서쪽을 향해 스텝 지역을 천 곱하기 천 걸음이 넘게 걸어가는 사이, 그는 날카롭고 찢어질 듯한 쇠 피리 소리를 또다시 몇 번이나 듣게 되었다. 그때마다 스텝 지역의 행상인이 끄는 울트라마리노스 수레는 방향을 바꾸어 그에게 다가와서는, 사과 한 알이든 반창고 하나든 간에, 마침 그가 가장 절실하게 필요로 하는 것을 내놓곤 했다.

그는 가능하면 똑바로 걸어갔다. 그 방향에서 벗어나게 되면, 매번 예외 없이 벗어났던 원래의 지점으로 되돌아갔다. 이것은, 비록 이렇게 방향을 다시 찾는 데 거의 극복하기 힘든 장애물이 길을 막고 있을지라도, 계속해서 앞으로 나아가는 것말고는 방법이 없음을 의미했다. 하지만 때로는 (그 길이 짧을 경우에는) 에둘러 가기도 했다. 그렇지만 한 발짝도 뒤로 물러서지는 않았다 — 왜냐하면 뒷걸음질치면서 앞으로 나아가는 것이 그의 방식이니까!

또 어떤 때는 당연히 우회해야 할 길조차 무조건 가로질러 갔다. 그래서 계곡의 비탈 아래로 미끄러지고 곤두박질치고 엎어진 적도 한두 번이 아니었다. 언제나 눈 깜박할 사이에 찌익 미끄러지는 그 순간을 그는 거의 광적으로 좋아하게 되었다. 그렇게 넘어진 채로 여기저기서 바스락대는 사향초 무더기의 향기를 맡기도 하고, 산딸기 몇 알을 따서 입 안에 넣기도 했으며, 껍질이 벗겨진 나뭇가지에는 나무벌레 무늬를 새겨놓기도 했다.

위험을 파악하는 감각이 예리해졌다는 사실은 별로 특별한 게 아니었다. 그냥 발동했으며 그 역시 그 감각을 한 번도 회피하지 않았다. 게다가 오래도록 지속되기도 했다. 특히 비틀거리거나 미끄러져 떨어질 때 그가 외부로 발산하지 않은 경악은, 길을 가다 보면 적어도 하루 한 차례씩은 침침해지던 두 눈을 그때마다 번쩍 뜨이게 해주었다. 그래서 나중에는 앞에 펼쳐진 안전한 땅을 계속 걸어가면서도 그 어떤 대형 스크린 속에서보다 훨씬 더 많은 스텝 지역의 경관을 볼 수 있게 되었다.

"그래서 내겐 부족한 게 없었다오." 우리의 화자가 말했다.

"그런데 아무것도 부족한 게 없는 바로 그 순간에도, 가끔씩 내게는 모든 게 부족했지요. 그래서 나는 그 경악을 통해 현재와 하루가 그렇게 새로워지는 시간에, 근본적으로 다른 무언가를 경험할 수 있다는 게 무엇보다 좋았답니다. 말하자면, 언제부턴가, 길을 가며 마주친 무언가로 내 자신이 특별히 충만해 있을 때, 나도 모르게 조용히 이야기를 하기 시작했다는 것을 알게 되었죠. 듣는 사람을 딱히 정해놓은 건 아니고—어쩌면 그럴지도 모르지만—분명 나 자신에게는 아니었어요. 어쨌든 이야기는, 바로 나를 둘러싸고 있던 스텝 지역만큼이나 광활하게 펼쳐졌지요. 그리고 그러한 순간을 내가 전혀 엉뚱한 곳에 정신을 팔고 속을 끓였던 순간 혹은 나 자신이나 세상에 불만을 품고

원망하거나, 아니면 최악의 경우, 속으로도 벙어리가 되어 버렸던 순간들과 비교해봄으로써 나의 이야기가 의미하는 것이 무엇인지 분명하게 인식할 수 있었어요. 내가 본의 아니게 이런 이야기 속에 휘말리게 된 것처럼, 비록 내 이야기 역시 지금 이곳에 없거나 멀리 떨어져 있는 사람에 대한 이야기가 될지 모르지만, 어쨌든 나는 조금도 정신을 딴 곳에 팔지 않았어요. 오히려 위기를 겪고 있거나 극복하고 난 순간보다 훨씬 더 예리하게 주변 상황을 파악하고 있었지요. 그게 아니라면, 분명히 적어도 더 다채롭고 풍요로웠을 거요. 안과 밖이 서로 파고들어 완전히 일체가 되었어요. 이야기하기와 스텝 지역이 하나가 되었다는 말이오. 스텝 지역은 그러기에 아주 적합한 곳이었죠. 그런 식의 이야기하기는 모든 것을 새롭게 발견하게 했고, 변화를 만들어냈으며, 눈을 들어 우러러보도록 했어요. 물론 새의 눈으로, 독수리의 눈으로 본다는 의미에서의 우러러보기죠!"

한 번은 아직 완공되지 않은 자동차 경주로에 딸려 있는, 스텝 지역의 어느 차고에서 밤을 보냈다. 그 차고에는 술집에서 쓰는 테이블 옆으로 침대도 하나 놓여 있었다. 어떤 날은 경비탑과 철조망으로 둘러싸인 군 주둔지에서 잠을 자기도 했고, 또 어떤 날은 이미 오래 전에 폐쇄된 작은 역사(驛舍)에서 잡동사니들 틈에 끼어 밤을 보낸 적도 있었다(그 잡동사니들은 밤사이 다시 정리되어 예전의 자리로 돌아갔다).

그는 늘 꿈도 꾸지 않고 푹 잤다. 꿈을 꾸더라도 잠깐이었다. 그런데 그날은 난데없는 조바심이, 스텝 지역 안으로 계속해서 가야 한다는 조바심이 그를 잠에서 깨웠다. 초생달의 어둠 속에 누워 있자니, 이 근방에서는 동이 트기까지 과연 얼마나 오래 걸릴지 알 수가 없었다. 그는 몇 시간이 지나도록 조금도 변하지 않은 채 언제까지고 끝도 없이 광활하게 펼쳐질 어둠을 저주했다. 아침의 첫 햇살과 새들의 첫 지저귐은 대체 어디서 지체하고 있는 것일까? 부엉이 울음소리라도 좀 멈췄으면.

그는 차고의 붙박이 침대에서 불을 켜고, 텔레비전 스위치를 누른 뒤, 엔진 오일로 얼룩진 신문을 읽으려 했다. 하지만 '산타 페의 하루'라는 이름의 그 신문은—그러니까 그는 아직도 밤바람 도시 주변에 있었던 것이다—연초의 것이었고, 텔레비전 뉴스는 그제와 모레 분이었다. 사바나에 머물던 도중 더 이상 기다리지 못하고 칠흑 같은 어둠 속으로 길을 떠났던 그 날, 그는 앞으로 더듬더듬 한 발짝씩 떼어놓느라 너무 지쳤었다. 그래서 그날 하루 종일 눈을 똑바로 뜰 수도 없을 지경이 되었던 것이다.

스텝 지역의 쓰레기 더미 속에 비스듬히 반쯤 파묻힌 (마을조차도 완전히 파묻혀 있었다) '산타 아나' '산 후앙'이나 '산 프란시스코' 같은 표지판이 아니라 그는 어느새 '산타 파시엔시아'*라는 글자를 기대하고 있었는지도 모른다. 언젠가 별자리들을 관찰하는 것이 지겨워지는 날이 오리라고는 결코 상상해본 적이 없었을 터였다. 하늘 위에서 반짝거리며 활 모양으로 굽어 있는 사냥꾼 오리온좌가, 어느새 가을이 다가오면서 다시 매일 밤마다 떠올랐다. 이제 그는 사냥꾼의 무릎과 허리띠, 화살통을 나타내는 그 별들 전체가 아침의 여명 속에서 희미해져가는 것을 보기 위해서나 오리온좌를 쳐다볼 뿐이었다―우선 화살통이 사라지고 나자, 허리띠를 이루는 세 개의 별 가운데 첫번째 별이 없어질 시간이 되었다. 매번 끈질기게 제일 끝까지 남아 있는 것은 양쪽 어깨의 별 가운데 한 개와 유난히 반짝이며 맨 마지막으로 하루를 벗어나는 무릎 별 알데바란**이었다.

"아, 드디어 사라졌구나. 빈 하늘―걸을 수 있다는 신호야!"

그러나 좀더 자세히 살펴보면 사냥꾼 오리온이 여명 속에서 다시 한번 슬며시 반짝였다. 허리띠와 화살통까지 밝은 하늘에 다시 튀어나왔으며 그 뒤에도 한 번 더 그랬다. 어쩌면 그것은 어둠 속에서 보았던 잔상들이 아니었을까? 산타 파시엔시아!

"스텝 지역의 땅에서 내딛는 첫걸음은 언제나 새롭게 흥분된답니다" 하고 그가 말했다.

---

* 스페인어로 파시엔시아(Paciencia)는 참을성, 인내라는 뜻.
** 알데바란(Aldebaran) : 소자리 중의 일등성(一等星).

"차고와 병영, 정거장, 버려진 축사 앞을 지나, 콘크리트와 아스팔트로 뒤덮이고 보도 블록으로 포장되어 다져진 바닥의 길들을 들락날락, 오르락내리락하면서 이 스텝 지역의 땅으로 건너왔거든요. 거기서는 몸이 그토록 무거운 압박에서 벗어나 당장 무슨 날개라도 달린 것처럼 느껴졌소. 그곳을 지나가는데 몸이 얼마나 가벼운지, 너무 가벼워 날아갈 정도였다오. 그래서 나는 돌멩이들을 주워 담았지요. 그제야 나는 시인을 더 잘 이해하게 되었답니다. 언젠가 그가 끝없는 흥분 상태에서―벗어나고 싶지 않아서, 오히려 중력에다 무게를 더 보태고 싶어서, 음식을 아주 많이 먹거나 무언가를 주워 담기까지 한다고 말한 적이 있었거든요."

독특하고 향기 짙은 식용 약초들이 자라는 땅에서 올라오던 향기들 때문에 그런 상태가 한결 심화되었던 것은 아닐까?

"그래요. 하지만 그 향기들이 그런 느낌을 더해준 결정적인 원인이라고 할 순 없어요. 날이 저물 무렵이면 영락없이 두통을 일으켜서 메스꺼워지기까지 하죠. 각각의 식물마다 한없이 다양한 향기가 있는데, 그 향기에도 여러 등급이 있었지요. 고급 향기에 최고급 향기까지 말입니다. 그래서 나는 그것들 전부에서 이제까지 한 번도 냄새 맡거나 맛보지 못한 추출물이나 팅크를 분명히 얻을 수 있을 거라고 생각했어요. 그리고 무슨 수를 써서라도 그것들을 집으로 가져가야만 할 것 같았죠―그것들은 자극이나 충격을 주지 않고, 심호흡만 깊이 해도 치료 효과가 나니까요. 나는 점차 시간이 지나면서 스텝 지역의 식물계에 있는 전혀 다른 것을 다른 의미의 에센스로 이해하게 되었지요. 그곳에서 꽃을 피우고 열매를 맺었던 것은 이제 어느 곳에서도 꽃을 피우거나 열매를 맺지 않아요. 담황색에서 잿빛이 되도록 바짝 말라버린 조그만 꽃봉오리들, 자그마한 열매다발들, 가장 높은 줄기에까지 나 있는 잎자루와 꽃줄기들이 끝없이 여기저기 널려 있는 것을 보고 다만 짐작해볼 뿐이지요. 아마도 한여름까지는 스텝 지역의 모습이 지금과는 전혀 달랐을 거라는 걸 말이오. 시든 꽃송이의 잔해와 열매들은 대부분 이미 먼지처럼 부서져 떨어지거나 바람에 날아갔소. 하지만 지평선 너머 꽃과 작은 열매들이 바다처럼 넘실대는 곳에는 여전히 꽃잎과 꽃술, 꽃줄기와 꽃받침들이 남아 있었어요. 당연히 어딘가에는 꽃자루뿐만 아니라 비어 있는 꽃받침과 열매 껍질들도 있었을 테죠. 종종 담갈색이나 횟가루처럼 흰 빛깔을 띠고 있는 아주 작은 꽃과 열매의 앙상한 잔해들이, 마찬가지로 색이 바래 파리해진 기다란 줄기에 매달린 채, 스텝 지역 깊숙한 곳에까지 셀 수 없이 많이 널려 있었다오. 그 미세한 잔해들은 원추형과 나선형, 톱니바퀴 모양과 벌집 모양, 삼각형, 팔각형, 구각형에 이르기까지 가능한 모든 형태로 엄청나게 많이 쌓여 있었죠. 그 양과 모양이 실로 끝이 없고 엄청나게 다양한 이 스텝 식물의 미세한 잔해들을 보고 갑작스럽게 떠오른 생각이 바로 단 하나뿐인 에센스였었소. 그렇게 미세한 식물의 잔해에서 어쩌면 완전히 사라지고 소멸되어버린 한 세계를 발견해 새로이 연구할 수 있지 않을까라는 생각이 들었던 거죠. 왜냐하면, '사라져버렸다'는 것은 실제로는 '냄새가 날아가버린' 것을 의미하니까요. 텅 빈 라벤더의 뼈대에서는 아주 강한 라벤더 향기가 났어요. 빈 야생 양귀비 껍질에도 양귀비 냄새가 아주 진하게 남아 있었소. 카룸*열매 집들도 전에 없이 심한 카룸 냄새를 풍겼죠. 서로 다른 모양을 하고 있는 수천여 가지의 잔해들에서 풍겨나오는 서로 다른 향기들이 바로 그 에센스였소. 그 미세한 잔해들을 들여다보고 힘껏 숨을 들이쉬고—그래요, 나는 그것들에게 일종의 애정을 느꼈어요—(마른 껍질들이 서걱대는 소리에) 귀를 기울이면서 나는 나 자신의 골격까지 함께 느낄 수 있었죠. 식물의 잔해를 향해 몸을 구부리던 그 순간, 몸이 하늘로 붕 떠오르는 것 같은 느낌이 들었소. 그런데 내가 이걸 어디서 느꼈느냐 하면—바로 뼛속에서라오. 그리고 매일 그런 낮 시간을 보내고 저녁때 잠자리에 들면, 그처럼 죽음과 불가사의에 가득 찬 스텝 지역에서 다시 한번 살아 돌아왔다는 게 경이로웠다는 말을 덧붙여야 하지 않을까 싶소."

"그리고 이제 이런 식으로까지 털어놓았으니," 하고 탁스함의 약사는 말을 이었다.

"나와 스텝 지역의 버섯들에 대해서도 짧게나마 이야기

---

*회향풀과 비슷한 약용·향료용 식물.

를 해야겠소. 짧게 말이오. 버섯을 향한 열정 때문에 아내
와도 멀어졌는데, 이제 내 이야기를 써줄 작가까지 잃고 싶
지는 않소! 이야기를 계속 진행하기 위해서라도, 여기서
그걸 끝내기로 합시다. 하지만 다른 한편 나는 인류의 마지
막 공통적인 대화 주제는, 최근의 신문과 텔레비전 방송의
이슈들을 제외하면, 천차만별의 버섯 종류들이 될 것이고,
누구나 동의하게 될 그 마지막 주제에 관한 대화에서는, 심
지어 생면부지의 사람들조차도 서로 귀를 기울이고 친밀
해지리라고 굳게 믿고 있다는 사실을 서둘러 덧붙이고 싶
소. 설명하기가 그토록 어려워서라도, 어쩌면 오늘날 우리
에게 마지막으로 가능한 공통의 모험인지도 모르지요. 버
섯에 대한 주제는 무궁무진하답니다. 그 광경을 떠올리기
만 해도 머리털이 곤두서는 탓에 스텝 지역을 설명하기가
몹시 힘든 것과 마찬가지죠. 그리고 버섯에 관한 내 책은
사람들 사이에서 크게 화제가 될, 그런 책이 될 거요. 아무
렴, 그렇고말고요. 내가 늘 말해왔잖소!―설사 그들이 결
코 아무 말이 없었다고 해도 말이요."

"그리고 스텝 지역에 그처럼 풍부한 식물과 광물들 중에
서 내가 버섯 하나는 기가 막히게 찾아낸다는 사실을 그때
분명히 깨달았소. 먹을 수 없는, 독성이 있는 것까지도 나
는 길을 가면서 한번 깨물어보았소. 아니면 부스러기라도
혀 밑으로 집어 넣었죠―그래요. 홀로 걷는다는 것, 그리고
말을 할 수 없다는 것은 때때로 날 그토록 맥빠지게 만들
었다오. 입 안에서 신맛이라도 느끼고 싶었소. 특히 쓴맛을

혀에 느끼고 싶었지요. 제일 쓴 버섯이 내 입맛에 딱 들어 맞았소. 그중에서 몇 가지는 너무 써서 나는 다시 한번 버섯에 압도당했지요. 내면으로부터 말이요. 나는 내 버섯 책에서, 그런 쓴 버섯들 중 몇 가지를 날로 먹는 종류로 추천하려 해요. 하지만 스텝 지역에서 자란 좋은 버섯들의 그 달콤한 맛이라니, 정말로 두 눈이 번쩍 뜨일 정도였다오!"

"그리고 나서요?" 내가 물었다.

"그래요. 처음엔 그 정도면 충분하지 않겠소? 그런 버섯을 보는 것만으로도 정신이 번쩍 들었어요" 하고 약사가 말했다.

"야생 동물을 본 사냥꾼처럼 말이죠?"

"네, 그럴지도 모르지요. 다만 버섯들은 내 눈앞에서 도망치지 않죠. 반대로 날 기다리고 있는 것 같았어요. 드디어 당신이 날 발견했구려! 하면서 말이죠. 물론 너무 많아선 안 돼요—훌륭한 것들이 넘치면 지나치게 자극적이라서 오히려 무감각해지니까요—그리고 한 가지 더, 이제 버섯 애기는 여기서 끝이오. 나는 버섯에서 다시 온 가족들의 냄새를 맡았다오. 아버지, 어머니, 조부모님들, 특히 내 아이들의 냄새, 그애들이 아직 어렸을 적의 냄새를 말이오."

나중에는, 우리의 화자가 스텝 지역을 가로질러 가면서 더이상 아무것도 찾지 않는 나날이 왔다. 그는 그것을 자유로, "물론 그전의 탐색 과정이 없었더라면 만날 수 없었을지도 모르는" 자유로 여겼다.

언덕빼기 위에서 누군가 허공에 낚싯줄을 드리우고 앉아 있었다. 저 아래 깊은 곳에 피어 있는 엉겅퀴 가시꽃들은 거무스름한 게 마치 성게와 비슷했다. 바람 한 점 없는 어느날, 노간주 수나무의 꽃가루 덩어리들이 피익 소리와 함께 사방으로 흩어지면서 암나무들에게 날아갔다—그렇다면 스텝 지역의 가을에도 꽃이 피긴 피는 건가? 그렇다. 소나무 숲에는—그럼 스텝 지역에 숲도 있나? 그렇다!—(도시에도 새들이 둥지를 틀 수 있는 나무가 있듯이) 다람쥐들이 먹을 수 있는 특정한 도토리 나무 따위가 있었다. 땅바닥에는 솔잎이 떨어진 사과처럼 수북이 쌓여 있다. 그리고 훌쩍 높이 자란 풀들이 거기서—일찍이 스텝 지역에는 풀들만 있었다—고개를 숙인 채 몸을 흔들어댔다. 큰 파도처럼 하얗게 물결과 거품이 일렁이는 구름 들판. 고산지대의 폐허 위 여기저기에 널려 있는 납작한 타원형의 돌들. 그 한복판에는 검은 동그라미 무늬가 있다. 빙하기를 지나며 반들반들하게 마모되어, 해빙기에 바다 속에 잠겨버린 '눈돌[目石]'이라고 불리는 자갈들.

그는 몸에 달라붙은 작고 미세한 스텝 지역의 벌레들을 있는 힘껏 불어봤지만, 놈들은 꼼짝 않고 버티고 있었다. 어느날 밤, 추위를 느낀 그는 하루 종일 채집한, 숫소 머리통만큼 커다란데다 색깔까지 검은 숫소처럼 검붉은 말불버섯으로—그런 버섯도 있구나!—두 손을 뻗었다. 버섯 내부의 온기로라도 몸을 녹이려 했던 것이다. 효과가 있었다. 나비의 한쪽 날개가 땅 위에 수직으로 서서 지그재그로 가볍게 흔들리며, 다채롭고도 규칙적으로 움직였다. 새까만 개미 한 마리가 나비를 옮기고 있었던 것이다. 이곳의 개미들은 어디서도 왕국을 이룬 것 같지 않았다—구멍에서는 기껏해야 서너 마리씩 기어 나올 뿐이었다. 그러니까 조그만 개미 마을이나 멀리 떨어진, 서로 전혀 관계없는 개미동네들만 있는 모양이다.

말벌들은 어디서나 극성스럽기 마련이지만, 여기서는 땅바닥 가까이에서만 분주했다. 커다란 말메뚜기 한 마리가 저보다 작은 놈 한 마리를 등에 업고 가던 중에 작은 놈이 등에서 미끄러지더니 공중으로 팔딱 뛰어오르며 업어주던 놈을 찾았다. 두 놈은 잠시 후 다시 한 몸이 되어, 정말로 말(馬)과 같은 옆모습을 만들어 보였다—한편 스텝 지역의 나방들은 양(羊)의 그림자를 만들어냈다. 한 번은 바윗돌과 같은 회색 나방 한 마리가 바위 절벽 앞에서 날아가자, 바위에 비친 나방의 그림자와 나방이 함께 날아가는 것처럼 보였다.

한때 스텝 지역에는 대개 바위 절벽 근처에 벌통들이 줄지어 놓여 있었다. 그래서 벌들이 붕붕거리는 소리가 울려퍼졌고, 집으로 돌아온 벌들이 어두운 벌통 구멍을 잽싸게 통과할 때면, 노란 꽃가루가 소복하게 묻은 녀석들의 다리가 반짝거렸다.

"그렇다면, 아직 꽃이 피어 있었다는 건가요?"

그런 벌떼 곁을 지나칠 때면 그는 순식간에 달려드는 담당 보초나 경비 경찰 벌에게 습격을 당하곤 했다. 쏘이는 곳은 주로 광대뼈였다.

스텝 지역의 웃자란 식물들과 함께 직은 녹지가 먼저 눈에 들어왔다. 가까이에서 살펴보니, 수영이나 민들레 비슷한 것이 자라고 있는 야생 채소밭이었다. 그 풀이 훨씬 굵었지만 오히려 훨씬 연하고 즙이 많았는데, 약간 씁쌀한 맛은 꽤 비슷하기까지 했다.

"나는 지금까지 거기서처럼 맛있게 먹어본 적이 없었소." 그가 설명했다.

"양이 적을수록 더 맛있는 법이니까요. 그리고 내 생전 처음으로 아무것도 읽지 않았다오. 아니, 그게 아니라, 스텝 지역, 그곳이 바로 내 도서관이었소."

그후 벌통들은 점점 드물어졌고, 그 속으로 기어드는 벌들의 뒷다리에 묻은 노란 꽃가루도 차츰 줄어들었다. 그러다가 마침내 벌들의 다리에 꽃가루가 전혀 묻어 있지 않게 되었다. 그리고 그가 발견한 산딸기 덤불은, 아직 절반만 익어 있었는데, 나머지 절반은 푸르스름한 게 더이상 익을 것 같지 않았다. 그리고 스텝 지역의 한 폐가에는 봄에나 피는 목련 한 그루가, 그해 처음인 듯 꽃을 피우고 있었다.

특히 섬처럼 둘러 서 있는 소나무 숲에서 침엽들이 쏴쏴거리는 소리가 끊임없이 들려와, 이른 봄날과 같은 인상을 주었다. 그렇게 햇빛이 쏟아지면서도 선선한 어느 날의 느지막한 오후, 그는 민둥산이나 다름없는 작은 점퇫빛 언덕 기슭에서 바람이 들지 않는 곳을 찾아 쉬고 있었다. 뒤로는 비탈이 이어져 있었다. 그는 두 언덕 사이에 팬 얕은 굴 바닥에 사지를 쭉 뻗고 누웠다. 옆으로 돌아눕자 솔잎으로 뒤덮인 바닥 군데군데에 어떤 식물이 돋아나 있는 게 보였다. 앙상한 줄기 위에 함석처럼 얇게 매달려 있는 잎사귀에서는 금속성 소리가 울려 나왔다.

그의 눈길은 손에 닿을 듯 가까운 점토벽으로 거침없이 향했다. 그 벽에는 굴의 길이를 따라 파여진 벽감(壁龕) 같은 것이 있었다. 부드러운 점토 흙과 솔 이파리 이불을 깔면 밤을 보내기 좋은 장소가 되겠다는 생각이 들었다. 그 밖에 눈에 띄는 건 석양빛에 드러난, 심하게 갈라진 회적황색 바닥뿐이었다.

전부터 그는 지극히 단순하고 평범한 상황을 그저 물끄러미 바라보는 것을 무척 좋아했었다. 예를 들면 비가 장대같이 쏟아지거나 보슬보슬 내리는 모습, 또 눈이 녹거나 물웅덩이가 서서히 말라가는 과정 같은 것 말이다. 지금도 그는 저무는 햇살이 속속들이 어루만지는 작은 점토동굴을 물끄러미 바라보았다.

실제로 햇빛은, 자동차 전조등이나 영화 촬영용 조명 기구가 비추는 인공 조명 같았다. 우툴두툴 거칠고 움푹 팬 흙벽의 세세한 부분들이 그 빛 속에서 마치 부조(浮彫)처럼 선명하게 드러났다. 여기저기 튀어나와 있는 나무의 잔뿌리에는 점토덩이와 이끼 부스러기도 몇 개 달려 있었다. 하루에 단 한 번뿐인 햇빛이 처음 비쳐들자 이끼 위에 맺혀 있던 아침 이슬이 말라버렸다. (스텝 지역에는 이슬이 많았다. 주로 새의 깃털이나 몇 군데 안 되는 이끼층에 주로 덜라붙어 있었는데 이끼층에 더 집약적으로 몰려 있어 물스폰지로도 쓸 수 있을 정도였다.)

그가 그렇게 물끄러미 바라보는 것을 처음으로, 또한 유일하게 방해한 것은 거미줄이 잔뜩 들어차 있는 사냥용 탄피였다—그것은 아주 오랫동안 모래 속에 처박혀 있었던 듯했다. 그는 그것이 거기에 있는 게 당연하다는 듯, 그 자리에 그냥 내버려두었다. 그리고 자기 자신도 그냥 내버려두었다. 그냥 그렇게 가만히 있었다. 그리고 처음으로, 숨도 쉬지 않고 누워 있었다. 한동안 전혀 숨을 쉴 필요가 없었던 것이다.

매끄러운 부분은 램프 불빛처럼 한층 더 노랗게 보이고, 갈라져서 솟아오른 부분은 선명한 그림자처럼 한층 까맣게 보이는, 그 벽감은 지친 눈을 쉬게 하는 데 그만이었다. 그 어떤 녹색보다도 훨씬 좋았다. 이곳은 어쩌면 모든 역사의 저편, 혹은 적어도 역사의 바깥에 존재하는, 어느 아득한 선사시대의 산비탈이었을지도 모른다. 그리고 누군가가 이 태고의 산맥 앞에 사지를 뻗고, 거의 그 산맥만큼 길게 누워 있었을 것이다. 현세의 전쟁들은 이 태고의 산맥 너머 아득한 저 멀리에서 일어났다. 모래가 점토에서 솔솔 떨어졌고, 모래사태가 계곡을 급습했다. 이 세상은 나이를 얼마나 먹었을까? 아니, 얼마나 어릴까? 이제야 막 시작되는 것일까? 아니면 아직 시작되기도 전인가? 석양빛이 미치지 않는, 안쪽으로 굽어드는 점토 길은 스스로 빛을 내뿜는 것 같았다. 스스로 찬란히 빛나는 것, 빛의 근원, 가지각색의 노란색으로 변화하는 점토, 구현된 빛. 사랑하는 조상들. 사랑하는 아버지. 사랑하는 어머니.

진흙 구멍 속에서 도마뱀이 나타났다. 귀뚜라미 한 마리가 느닷없이 울어댄다. 그 순간 위쪽 언덕에서 엽총을 메고 나타난 스텝 지역의 사냥꾼이 누워 있는 그를 겨냥했다. 그 아래 동굴에서 우리의 화자와 똑같이 생긴 사람*이 나오자 사냥꾼은 순식간에 총을 발사했다. 메뚜기 한 마리가 공중으로 뛰어오른다. 비록 꿈속이긴 하지만 그 자신도 몇 번 날아올랐듯이, 뛰어오른 메뚜기는 어느새 훨훨 날고 있다. 뛰어오르면서 그 곤충은 회색 갑옷 아래로 파란 날개를 펼쳤다. 날고 있는 동안에는 파란빛이 완연하던 그 날개는 땅 위에 내려서자마자 다시 은회색으로 돌아왔다.

동굴 반대편에서 지프차 한 대가 다가왔다. 이번에도 산타나 지프였다. 허니문 자동차로 꾸며진 그 차는 그가 있는 언덕 위에 멈춰 섰다. 운전자는 그의 아들이었고, 신부는 축제의 여왕이었다. 아들은 그를 향해 머리를 숙이고 말했다.

"아버지가 절 쫓아내신 게 아니에요. 아버지를 버리고 떠난 건 저예요. 제가 아버지를 버린 거라구요. 영원히. 아버지도 그걸 원하셨잖아요."

그는 아들에게 대답하고 싶은 마음이 아주 간절했다.

---

* 독일어 도플갱어 Doppelgänger의 번역.

"내가 다시는 바로잡지 못할 크나큰 과오를 짊어졌구나!"

그러나 한마디도 나오지 않았다. 신혼 부부는 그에게 손을 흔들며 천천히 차를 몰고 떠났다. 그때 한 무더기 밤이 후두둑 떨어졌다. 돌처럼 딱딱하고 무거운 밤이 길바닥 위로 떨어지면서, 정작 맞았으면 하는 정수리만 빼고 온몸을 강타했다―아들은 어느새 사라지고 없었다. 이제 다시는 만나지 못하리라.

지칠 대로 지친 그는 조금 전에 천지창조까지 목격했던 움푹 팬 동굴을 정면으로 바라보며 누워 있었다. 그의 시간은 이제 다 되었다. 이 벽에서는 더이상 나올 것이 없었다. 속이 빈 듯한 달팽이 껍질 하나가 이상하게도 진흙벽 발치에서 덜거덕거리며 움직이더니 잠깐 멈춰 섰다가 또다시 굴러갔다. 그 움직임은 계속해서 되풀이되었다. 멀리서 보면 점토의 노란색과 거의 구별되지 않는 노란 말벌 한 마리가 달팽이 시체를 빼내려고 달팽이집 위에 앉아 그렇게 밀었다 당겼다 하고 있다는 것을 곧 알게 되었다. 바로 그때 다른 말벌은 꿀벌 한 마리를 꽉 움켜잡고 먼지 속에서 이리저리 굴리고 있었다. 그는 누운 채로, 조금 전에 막 진흙 바닥에서 발견한 버섯 한 송이를 캐내려고 했다. 하지만 그의 힘에 부치는 일이었다. 점점 더 힘이 빠져, 두 손으로 버섯을 잡아당기던 그가 오히려 아래로, 버섯 아래의 텅 빈 지하 세계로, 점점 더 짙어가는 어둠 속으로, 마침내 끝없는 심연 속으로 빠져들어가는 듯했다.

그러자 이제 죽음의 땀이 쏟아졌다. 그런 것도 있었나? 그렇다. 다른 땀보다 훨씬 걸쭉한 죽음의 땀은 모든 땀구멍에서 솟아난다. 그것은 외부 세계와 피부를 차단시켜 피부가 더이상 숨을 쉬지 못하도록 만드는 액체다.

그때 축제 전야처럼 빛나는 점토벽 위로 그림자 하나가 나타났다. 뚜렷한 그림자는 아니었지만, 서두르지 않고 조심조심 그의 뒤로 다가와 등뒤에 쪼그리고 앉은 그 그림자는 이제까지 만난 그림자 가운데 가장 아름다운 여자 그림자였다―여태껏 그토록 친근하고 다정한 그림자를 한 번도 본 적이 없다!

여자의 그림자가 이제 그에게 다음과 같이 말했다.

"여기 죽은 자들 가운데서 산 자를 찾는 걸 그만두세요! 당신은 그 실어 상태를 떨쳐버려야 해요. 그렇지 않으면, 당신의 그 무언(無言)이 오늘이라도 당장 당신을 죽여버릴 거예요. 당신의 침묵은 결코 침묵이 아니에요. 비록 처음 얼마간은 당신의 의식을 확대시켜주었다고 하더라도 그런 식으로 오랫동안 혼자 있을수록 당신의 실어 상태는 위험해지고, 급기야는 생명까지 위협할 거예요. 실어 상태가 계속되면 지금 이 순간 당신에게 그토록 의미 있어 보이는 현재가 실현되지 않을 뿐만 아니라, 이전의 모든 체험들까지 거꾸로 거슬러올라가며 파괴될 거예요. 그렇게도 상징적인―어린 시절까지도. 그러면 당신의 기억은 무가치해지고, 또 파괴되어버리죠. 기억이 없어지면 당신은 이 세상에서 아무것도 찾을 것이 없어지고, 의사 소통도 불가능해

져요. 당신은 지금 세계의 한계에 다다른 거예요, 친구여.
게다가 세계의 한계 저편으로 밀려날 위기에 처해 있어요.
그러니 당신은 새롭게 말하려는 시도를 해야 해요. 새로운
단어를 찾아내고, 문장을 새로 만들고, 큰 소리로, 아니 소
리라도 내보세요. 당신의 말이 비록 얼토당토않고 터무니
없다고 해도, 중요한 것은 당신이 다시 입을 연다는 사실
이에요. 오늘 저녁 안에, 저 아래 사라고사에서 입을 여세
요. 나는 당신의 도움이 필요해요. 그래요. 당신은 제대로
알아들었을 거예요. 당신의 도움이 필요해요. 하지만 날 도
우려면, 당신은 우선 입을 다시 열어야 해요!"

　이번에는 한결 약한 일격이 뒤통수에 가해졌다. 그리고
여자의 그림자는 사라졌다. 뒤를 돌아보니, 아무도 없었다.
그리고 이제, 스텝 지역을 떠나야 한다.
　갑자기 그는 서둘렀다. 다른 사람도 아닌 그가? 그렇다.
생전 하지 않던 행동을 한 것이다. 그는 뛰었고, 내달렸다.
　그렇게 줄곧 비탈길을 내려갔다. 간간이 껑충 뛰기도 했
다. 물론 한 번도 멈추지 않았다. 오래 전에 잃어버렸던 뭔
가가 눈에 띄어도, 걸음을 늦추어 주위 들고는 곧장 계속
해서 달렸다. (그렇지만 그가 무엇인지 언급하지 않은 그
물건은 전혀 다른 곳에서 잃어버린 게 아니던가?―또다시
까마귀가 전해준 것일까?)
　속력을 내면서도 그는 한층 날카롭게 사물들을 인지했
다. 새끼손가락만한 스텝 지역의 도마뱀들은, 꼬리를 잃어

버린 채, 바위 틈새로 쏜살같이 사라졌다. 전 기간을 통틀어 단 한 번 마주쳤던 뱀은 흑회색이었는데, 굉장히 긴데다 팔뚝만큼 굵었다. 그 녀석은 스르륵 소리를 내며 자기와 마찬가지로 흑회색인 소나무 줄기를 감아 올라가 꼼짝 않고 매달려 있었다. 그 모습은 약국의 표지*와 똑같았다. 둘의 눈길, 여기 한 남자와 저기 높은 곳에 매달려 있는 뱀의 눈길은, 서로 똑같이 곁눈질로 쳐다보며 굳어 있었다.

그러고 나서는 밤나방들이 잿빛 스텝 지역에서 쏟아져 나왔다. 나방들도 스텝 지역처럼 회색이었다. 그러나 늑장부린 나비들 중 한 마리가 한번 날개를 펼치니, 이 투명한 날개의 안쪽에는 달과 별들과 혹성들의 궤도가 그려져 있었다. 그건 마치 중세적이라기보다는, 현대적인 스테인드글라스처럼 보였다. 게다가 대기는 우주의 신호음들로 요란했다. 작게 갈라진 땅바닥의 틈과 구멍 속에서 두꺼비 울음소리와 귀뚜라미 소리가 들려왔다. 박쥐 한 쌍이 지그재그로 날아오르자, 그는 자신이 얼마나 그 녀석들을 그리워했는가를 깨달았다. 이제는 돌아가지 않으리라.

"되돌아가느니 차라리 죽을 테다!"

도시에 가까이 왔음을 암시하는 첫 징후들 가운데 하나는 지평선에서 지평선으로, 브레이크를 끼익 잡아가며 언덕 아래로 총알같이 달려 내려가는 몇 대의 스텝 횡단용

---

*독일의 약국 표지는 뱀이 지팡이를 감아 올라간 모양이다.

자전거들이었다.

"그들 곁을 달려가면서, 나는 마침 손에 들고 있던 지팡이로 그들을 때려 죽여버렸다오" 하고 우리의 화자는 말했다.

"그후로 스텝 지역은 다시 조금 조용해졌지요."

도시의 또다른 조짐인, 땅바닥에서 주워든 크고 작은 물건들. 그는 멈추지 않고 계속 전진하면서, 자신에게 활력을 불어넣으려고 매번 그것들을 가능한 한 멀리 내던졌다. 처음에는 대개 돌이나 나무막대기였던 것들이 차츰 빈 병, 빈 통조림 깡통, 건전지와 기와 조각들로 바뀌어갔다.

뒤에, 그리고 저 아래 깊숙이 도시를 숨기고 있는 마지막 능선 앞에서 그는 아득히 먼 곳에서 들려오는 수천 가지 목소리의 노래를 들었다. 어느 유서 깊은 수도원에서 들려오는 합창곡 같았다. 나중에 알고 보니 그것은, 앞차의 뒤꽁무니에 바짝 붙어서 질주해 가는, 퇴근 시간 고속도로 위의 차량들 소리였다.

그가 도시에서 맨 처음 마주친 것은, 아래로는 발치에서 환하게 불빛을 밝히고 있는 공항 활주로였고, 위로는 하늘에 떠 있는 교통 정찰용 비행기 한 대였다. 얼핏 보기에 비행기는, 그가 어디선가 주운 감자 한 알을 손에 쥐고 고산지대의 스텝 지역 풀밭에서 비행기와 같은 고도(高度)로 마주 보며 서 있는 동안 제자리에서 깜빡이고 있는 듯했다. 또 그가 본 것은, 그의 등뒤 인적이 드문 곳 위로 점점 차오르던 아직은 희미한 달과, 그의 앞에서 왼쪽 오른쪽으로 뻗어나간 고속도로, 또 도로를 교차하며 지나는 기찻길이 었다. 자투리 세계로의 귀환.

아무튼 그는 이제 빙 돌아가지 않았다. 왜냐하면 이 도시는 그의 출발 지점인 산타 페와는 완전히 다른 곳에 자리 잡고 있기 때문이다. 스페인 전체가 스텝 지역을 이루고 있기는 해도 낮은 평야지대에서는, 약초가 자라는 스텝 지역이 양배추와 사탕무를 재배하는 사바나로 바뀌게 된다. 다행히 이제는 머리가 무겁지 않았다. 아래로 내려가자 막혔던 귀가 뚫렸다. 이 도시는 그저 지방의 중심도시일 뿐인데도, 산타 페 아니 밤바람 도시가 열 개 정도는 있어야 이 도시와 맞먹을 것 같았다. 그런데 이 도시 역시 이름만 사라고사인 게 아닐까? 아니다, 이곳은 틀림없는 사라고사다. 저기 저 평야 뒤로 에브로강*까지 끼고 있지 않은가.

이제 이 거대한 사라고사를, 북쪽에 있는 도시의 출구까지 횡단해갈 참이었다. 그는 이왕 아주 오래 걸어온 김에, 끝까지 그렇게 걸어가기로 했다. 그것도 똑바로 앞으로.

문제는 먼 거리가 아니라, 여기저기 사방에 널린 장애물들이었다. 그렇게 그는 또하나의 모험에 직면했다. 멀리 떨어진 광활한 스텝 지역으로부터 이 자투리 세계로 걸어 들어간다는 것 자체가 모험이었다. 걸어서 그 자투리 세계를

---

*스페인 북동쪽 칸타브리아 산맥에서 발원하여 피레네 남쪽 기슭을 거쳐 동쪽으로 흐른 다음 지중해로 들어가는 강. 사라고사는 이 지역에 있는 도시.

빠져 나오는 것보다 더 큰 모험일 터였다.

게다가 그는 자신과 내기를 걸었다. 목적지까지 가능한 한 스텝 지역의 땅을 밟으며 가기로. 도시를 가로지르는 길에서도 그렇게 하기로 했다. 경험에 비추어 볼 때 스페인 에서는 불가능한 일이 아니었지만, 이 스텝 지역은 하필이 면 여러 교통 노선으로 둘러싸인 중간 지대에 자리잡고 있 었다. 그래서 맞은편 도로변에 도달하려면 고속도로의 차 단벽을 기어올라가 수백 대의 차량이 지나가길 기다리다 가 어느 순간 껑충껑충 뛰고 또 달려야 했다. 중앙을 가로 지르고, 차선들도 넘어가야 했다. 그 다음에는 비행장을, 두 번째 고속도로를, 교외선 철로를 가로질러야 했다. 늘 억센 풀들이 자라고 있거나 거의 텅 빈 혹은 점점 좁아지고 뾰 족해지며 작아지는 자투리 땅 위로. 도심 속으로 깊숙이 들어갔다가 어느덧 다시 도시를 거의 벗어날 때까지 계속 그랬다.

"나는 여기서 더이상 세세한 부분들을 늘어놓지는 않겠 소" 하고 우리의 화자가 말했다.

"하지만 언젠가 당신이 완전한 오늘의 모험기를 쓰려고 한다면, 바깥의 탁 트인―그런 곳이 아직 남아 있는―자 연에서 대도시로 접어드는 행군을 다뤄야 할 겁니다."

가장 진기한 모험에 해당하는 것으로 그는, 자투리 땅을 가로지르며 마주친 수많은 짐승들을 꼽았다. 교통 시설이 늘어나 점점 비좁고 촘촘하게 포위될수록 동물들은 종류 가 더욱 다양해지고 숫자도 늘어났다. 특히 스텝 지역에서는 눈에 띄지 않아 아쉬워했던 커다란 짐승들을, 그는 이 외진 사바나에서 만날 수 있었다. 사바나는 도시로 갈수록 오그라들고 새장처럼 좁아져서 점점 더 뾰족해지는 삼각형 모양을 이루다가, 결국에는 그저 길쭉한 땅뙈기만 남을 정도로 좁아졌다. 바깥쪽 스텝 지역의 그 어느 곳도 아닌 바로 거기에, 토끼들이 무더기로 쪼그리고 앉아 있었다. 그 곁으로는 여기저기 자기 굴 앞에 여우까지 한 마리씩, 마찬가지로 흰 족제비도 한 마리씩, 아무런 경계심도 보이지 않은 채 서 있는 것이—마치 녀석들은 자기들 키 높이로 제방을 두른 듯한 풀밭의 우리 속에서라면 그 어떤 시선으로부터도, 이를테면 하늘의 비행기로부터도 벗어날 수 있을 줄 아는 것 같았다.

사라고사의 도심을 그저 잠시 스쳐 지나가면서도 그는 거기서 분명히, 이전에 밤바람 도시에 도착했을 때처럼, 축제가 벌어지고 있다는 사실을 알 수 있었다. 문이 활짝 열려 있고 환하게 불이 밝혀져 있는 수많은 성당은 여기저기 문을 닫은 상점들과 대조를 이루었다(그 가운데서도 약국이 유난히 눈에 띄었다—그는 특히 약국을 찾고 있었다—이 대도시에서는 지난번 산타 페와는 달리 약국들이 모두 강철 셔터를 내려놓고 있었기 때문이다).

그렇다, 그것은 사라고사의 수호 여신, '누에스트라 세뇨라 델 필라' '우리 원주(圓柱)의 여인'을 기리는 연례 축제였다. 그렇다면 어느새 시월 중순이 다 됐단 말인가? 그가 그토록 오랫동안 집을 떠나 있었던 걸까?

그는 그렇게 하면 시간을 벌 수 있다는 듯이 축제에는 눈길 한 번 주지 않고 발걸음을 재촉했다. 그런데 바로 그때 어느 골목길에서 뜻밖에도 쇠피리 소리가 들려왔다. 그 소리는 이곳 도시 주택들의 처마 사이에서는 스텝 지역에서보다 한결 더 날카롭게 열정적으로 울려 퍼졌다. 몇 발짝씩 수레를 끄는 시간 간격을 두고 되풀이되는 짧은 가락은 다소 거칠고 생기 발랄하게 들떠 있으면서도 동시에—결국 행상은 축제일이든 아니든 간에 장사를 하는 게 목적이므로—언제든지 고객을 맞이할 수 있는 공손한 태도와, 어느 정도 거리를 유지하는 격식도 함께 담고 있었다. 떠돌이 행상에게 중요한 것은 음악이 아니라 손님을 불러모아 상품을 내보이는 것이었으므로 축제라면 어디든 그 소란 속으로 파고들었다.

그 행상은 그러니까 그와 똑같이 여행을 한 것이다. 한 지방과 다른 지방, 그리고 또다른 지방을 지나, 그들이 각자 나름대로 길을 떠난 지 수 주일이 지나서 지금, 같은 순간에 이 대도시에 도착한 것이다.

찢어지는 듯한 그 피리 소리는, 나란히 뚫려 있는 어느 골목길로 계속해서 울려 퍼졌다. 그리고 한결같은 보조를 유지하면서 에브로 강 쪽으로 옮겨갔다. 그리고 그의 이야기에서 처음으로, 과연 얼마 만인지, 그의 눈에 눈물이 고였다. 그는 당장 행상에게 달려가서 뭐라도 사주고 싶었다.

어쨌든 그들은 곧 푸엔테 데 피에드라*에서 만났다. 거기서 그는 행상에게 그의 주머니칼을 갈아달라고 했다.

　그러는 사이 어느덧 밤이 되었다. 사라고사 역시 이전의
도시처럼 밤바람 도시라는 게 입증되었다. 그는 약속 장소
로 향했다. 나바라 왕**들의 어느 궁전이 아니라, 에브로 강
북쪽, 저 건너 변두리 지역의 한 버스 터미널로.
　피곤하다고 느끼지 않았는데도 간간이 무릎이 휘청거렸
다. 버스 터미널은 벽이 없이 길게 뻗어 있는 홀이었는데,
한쪽 끝은 주택 단지와 맞붙어 있고 다른 쪽 끝은 새로 시
작되는 스텝 지역에 인접한 간선 도로와 맞닿아 있었다. 둥
글고 굵은 여러 개의 시멘트 기둥들이 홀의 지붕을 받치고
있었다. 각각 후에스카, 레리다, 투델라, 또 더 멀리 피레네
산맥 너머의 지방에 이르기까지 다양한 목적지의 출발 장
소가 적혀 있는 각각의 기둥들은 저마다 주춧돌을 밟고 서
있었다. 조명 시설이 잘 갖춰진데다 유리창을 통해 바깥을
내다볼 수 있는 대합실이 있는데도 불구하고, 스물네 개가
넘는 주춧돌마다, 어둠침침한 가운데 승객들이 한 명씩 쪼
그리고 앉아 있었다. 그 모습은 도심의 축제와는 또다른
원주 축제라도 되는 것 같았다. 그러고 보니, 시멘트 기둥
에 등을 기대고 서 있는 사람들도 적지 않았다.
　그는 지나가는 화물 트럭이 바람을 일으키는 도로변의

---

* 돌다리라는 뜻.
** 나바라 왕국은 프랑스와 스페인 국경지대에 있던 봉건국가.

첫번째 주춧돌 위에 앉았다. 터미널 안으로 서서히 굴러 들어오는 버스들은 쭉 줄지어 늘어선 우람한 기둥들을 통과하는 동안 소형차처럼 작아 보였다가, 터미널을 벗어나면서 다시 커다란 제 모습을 찾았다. 거리의 주택 단지들은 사람이 거의 살지 않는 것처럼 보였다. 이곳에서는 도시의 특정 구역에서만 축제가 진행되어서 그런지, 나머지 구역들은 버려진 듯한 느낌이 한층 더했다. 찢어진 비닐조각들이 바람에 도시 밖으로 날아갔다. 은색의 가시나무 꽃씨 덩어리들이 스텝 지역에서 흔히 볼 수 있는 가시나무 덤불과 함께 도시 안쪽으로 흩어졌다. 가시나무 덤불은 땅바닥을 굴러가다가 가끔씩 불쑥불쑥 튀어오르기도 했다. 시간이 흐르지 않은 것일까?

그때 어깨에 누군가의 손길이 느껴졌다. 유난히 따뜻하고 부드러운 손길. 마찬가지로 따뜻하고 부드러운 다른 손이 그의 이마 위에 얹어졌다. 연이어 또다른 손. 많은 손들이 그의 몸 여기저기에 닿았다 사라지고 나자—그는 추위에 떨고 있었다—그의 어깨에는 외투가 걸쳐져 있었다. 그리고 여자가, 그를 추적하던 그 여자가 말했다.

"그래요, 주무세요."

곧바로 올라탈 수 있도록 문이 열린 채 그의 앞에 서 있는 것은 산타나 지프차도 아니고 지난번에 보았던 거의 버스만큼 길다란 산타나 차도 아니었다. 그들 두 사람 외에는 승객이 아무도 없다는 사실만 제외하고는 터미널의 일반

차량들과 조금도 다름없는 진짜 버스였다. 그녀가 핸들을 잡았다. 그는 그녀 옆에, 여행 가이드를 위한 것인 듯 따로 떨어져 있는 의자에 앉았다. 그 회전의자는 그녀의 좌석보다 한층 낮았다.

　나중에 그들이 함께 국경을 지나 달려가는 동안 내내, 그는 차가 달리는 방향을 등지고 앉아 있었다. 밤에는 나란히 줄지어 있는 빈 좌석들을, 낮에는 그 너머 뒤쪽으로 비켜가는 사물들을 바라보았다. 그것들은 미리부터 훤히 보이는 게 아니라 버스가 그 사물들과 같은 높이에 이르는 시점에서야 비로소 새롭게 시야에 들어왔다. 그 사물들의 세세한 부분들은 처음에는 아주 크게 나타났다가 점차 작아지면서 오히려 전체와의 관계 속에서 더 잘 이해되었다. 아니면, 차가 달리는 방향을 등지고 앉은 그런 자세는 늙어간다는 증거인가?

　"어쨌든," 하고 우리의 화자는 설명했다,

　"내 생전에 다시 한번 대륙 횡단 여행을 하게 된다면, 어느 방향에서 가게 되든 되도록이면 차가 달리는 반대 방향의 창가에 앉아야겠다고 다짐했답니다."

　아직 두 사람은 출발하지 않고 있다. 그는 사라고사 버스 터미널의 기둥 주춧돌 위에 앉아 있다. 여자가 그의 곁에 앉아 말한다.

　"자, 어때요?"

　그녀를 정면에서 보는 것은 처음인 듯하다. 그녀는 아름답다. 그리고 이렇게 느끼는 것은, 이 이야기가 진행되는 동안도 그렇지만, 그에게는 매우 드문 일이었다. 그는 스텝 지역의 쓴 버섯 중에서도 제일 쓴 놈을 이빨로 베어물어 그 쓴맛이 혓바닥 한가운데서부터 머리카락과 발가락 끝까지 퍼져나가도록 해, 마침내 간신히 입술을 열고 처음으로 목소리가 나오도록 한다. 그녀가 그것을 귀기울여 듣고 있다. 도대체 얼마 만인가? 하지만 그에게는 오히려 그녀가 그의 입에서 단어들을 끄집어내고 있는 것처럼 여겨진다. 땀이 솟는다. 얼마 전 죽음의 땀과는 다른 것이다. 그녀가 웃는다. 그를 비웃는 건가? 가슴에서 피가 흐르기 시작한다. 헌데, 그런 것도 있나? 물론이다. 마침내 그의 가슴에서 피가 흐르고, 그는 다시 말을 할 수 있게 된다. 처음에는 그저 외마디 비명뿐이다.

"내게 원하는 게 뭡니까? 뭘 원하는 거요? 원하는 게 뭔지 말하라구요!"

다시 말할 수 있게 된 순간, 혹은 바로 그 직전에, 이런 생각과 더불어 그에게 사랑이 솟아났다.

"늦었어, 너무 늦었어, 너무 너무 늦었다구!"

그리고 대충 다음과 같은 말을 했다.

"시시해! 다시 그 남자. 또다시 그 여자. 그렇고말고. 그렇다니까. 시시해! 오래 가지도 않아. 언제였더라? 언젠가 내게 잘해준 사람이 있었지. 한 사람만이 아니고. 또 그때 한 번만도 아니었지. 시시해! 그런데 나는? 그 순간에는 잘해주었어. 그리고는 잊었지. 잘해주었고, 그리고 이젠 다시 혼자라구. 누구와도 절대로 말 안 해. 시시해! 위하여 산다! 누굴 위하여 산다구? 귀한 사람들을 위해서지. 아, 수많은 고귀한 사람들을 위해. 누가 그들을 구해주지? 누가 그들에게 권리를 주나? 바로 그들을 죽음에서 깨어나게 하는 뭔가가 그러겠지! 스텝 지역의 떠돌이 행상에게 기념비를. 시시해! 내 자식을 봤을 땐, 얼마나 기뻤는지 몰라. 자식 복이 있어. 내 아내도 내 아이야. 그리고 내 어머니도 내 아이고. 아버지 역시 내 사랑하는 아이! 할아버지는 유달리 작은 꼬마애라구! 시시해! 모든 게 다 잘될 거야. 모든 게 잘된 적은 한 번도 없었지. 요즘은 그래도 옛날보다는 한결 나은 거야. 어째서 승천일 축제가 크리스마스 축제보다 앞서는 걸까? '이제는 모르겠다.' 그게 내 친할머니가 늘 하시던 말씀이었지. 아니 외할머니였나? '이제는 모르겠다.' 할머니의 그 말씀은, 내가 지금까지 들어본 가장 아름다운 문장들 가운데 하나야. '이제는 모르겠다.' 자식 하나만 빼고 아들이라곤 전부 전쟁통에 잃고, 암으로 조용히 돌아가셨지. 아, 시시해! 그리고 내가 바로 에브로 강 위의 돌다리에 서 있었다는 사실, 이것도 벌써 어느새 오래 전의 일이야. 지금 당장 집으로 가지 않으면, 나는 결코 집으로 돌아가지 못할 거야."

그리고 그 순간 두 사람은 부둥켜안는다. 그녀가 넘어지는 그를 붙잡는다. 그가 무거운 탓에 둔중한 소리가 난다. 하지만 그후에도 그들은 출발하지 않는다. 그들은 우선 버스 터미널의 바에서 커피를, 자마이카 산 블루 마운틴 커피가 아닌 그냥 커피를, 커피잔 대신 유리컵에 담긴 커피를 마신다. 승리자인 그녀는 그 레스토랑에서 그의 머리카락에 달라붙어 있던 깃털 하나를 떼어내고—스텝 지역의 독수리 깃털은 아니었다—그의 손톱을 깎아주고—아무도 보지 않는다—그가 바꿔 신고 있는—그러고도 이 남자는 도대체 어떻게 그토록 멀리까지 걸어갈 수 있었을까?—구두를 제대로 신겨주고 옷을 한 벌 건네 준다. 그는 화장실에서 새 옷으로 갈아입는다

그녀의 죽은 남편의 양복인가? 그녀는 아무 말도 하지 않는다. 도무지 말이 없다. 딱 한 번, 버스 안에서, 출발 직전에 말한다.

"당신의 중세 서사시 중에는 교활하게, 사랑하는 여자에게 마법의 묘약을 먹여 부당하게 아내로 취한 뒤에, 평생 동안 밤마다 그녀를 소유하고 있다는 착각에 빠져 지내는 남자가 나오죠. 그런 착각은, 마법의 묘약 없이도, 오늘날까지도 여전히 성행하고 있어요. 나와 함께 살던 남자도 나와 함께 살았다고 착각한 것뿐예요. 그 착각 하나만 해도 얼마나 자존심 상하는 일인데요! 그래서 나는 그가 죽자마자 당장에 그 사람 물건들을 내 집에서 치워버리게 했어요. 또 나는 그가 죽기 전에, 그와 나 사이에는 단순한 속임수밖에 없었다는 사실을 그가 깨닫게 해주었지요. 그리고 남편이 죽기 훨씬 전에 결심했어요! 다시 한번 누군가를 열렬히 사랑하게 된다면, 첫눈에 보자마자 마구 두드려 패줄 거라고!"

여자 운전기사는 우리의 화자를 집으로 데려가면서 가장 빠른 지름길을 택하지 않았다. 그는 그녀가 매번 어디서 커브를 꺾었는지는 말해주지 않았고, 나 역시 알고 싶지 않았다.

그들이 함께 체험한 것은 무엇인가? 그는 그들이 함께 보고, 들은 것만 내게 설명했다. 그의 이야기에는 함께 냄새를 맡은 것 따위는 전혀 고려되지 않았다.

"팜플로나* 앞에서 우리는 피레네 산맥의 첫눈을 보았소. 비아리츠**에서는 등대가 있는 바위 옆에 걸터앉아 바다 소리를 들었다오. 사방에서 부서질 듯 일렁이는 파도가 어찌나 사납던지, 아득하게 먼 대서양 맨 끝에 있는 조그만 산호초 꼭대기에 서 있는 것만 같았지요. 툴루즈*** 근처 가론 강과 미디 운하 사이에 있는 어느 마을에 앉아 있을 때는, 한 꼬마가 다가와서 오후 내내 여러 가지 물건을 가져다주기도 했어요. 사과, 돌멩이, 새의 깃털, 끊어진 카세트 테이프, 고무줄, 포도 두 알, 작은 붕어 두 마리, 죽은 두더지 한 마리, 마지막으로 우리를 그린 듯한 스케치 한 장. 나르본**** 근처의 염전에서 우리는 소금 산의 등마루로

---

* 스페인 북동쪽 피레네 산맥의 서쪽 기슭에 있는 도시.
** 프랑스 남서부의 스페인 국경 부근에 있는 소도시.
*** 파리, 마르세유, 리용 다음가는 프랑스 제4의 도시로 대서양 연안과 지중해를 연결하는 지점에 있으며, 가론 운하와 미디 운하의 분기점이기도 하다.

올라갔지요. 그 위에 앉아, 휑 하니 돌만 잔뜩 깔려 있는 내륙을 들여다보았소. 그 사이 우리 발 밑의 소금 결정들은 점점 더 세게 빠드득거렸답니다. 좀더 북쪽으로 당일치기 여행을 하던 중 우리는, 낙엽송 숲속 어디에선가 크로스컨트리 외발 자전거가 브레이크를 잡는 듯 끼익하는 소리가 울려나와 머리 위로 높이 퍼져가는 것을 들었소. 또 나뭇가지 하나가 이웃 나무의 곁가지 위에 얹혀 있는 모습을 보았는데, 바람 속에서 서로 비벼대며 흔들거리는 두 나뭇가지에서는 삐걱거리고 끙끙대는 신음 소리와 간간이 한숨짓는 소리가 들려왔지요. 어떤 날은 몇 시간 동안이나 고양이 두 마리의 사랑놀이를 구경하기도 했소. 그리고 하천과 산맥 기후의 한계선과 경계선들을 몇 차례나 더 뒤로 했지요. 우리는 알프스의 어느 인적 없는 고갯길에 차를 멈추고, 풍경을 한층 더 커 보이게 하는 볼록한 전망창을 통해, 온통 흰 눈으로 뒤덮여 반짝거리는 산악지대의 풍광을 바라보았소. 눈부시게 파란 하늘의 따뜻하고 고요한 태양 아래로는 가파른 절벽 하나 보이지 않는 산이 부드러운 능선을 이루며 뻗어가고 있었다오. 몇 개의 골짜기 굽이굽이에까지 —깊이 쌓인 눈밭 속으로 작은 시내들이 구불구불 흘러내린 흔적이 있었고— 희미하게 햇빛이 찾아들었어요. 그게 바로 일찍이 사람들이 '광채'라고 불렀던 거겠죠.

**** 프랑스의 남부 도시. 포도 재배지역의 중심을 이루며, 포도의 집산·가공지로 유명하다. 20km 떨어진 해변은 해수욕장으로 유명하며 염전도 있다.

게다가 그곳의 만년설 속으로는 두 줄기의 시냇물이 한데 흘러들고 있었어요. 그중 한 시내는 눈으로 뒤덮여서 그 윤곽이 특히 부드럽게 보였고, 새하얀 아치를 이루는 한가운데 넓은 구덩이만이 유일하게 그늘이 지는 곳이었지요. 하지만 광채는 그 작은 그늘에까지도 스며들어가 그 어느 곳에서보다 한층 더 따뜻하게, 아니 강렬하게 반짝였답니다. 항상 차를 타고 달리기만 한 것은 아니고, 때때로 차를 세우고 내려, 나무나 바위 할 것 없이 무엇이든 헤치며 걷기도 했지요. 그렇게 나란히 걷는 우리의 모습을 본 사람이 있었다면, 진작에 남녀 사이에 대해 꿈꾸기를 그만둔 사람이라 해도, 그저 한순간 먼발치에서 우리를 본 것만으로도 온통 가슴이 설렜을 거요!"

집으로 가는 동안, 그렇게 차에서 내려 걸어가던 어느 길목에서 그녀는 몇 마디 안 되는 말을 더 했다.

"그렇게 당신에게 마음이 끌렸던 것은, 좋건 나쁘건 간에, 어쨌든 언젠가 당신에 대한 이야기를 들었기 때문이에요. 운터스베르크와 페네데스의 계곡 사이에서, 어떤 이야기를 할 수 있는 유일한 남자가 당신이라는 말을 들은 적이 있거든요. 비록 그 이야기가 불타는 트로이에서 도주한 아이네아스*의 이야기보다 훨씬 슬프다 하더라도 말이에요."

그리고 또 둘이 함께 걷던 어떤 길에서, 그녀가 그에게

---

* 트로이의 장군. 트로이가 함락된 후 일족의 생존자를 이끌고 이탈리아로 항해한다.

말했다.

"스텝 지역 변두리의 판자 건물에서, 나는 다시 순결해질 때까지 아주 한참 동안 누워 있었어요."

하지만 그런 게 가능할까? 과연 순결을 되찾을 수 있을까? 그렇다면 그후에는 어떻게 되는 거지?

어느 가을날 저녁에 그들은 잘츠부르크 근교에 도착했다. 여자는 버스를 공항 앞에 세워두었다. 그들은 그의 집이 있는 서쪽을 향해 들길을 따라 함께 걸었다. 그들은 보이는 모든 장면을 칼날처럼 예리하게 바라보았다. 들려오는 소리는 모두 이별의 소리로 들렸다. 그리고 그는 갑자기 자신의 삶이, 자기 앞에 계속될 나날이, 또 무엇보다도 그녀 없이 시작될 내일 하루가 섬뜩하게 느껴졌다. 그가 말했다.

"내 곁에 있어주오."

그녀가 대답했다.

"안 돼요—다른 사람들은 어떨지 모르지만—우리 둘은 어쨌든 너무 늦었다는 걸 아시잖아요?"

그러자 그가 대답했다.

"내게 도움을 청한 건 바로 당신이잖소?"

그녀가 대답했다.

"벌써 도와준걸요."

그녀는 자기 버스로 돌아갔고, 그는 계속해서 집으로 향했다. 그러나 이별하면서 두 사람은 모두 활기를 되찾은 것 같았다.

국경 강둑 근처 그의 동네 거리의 유일한 상점은 진열장
의 불만 남겨 놓은 채 이미 문을 닫은 상태였다. 어째서 거
기에 벌써 강림절* 캘린더가 진열되어 있는 것일까? 하긴
사라고사 길모퉁이에서도 복권 판매원들은 시월 중순에
벌써 크리스마스 복권을 사라고 외쳐대지 않았던가.

큼직한 가을 낙엽들이 바람에 날려 가게 안으로 깊숙이
들어갔다. 그리고 그는 국경의 강, 잘라흐를 한번 바라보려
고 가게 뒤 둑 위로 올라갔다. 강은 무엇을 하고 있었나?
강은 여전히 유유히 흐르고 있었다. 그리고 그는 언제부터
인지는 모르지만 자신이 집 열쇠를 손에 꼭 쥐고 있었다는
걸, 집 앞에 도착해서야 깨달았다.

집 안은 어두웠다. 비바람이 몰아치고 있었지만 그는 선
뜻 집으로 들어서지 않았다. 이웃집 꼬마아이가 지나가다
가 말했다. 평소 그 거리는 인적이 드문 곳이었다.

"난 아저씨 알아. 여기 살지요. 이곳은 아저씨 집이고, 아
저씬 탁스함의 약사야."

아이는 그를 보살피듯 말했다. 그리고 그의 자동차는 방
금 막 세워 두기라도 한 것처럼 엔진에서 탁탁 소리를 내
며 집 앞에 서 있었다.

우선 정원을 통과했다. 과실들은 모두 거둬들여진 듯 무

---

* 강림절 : 크리스마스 전의 4주간.

화과만 몇 개 남아 있었다. 지나가면서 열매 하나를 따서 입에 넣었다. 헌데 무화과 나무가 맞을까, 게다가 그렇게 북쪽에서도 열매가 익는 무화과 나무가 있나? 그렇다, 그동안 거의 모든 곳에 거의 모든 것이 있게 된 것이다.

그는 누군가의 손에 이끌리듯, 눈을 감고 움직였다. 눈을 떠라! 히말라야삼나무 밑에는 어느새 이웃집 정원에서 그의 정원으로 옮아온 우산버섯들이 어둠 속에서 빛나고 있었다. 셋, 아홉, 열다섯, 스물일곱 개의 우산버섯들. 아니 스물여덟 개나 되는, 무릎까지 닿는 우산버섯. 그 녀석들에게서는, 역시 우산버섯답게, 빗방울이 뚝뚝 떨어지고 있었다.

"우린 너희들을 당분간 그냥 놔둘께!" (그는 '우리'라고 말했다.)

현관문 앞에서 난데없는 뭔가에 걸려 넘어질 뻔했다. 땅속에서부터 솟아올라온 나무 뿌리가 현관 앞을 가로막고 널브러져 있었다. 문을 열자 그의 아내가 쓰는 위층에서 작고 가벼운 물건이 바닥으로 떨어지는 듯한 소리가 들렸다. 그 소리로 보아 여느 때와 다름없이 아내는 외출중인 모양이었다. 휴가 여행에서 돌아와서도 여전히 그와 떨어진 그녀만의 영역에서 살고 있음이 분명했다. 언제까지나 지극히 불안정한 그녀의 질서 내에서, 이렇게 문틈으로 흘러들어온 미풍만으로도 어디선가 바닥으로 떨어지며 요란한 소리를 내는, 눈에 띄지 않는 그녀의 물건들.

"버섯이 우리를 갈라놓은 것은 물론 아닙니다."

탁스함의 약사가 내게 고백했다.

"언젠가, 나도 언제 어떻게 된 건지는 모르겠지만, 내가 아내에게 너무 상처를 입혀서 아내는 자기 자신과 타협하지 않고서는 더이상 나와 함께 살 수가 없게 된 거지요. 하지만 아내는 집을 떠날 수도 없었고, 또 이런 부부가 단지 우리 둘만은 아니라고 생각합니다."

그의 영역에는 모든 게 떠날 때 그대로였다. 휴가지에서 보내온 딸의 엽서 몇 장이 유일한 우편물이었다. 그녀는 언젠가는 자신의 소유가 될 약국으로 벌써 돌아와 있었다.

"사랑하는 아버지."

가슴을 뿌듯하게 하는 두 단어. 지난여름 그의 이마에서 떼어낸 조그만 종양의 검사 결과도 와 있었다.

"어땠는데요?"

그는 내게 대답하지 않았다.

그는 어둠 속에서 텅 빈 하얀 벽을 마주 보고 앉아 있었다. 그 벽에서는 강변의 가로등 불빛을 받은 정원수들의 그림자가 심한 비바람에 야수처럼 앞으로 부딪쳤다 뒤로 밀려나면서 몸부림치고 있었다. 달리기 선수의 출발 직전 같은 정적의 순간들—그리고 이제 번개 같은 출발! 눈을 감자, 눈꺼풀 속으로 부드럽게 반짝이는 스텝 지역의 땅이 나타나 끝없이 드넓게 펼쳐졌다. 집 안은 서서히 그의 망자(亡者)들로 가득 찼다. 그의 아들도 여전히 거기에 끼어 있었을까?

"아뇨, 이번에는 아닙니다."

도끼 날이 그의 목덜미를 내리찍자, 그의 머리가 철커덕 아래로, 가슴께로 떨어졌다. 사형? 아니다. 그는 잠든 것뿐이다. 그런데 그냥 그렇게 가만히 앉아 있는 그의 목뼈가 거의 부러질 정도로 세차게 앞으로 꺾인 것이다. 그는 의식이 혼미해진 듯했다. 잠자리에 들지. 아니다, 아직 자선 안 된다!

집에서 그가 늘 애써 기피해오던 장소인 지하실로 내려갔다. 그런데 오늘 그는 이 지하에서 드디어 집에 도착했다는 느낌을 주는 자리를 발견했다. 그곳은 언젠가 그의 꿈속에 나타났던 그 낯선 침입자들도 득실거리지 않는, 그저 한적하고 텅 빈 곳이었다.

책을 읽으러 위로 올라갔다. 스탠드를 켰다. 그러자 누렇게 빛이 바랜데다 마구 엉클어져 툭 튀어나와 있는 구두끈이 눈에 띄었다. 스텝 지역의 풀줄기 하나가 꽂혀 있었다. 그는 서사시 『아이바인* 혹은 사자(獅子)의 기사』를 펼쳤다. 지난번에 어디까지 읽었더라? 너무 급작스럽게 중단하는 바람에 책갈피를 끼워두는 것도 잊었나?

마침내 그 부분을 찾아냈다. 그는 계속 읽어 내려갔다. 그러나 읽다 말고 갑자기 그는 떨기 시작했다. 이제 그는 떨었다. 이제야 비로소 그는 떨고 있었다.

---

*영국의 작가 W. 스코트의 역사소설 아이반호를 빗댄 이름. 『아이반호』는 중세 영국의 색슨족과 노르만족 사이의 대립을 배경으로 사랑과 무용(武勇)을 그린 이야기이다. 아이반호는 사자 왕 리처드 1세를 따라 십자군에 종군한다.

에필로그

나는 그해 겨울, 여기저기 흩어진 주택들에 둘러싸여 정확하게 마을 한가운데 초원 위에 서 있던 별나게 생긴 납작한 벙커, 탁스함의 그 약국에서 야근중인 약사를 만났다.

몇 차례씩 중단해가면서도, 그는 밤이 한참 깊어질 때까지 내게 자신의 여름 이야기를 들려주었다. 한번은 어느 노파가 와서 이른바 그만이 조제할 수 있다는 가슴앓이용 가루약을 가져갔다. 두번째로 종이 울렸을 때는, 벌써 자정이 지나 있었다. 한 젊은 아빠가 아이를 데리고 왔는데, 침대에서 떨어지면서 머리를 부딪친 아이는 피를 흘리고 있었다. 흰 가운을 입은 약사는 솜으로 피를 닦아내고 반창고를 붙여주었다. 마찬가지로 아주 늦은 시각에 바로 이웃집에서 살려달라는 비명 소리가 들려오자 약사는 단숨에 자리를 박차고 일어났다—그러나 그 비명 소리는 그저 어디선가 켜 놓은 텔레비전의 심야 영화에서 터져나온 것이었다. 그 다음에는 갑자기 밖에서 짐승의 울음소리 같은 게 요란하게 울려 퍼졌다. 마치 차에 치인 개가 내지르는 듯한 그 소리는 조제실 안에서 더욱 커지면서 계속 울렸다. 끔찍한 고통, 아니 어쩌면 오히려 근심과 고뇌에 빠져 있는 것처럼 보이는, 나이를 가늠하기 어려운 한 남자가, 그런 구슬픈 울음소리가 아니고서는 달리 그 고통을 전달할 방법이 없다는 듯이 목구멍에 걸려서 전혀 알아들을 수 없는 몇 마디 음절들을 섞어가며 한동안 주먹을 움켜쥐고 두 눈을 부릅뜬 채 약사에게 얼굴을 정면으로 들이대고 덤비다가, 마찬가지로 갑작스럽게 입을 다물고는 어둠 속으로 사라졌다.

어떻게 매사에, 가루약을 조제할 때나 상처를 치료할 때나 최소의 행동 반경에서 움직이고, 절대로 손을 멀리 내뻗지도 않으며, 게다가 거의 아무 소리도 내지 않을 수 있는 건지 정말 놀라웠다. 작업 방식이 바뀐 것인가? 그리고 그는 매번 자기 약품들을 최소량의 단위로만 조제해주었다. 가장 작은 상자, 아니면 정말 단 한 알, 가루약과 물약은 한 숟갈씩만. 그리고 물컵 속의 숟가락도 발칸 반도의 손님 접대용 숟가락처럼 가지런히 준비되어 있었다—단지 여기서는 꿀이 아니라 약을 먹기 위해서라는 점이 달랐다.

그의 모습을 바라보고 있자니 푸근함이 전해져왔다. 옆

에 아무도 없이 혼자 일하고 있었지만 분명 누군가를 위해, 다른 사람을 위해 일한다는 것을 느낄 수 있었다. 부재중인 그의 가족들을 위해.

그런데 또 한 번은 누군가 어둠 속에서 성큼성큼 걸어나오더니 멀리서부터 그를 향해 달려와, 한마디 말도 없이 한 손으로 그의 팔을 잡아 등뒤로 비틀고 다른 손으로는 정식 처방전 같은 것을 흔들어 보이면서 거칠게 그를 밀어버리는 일도 있었다.

겨울이라 동이 트기까지는 아직 좀더 기다려야 했던 어느 때쯤 약사는 이야기를 마쳤다. 그리고 나서 예의 그 블루 마운틴 커피를 내왔는데, 그 향기를 들이마시는 것만으로도 벌써 나는 기분이 상쾌해졌다.

우리는 밖으로, 장미나무 몇 그루가 자라고 있는 풀밭으로 나왔다. 줄기 맨 꼭대기에는 아직 꽃 한 송이가 달려 있었다. 땅바닥에는 아직 덜 익긴 했어도 그런 대로 먹을 만한 딸기 몇 알이 보였다. 약사는 가운을 벗고 외투로 갈아입었는데, 그러지 않았더라도, 그가 첫걸음을 내딛는 순간 벌써 그에게 배어 있던 온갖 약품 냄새들은 모두 공기 중으로 사라져버렸을 것이다.

나는 그를 옆에서 찬찬히 뜯어보았다. 어째서 전부터 사람들을, 그들의 얼굴을, 그들의 신체를 묘사하는 것이, 특히 그 어떤 특징들을 묘사하는 것이 마음에 거슬렸는지 모르겠다. 나는 또 그런 종류의 묘사들이 아무리 잘 되었다 할

지라도, 왠지 적합치 않다는 불쾌감을 지울 수 없었다. 그럼에도 지금 이 순간에는 약사의 모습을 적어도 대충이라도 그려볼 수 있을 것 같다. 그는 특별히 키가 크지는 않았지만 꽤 다부진 체격에 넓은 어깨를 가지고 있었다. 그중에서도 가장 두드러지게 넓어 보이는 것, 그러니까 그에게서 유일하게 눈에 띄는 부분은 코였다. 콧방울이 연신 벌름대는 콧구멍 때문이었다. 일부러 햇볕에 태운 게 아닌데도 유달리 검은 그의 피부에 관해서는, 대학 시절 메소포타미아 길가메시 왕의 서사시를 자유롭게 각색한 연극에 등장했었다고, 언젠가 그가 내게 설명한 적이 있었다―왕이라고요? 그는 내 질문을 못 들은 체했다.

마침 그때, 젊은 시절 길에서 마주치던 수많은 사람들의 얼굴에서 그 시절의 영화 스타들을 떠올리곤 했었다는 사실과, 그후에는 한 번도 그런 적이 없었다는 생각이 떠올랐다―적어도 지금 탁스함의 약사를 뜯어볼 때까지는 그랬다. 그는 내게 게리 쿠퍼*, 페드로 알멘다리즈**, 그 밖의 다른 주연 배우들을 생각나게 했으며 동시에 스탠 로렐***, 제리 루이스****, 특히 버스터 키튼***** 같은 희극 배우와,

---

* 게리 쿠퍼(1901~1961) : 미국의 배우. 남성적이고 온화하며 인간적인 성격으로, 미국인의 좋은 일면을 대변해서 인기가 높았다.
** 페드로 알멘다리즈(1912~) : 멕시코 출신의 영화 배우.
*** 스탠 로렐(1890~1965) : 올리버 하디와 2인조로 할리우드 영화 최초의 뛰어난 미국의 희극배우 팀을 이루었다. 홀쭉이 역을 맡은 그는 딤벙대고 쉽게 풀이 죽는 성격의 순진한 역할로 뚱뚱하고 성이 급한 하디의 상대역을 했다.

외견상으로는 전혀 비슷하지 않은 여자 스타들, 게다가 에드워드 G. 로빈슨*과 어네스트 보그나인** 같은 악역 배우들까지 연상시켰다. 그들과 얼굴이 닮아서 그런 것은 아니었다. 오히려 방금 들은 이야기 때문인 듯도 싶었지만, 그보다는 사건을 바라보고 과정들을 추적해가는 그의 방식에서 비롯됐다는 게 더 정확할 것이다. 그의 눈에는 모든 것이 같은 속도를 가진 것처럼 보였고, 빠름과 느림 사이에도 전혀 차이가 없었다. 그는 전속력으로 질주하는 자동차도 커피 잔에서 모락모락 피어오르는 김을 바라보듯이 평온하게 바라본다. 하지만 내게는 전혀 다른 사실을 말하지 않았던가. 빠른 속도는, 바라보는 것만으로도 벌써 그를 공포에 빠뜨릴 수 있었다고?

나는 그에게 자신이 그 이야기로 인해 달라졌는지 물었다.

그는 대답했다.

"그 동안 어디선가 나 자신에게 맹세한 적이 있었소. 내

**** 제리 루이스 : 배우, 감독, 각본가, 제작자. 초기에는 동료 배우 딘 마틴과 짝을 이루어 16편의 코미디 영화를 제작했다. 즉흥적인 에너지와 실험정신이 넘치는 코미디로 프랑스 영화팬들을 사로잡았다.

***** 버스터 키튼(1895~1966) : 1920년대 무성 코미디 영화시대에 채플린에 필적하는 유일한 작가이자 코미디언. 채플린과 달리 절대로 웃지 않는 표정이 트레이드 마크였다.

* 에드워드 G. 로빈슨(1893~1973) : 미국의 영화배우. 거칠고 억센 남성의 이미지로 유명했다.

** 어네스트 보그나인(1957~) : 5, 60년대 범죄, 전쟁영화 및 서부영화로 이름을 날렸던 미국의 영화배우.

가 이곳으로 돌아오게 되면 딴사람이 되어 있을 거라고! 하지만 유일하게 변한 것이라고는 발이 커졌다는 사실과, 그래서 새 신발을 사야 했다는 것뿐이라오."

나는 또 그에게 왜 약사가 되었느냐고 물었다.

"그것은 집안 내력이오." 그가 대답했다.

"약사 집안. 그 당시 타트라 고원*에서 우린 우리 가문 고유의 문장(紋章)까지 지녔었소."

한편 그는 일부러 아무런 메모도 하지 않은 것이냐고 물었다. 나는 그렇다고 대답했다.

"잘하셨소." 그가 말했다.

"중요한 건, 내가 방금 이야기한 것을 당신이 커다란 종이 위에 적어둔다는 거요. 그렇게 하지 않으면 헛일이에요. 나는 백지 위의 검은 글씨를 원합니다. 나는 내 이야기가 글자로 씌어진 것을 갖고 싶소. 입으로 이야기할 때는 내게로 돌아오는 게 아무것도 없어요. 글자로 씌어진 것은 다를지도 모르지요. 그리고 결국에는 나 자신도 내 이야기에서 뭔가를 얻고 싶답니다. 말과 글자 사이에는 차이가 있다고들 하잖아요. 그 차이는 아주 중요하지요. 나는 내 이야기가 문자로 기록된 걸 보고 싶소. 나는 내 이야기가 씌어진 것을 볼 테요. 그 이야기도 그렇게 되기를 바라고 있소."

---

*체코슬로바키아 북부, 폴란드와의 국경 부근을 동서로 뻗은 산지. 서부 타트라와 동부 타트라로 이루어진다.

"하지만 당신과 나를 제외한다면 대체 어느 누가 그 이야기를 읽게 될까요?" 내가 물었다.

"상업적으로나 예술적으로나 어느 누구도 원하지 않는—다른 개인을 대상으로 한 게 아니라 오직 그 이야기에 등장하는 한 사람만을 위해 씌어지는 이야기가 오늘날 대체 무슨 의미가 있을까요?"

그가 대답했다.

"어쩌면 그런 게 바로 가장 근원적인 이야기가 아닐까요? 언젠가 처음에는 그렇게 시작되지 않았을까요?"

별 하나 보이지 않았다. 아름다운 조개 껍질처럼 생긴 구름 뒤로 달빛이 숨어들었던 그 짧은 순간, 탁스함의 하늘은 칠흑같이 어두웠다.

"타르세네피데!"

내 곁에서 그가 외쳤다.

밤바람이 불기는 여기도 마찬가지였다. 비록 거의 느낄 수 없을 정도였지만 분명히 알 수 있었다. 마치 그 남자와 더불어 또다른 바람이 불어오는 것 같았다. 그 바람은 특별히 바깥에 서 있는 우리를 위해서만 불어오는 애무, 바로 그것이었다. 바람의 애무에 목덜미의 잔털들이 곤두섰다. 뒤에서는 귀뚜라미의 노래가 들려왔다. 한겨울에 귀뚜라미라니? 그렇다. 그런데 그 노랫소리는 아래, 땅 쪽에서 나는 게 아니라 위쪽, 약국 담의 갈라진 틈에서 들려오고 있었다. 멀리 어둠 속에서 술 취한 사람이 비틀거리는 게 보였다.

"아니에요." 약사가 설명했다.

"나는 그를 알아요. 저 사람은 술에 취한 게 아니라 아내와 자식들한테 버림받은 거라오. 인사라도 건네야겠소."

그는 그 사람에게 가서 인사했다. 그리고 어둠 속 또다른 쪽에서는 아주 어린 소녀가 갓 태어난 듯한 젖먹이를 품에 안고 지나갔다.

약사는 다시 몇 걸음 밤의 내부로 들어갔다. 스텝 지역식 걸음인가? 그건 차라리 어린아이의 걸음마처럼 넘어지지 않으려고 다리를 벌린 채 걷는 걸음이었다. 그리고 그가 지금 나에게 얼굴을 홱 돌리며 가리키는 그곳에서는 그의 이야기가 진행되던 시기의 후반부 무렵부터 목하 전쟁이 벌어지고 있었다. 그가 무의식중에 어둠 속으로 내던진 돌로 순식간에 그는 누군가처럼 폭력을 행사할 수도 있을 터였다. 그렇다면, 그 점에서도 그는 변한 것인가? 어느새 그는 약국으로 돌아왔다. 그리고는 불붙은 신문지 한 장을 들고 어느 틈에 다시 바깥으로 나와서 돌멩이 쪽으로 내던졌다.

"나중에야 깨닫게 되었다오."

나중에, 날이 샐 무렵 우리가 그의 조제실 작은 탁자에 앉았을 때 그가 말했다.

"내가 저기 공항의 숲가에서 그렇게 일격을 당하리란 것을 전부터 반쯤은 의식적으로 기다리고 있었다는 걸 말이오—차라리 머리가 아니라 배를 맞기를 원했었지만요. 그리고 내가 아들애를 때리는 순간을 쓰겠다면, 그냥 '때리려고 팔을 치켜들었다' 라고만 기록해주었으면 좋겠소—야만스러운 행동을 얼버무리고 싶어서가 아니오. 오히려 그 반대지요. 특히 자기 자식 앞에서, 때리지는 않고 팔만 치켜든다는 것은 실제로 때리는 것보다 더 비난받아 마땅한, 어쨌든 훨씬 더 추하고 잔인한 거니까요."

그리고 나서 나는 드디어 더 편안하게 질문을 할 수 있었다. 그가 올해와 같은 모험을 또다시 체험하기를 원하는지?

"진기한 한 해였소!"

그는 이렇게 대답했다. 그리고 나서 말했다.

"나는 여기서 나 자신과 내 일에 대해 낙관적이랍니다. 하지만 그걸로는 충분치 못해요. 그래서 외로움이 생기고, 죄책감이 들지요."

"죄책감이라면, 당신의 이야기가 진행되던 동안의 이런 저런 실수들과 소홀함 때문인가요?"

"그래요. 나는 내 이야기 도중에 몇 가지를 그르쳤어요. 그런데 이번에는 그런 실수를 하더라도 뭔가 늦지 않고 제때에 하고 싶다오! 여기서 어느 곳에 서 있든, 어느 곳을 걷고 있든 나는 다음의 모험을 위한 만반의 준비가 되어 있소—다음번에는 본질적으로 달라지기 위해서죠. 그리고 이것은 어쩌면 동경이라기보다는 탐욕인지도 모르겠소. 나의 스승 파라켈수스*가 버섯들에 관한 단상(斷想)에서, '귀중한 것을 눈앞에 목격한 자는, 바로 그 순간 벌써 또다른 귀중한 것으로 눈길을 돌린다'고 말했던 대로지요. 다만 나는 그 특별한, 까맣게 작열하는 출발점을 더이상 발견하지 못하고 있을 뿐이라오. 그 당시, 내 이야기가 시작되던 때, 그땐 발견했었소. 그 출발점을 되찾기 위해서라면 무엇이든 다 내줄 수 있을 텐데!"

"공항 숲속의 빈터, 히말라야삼나무와 샘터, 그게 아직 남아 있나요?"

"빈터는 개간되고 샘도 메워졌소. 새로 집을 짓기 위해서라오. 잘된 일이지요."

"여행의 동반자였던 시인과 세계 챔피언은 아직도 가끔 만나시나요?"

"그럼요. 지하식당에서 만나죠. 내가 그 식당과 두 사람을 피해야 할 이유도 없잖소? 우리는 우연히 만났고, 또 오늘날까지 그들은 내가 말하는 것을 들어도 전혀 놀라지 않아요. 그 당시에는 내가 전혀 말을 할 수 없었는데도 말이오. 바로 그런 우연한 만남에서 나는 보통 친구들에게서보다 훨씬 더 질긴 결속감을 느껴요. 위험도 덜 하고."

"그럼, 밤바람 도시는요?"

"그때 거리를 배회하던 사람들이 권력을 장악하고, 독자적인 국가를 만들기 위해 매진중이지요. 현재 벌어지고 있는 전쟁 중 하나가 거기서 터졌는데, 주무대는 광활한 스텝

---

* 파라켈수스(1493~1541) : 스위스의 의학자이며 화학자. 우주를 영계, 생명계, 물질계로 나누는 삼원질설(三原質說)을 주장했다.

지역이라오."

그때부터 나는 거의 "그래서요?"라고 묻기만 했다.
"그래서요?"
"언젠가는 내 적수가 아닌 여자가 내 집에 들어서게 될 거요."
"그래서요?"
"당신도 그런가요? 내겐 도무지 동년배란 게 없는 것 같아요. 모두 나보다 나이 들어 보이거나 한참 어려 보여요."
"그래서요?"
"하지만, 그럼에도 불구하고 늙어간다는 걸 절로 느끼지요. 이를테면 활기는 여전하지만, 어쩌면 전보다 더 강할지 몰라도, 그걸 외부로 실현시킬 추진력이 이젠 전혀 따라주지 않는 거요. 내가 밀어주길 기대하는 듯한 뭔가가 앞에 놓여 있는데도, 나는 그걸 그냥 여기저기에 내버려두는 거죠."
"그래서요?"
"사람들은 대부분 꿈이 어떻게 중단되었는지만 기억하게 마련이라오. 그 꿈이 어떻게 시작되었는지는 거의 기억하지 못하죠!"

그 다음부터는 그에게 "그래서요?"보다는 한결 자세하게 질문했다.
"노래할 줄 아세요?"

또다시 목소리가 거의 나오지 않을 지경이 되어 밤새도록 그저 입술만 달싹이며(쳐다보는 것만도 고통스러웠다) 힘들게 겨우 말하던 사람이, 이 말을 듣자 자리를 박차고 일어났다. 그는 스텝 지역의 풀 묶음 위로—실제로 볏단처럼 굵은—몸을 구부려, 가능한 한 아주 깊이 숨을 들이마셨다가 내쉬면서 음정을 잡고는 즉석에서 노래를 불렀다. 호소력 짙은 목소리라기보다는 약간 지친 듯한 목소리였다. 이어진 노래는 오랫동안 준비되고 차분히 다듬어진 곡 같았다.

그들은 이루 말할 수 없는 탈진 상태가 되어 서로의 품 안으로 쓰러졌다.
그들은 이루 말할 수 없는 기쁨을 서로에게서 맛보았다.
그들은 이루 말할 수 없는 나른함 속에 나란히 누웠다.
그들은 이루 말할 수 없는 경탄 속에 깨어났다.
그들은 이루 말할 수 없는 조바심으로 창마다 내다보았다.
그들은 이루 말할 수 없는 인내심으로 계속 달렸다.

그들은 이루 말할 수 없이 서로 사랑했다.
그들은 이루 말할 수 없이 서로에게서 자유로웠다.
그들은 이루 말할 수 없이 서로에게 대담했다.
그들은 이루 말할 수 없이 서로에게 감사했다.
그들은 이루 말할 수 없이 서로를 인정했다.

그들은 이루 말할 수 없이
땀을 흘렸다,
소리를 질렀다,
울었다,
피를 흘렸다,
침묵을 지키고,
서로 이야기를 나누었다.

그들은 이루 말할 수 없는 슬픔 속에서 헤어졌다.
그들은 각자 다른 방향으로 갔다,
말할 수 없음에 대하여
말할 수 없이 분노하며.

아침까지 약국에는 도움이 필요한 사람이 더이상 찾아오지 않았다. "필요하신 게 뭡니까?"라는 말이 매번 약사의 첫마디였다. 미명 속에서 우리는, 몇 시간 동안 말없이, 예보된 눈을 기다렸다.

어느덧 모든 소리가 구별 가능할 만큼 잘 들리게 되면서, 어둡고 청명한 12월의 하루가, 활주로와 기찻길과 고속도로 사이에 자리한 탁스함의 삼각지대 한가운데에서 시작되었다. 약사가 문까지 나를 배웅했다. 나는 늘 첫 새가 날기 시작하는 아침에 글을 쓰러 가려고 했던 나의 옛 시절을 회상했다. 그렇게 우리는 잠시 서 있었다.

그리고 나는 말했다.

"스텝 지역에 대해 쓴다는 게 내키지 않는군요. 그나저나 도대체 유럽 어디에 아직도 스텝 지역이 있다는 겁니까? 게다가 그 단어부터가 벌써 마음에 안 들어요. '스텝 지역'이라니, 진부하게 들리는걸요."

약사의 대답은 이랬다.

"하지만 내 이야기가 진행된 곳은 '초원'도 '대평원'도 아니오. 바로 '스텝 지역'이었단 말이오! 내가 갔던 곳은 '스텝 지역'이었소. 내가 횡단한 곳은 '스텝 지역'이란 말이오. 다른 말로 대체할 만한 게 없어서 수천 년간 그 표기 형태까지 간직하는 단어들이 있죠—아주 드물긴 하지만, 예를 들어 나이팅게일을 뜻하는 '로시뇰'은 이미 중세 서사시에서도 오늘날과 아주 똑같이 씌어 있었소. 기쁨인 '라 주아'나, 얕은 여울을 가리키는 '라 게', 권리인 '르 드루아', '잃어버린'이라는 뜻의 '페르뒤'도 마찬가지였죠. 그러니 '스텝 지역'이란 단어도 있고, 그 지역도 있는 거요. 스페인의 거의 모든 도시들은 이웃 도시에서 수백 마일 떨어진 스텝 지역에 위치해요. 아빌라*, 살라만카**, 마드리드도. 그라나다 지방의 알함브라 궁전은 스텝 지역 위쪽의 암석 봉우리에 자리잡고 있소. 코르도바***의 메스키

---

* 스페인의 수도 마드리드의 서북서쪽에 있는 오래된 도시.
** 스페인 중서부에 있는 살라만카 현의 현도.
*** 스페인 남부에 있는 도시. 과달키비르 강 중류, 안달루시아 지방의 중앙에 위치하며 세비야와 더불어 이 지방의 중심지이다.

타에서 과달키비르 강까지는 불과 몇 걸음 거리이며, 또 거기서 스텝 지역 안으로 들어서 보면, 거기에는 염소들이 퉁퉁 불어오른 젖통을 질질 끌고 다니고 있죠. 심지어 여기 탁스함에도, 스텝 지역 또는 나쁘게 말해 스텝화된 곳이라 부르는 장소가 있소. 철둑이나, 어차피 이제는 오지 않을 서커스단을 위해 공터로 남아 있는 자리뿐만이 아니에요. 그리고 내 조제실 안에 있는 것도 바로 스텝 지역의 꽃다발이라오. 꽃이 아니라, 속이 텅 비어 있고 썩지 않는 수백 가지 형태의 꽃받침과 꽃자루들이죠. 나는 절대로 이 꽃다발을 내버리지 않을 거요! 한번은 스텝 지역에 단 한 그루뿐인 나무에 기대 앉아 있는데, 말이 계속 달려가자고 발로 차듯이, 뒤에서 뭔가가 나를 밀었소. 스텝 지역의 나무줄기가 바람에 흔들려 그랬던 거요. 바로 이런 게 스텝 지역이었고, 지금도 또한 스텝 지역이라오. 그리고 꼭 '스텝 지역'이라고 불려야 하오. 당신은 내 이야기의 독자들에게 스텝 지역에 대한 흥미를 불러일으켜야 해요—당연히 그래야 해요. 그리고 그에 대한 공포심도 함께 불러일으켜야죠. 냄새를 맡아 보시오! 기억에 가장 오래 남는 게 후각인지 아닌지는 모르지만, 그래도 규칙적으로 훈련하기만 하면 분명히 망각을 억제할 거요. 그리고 저기 스텝 지역에서 나는 쓴 버섯 말린 것을 한번 맛보는 건 어떨지. 두통, 감각 상실과 착란, 실어증, 비위 상할 때, 홀로 있을 때의 무료함 등에 좋거든요."

'처방전 같은 말씀!' 나는 생각했다—그리고 이제야 아직 완전히 아물지 않은, 약사의 이마 위 상처가 눈에 들어왔다.

잠시 뜸을 들인 후 그가 말했다.

"거기 스텝 지역에서 나는 때때로 나 자신에게까지 감격했었소. 나이 든 한 남자에 대해, 특히 나 자신에 대해 경탄했었소. 믿지 못하겠다면, 직접 한번 경험해보시구려. 잠시 동안이라도 자기 자신에게 감격해보지 못한 사람은 믿을 만한 사람이 못 되죠."

첫 새가 날아 오르기 훨씬 전에 한 사람이 달리고 있었다—그러니까 어느덧 탁스함에도 조깅하는 사람이 생긴 건가?—그는 마치 지난 세계대전의 한가운데서 어머니를 외쳐 부르기라도 하듯, 기침을 하고 숨을 헐떡거리며 달려갔다.

그리고 또다시 얼마가 지난 후 약사가 말했다.

"그 밖에도 선생은 내 이야기에 '멈추다'*라는 단어를 첨가해야 합니다. '그는 멈춘다.' 우선 이것은 아름다운 독일어이지요. 그리고 멈추다라는 단어는 힘을 줍니다. 그 단어는 한 사건에, 어떤 맹목적인 사건에, 맹목적인 세계적 사건에, 현상들의 도피에, 잡담에, 또한 고유하고 내면적인 사건, 가슴이 뛰고, 귀가 윙윙거리고, 위장이 눌리는 듯한 사

---

* 독일어의 innehalten. '중지하다'라는 의미 외에 '완수하다, 유지하다'라는 뜻이 있다.

건, 그리고 그 밖에도 다른 많은 사건에 개입합니다."

그리고 한참을 더 '멈춘' 다음에 내린 마지막 처방은 이렇다.

"그냥 사랑 이야기만 쓰시오! 다른 어떤 것도 아닌 사랑과 모험 이야기를!—누군가가 나가고, 집 안은 적막해졌소. 하지만 아직 뭔가가 부족하오. 나는 아직 어느 특정한 문이 잠기는 소리를 듣지 못했소."

"눈이나 내려라!"

우리 둘 중 한 사람이 말했다. 그리고 그때 정말로 눈송이 하나가 반짝거렸다.

"저기, 눈이 온다!"

우리는 동시에 말했다.

그리고 이제 드디어, 이날 아침의 첫번째 새가 나타났다. 통통한 까마귀 한 마리가 소리를 내지르며, 억지로 뱀이라도 삼키듯이 목을 길게 쭉 뽑았다.

"마냥 깍깍거리고 울부짖어라, 까마귀야!"

탁스함의 약사가, 오랫동안 그래왔던 것처럼 거의 나오지 않는 약한 목소리로 말했다. 간신히 새어나오는 그 목소리는 처음으로 제 갈 길을 찾아낸 게 분명했다.

"하지만 나는 알고 있단다, 네가 다른 짓도 할 수 있다는 걸."

1996년 여름/가을

일상적 존재 방식의 부정과 자기 찾기

1. 극작가로서의 한트케

반연극(反演劇)이자 언어극인 『관객 모독』(1966)이란 작품으로 우리에게 널리 알려진 페터 한트케는 1942년 오스트리아의 케른텐 주 그리펜에서 태어났다. 아버지는 경리 계원이었던 독일 군인이었고, 아버지와 헤어진 후 그의 어머니가 재혼한 계부 역시 군인이었다. 한트케는 제2차대전 후 1948년까지 베를린에서 유년시절을 보내고 다시 그리펜으로 되돌아온다. 그는 탄젠베르크의 한 가톨릭 학교를 다니며 그곳에서 『햇불』이라는 교지를 만든다. 1961년에서 1965년까지 법학을 공부한 그는 첫번째 소설 원고가 출판사에 받아들여지자 법학 공부를 중단한다. 이후 방송과 잡지에 원고를 게재하며 작가 생활을 시작한 한트케는 여러 번 미국을 여행했으며 지금은 파리에서 살고 있다. 1967년에 게르하르트 하우프트만 상, 1972년에 페터 로젠베르크 상과 실러 상, 1973년에 게오르크 뷔히너 상, 1979년에 카프카 상 등을 받았다.

1966년, 당시 스물넷의 무명 작가였던 한트케는 전후 독일의 쟁쟁한 문학그룹인 '47그룹'이 미국 프린스턴에서 회합을 가졌을 때 대담하게 이 그룹을 비판하는 독설을 퍼부어 센세이션을 일으킨다. 이처럼 유난스러운 문단 진출은 한때 비평가들로 하여금 그의 장래에 대해 부정적인 전망을 내리게 하기도 했다. 그러나 그는 이러한 예상을 뒤엎고 두드러진 활동을 계속한다. 『페널티 킥을 앞둔 골키퍼의 불안』(1970)(이하 『골키퍼』), 『긴 이별 짧은 편지』(1972)(이하 『짧은 편지』), 『왼손잡이 여자』(1976), 『소망 없는 불행』(1972), 『나는 상아탑의 거주자』(1972) 등 수많은 소설과 『보덴 호수 위의 기행(騎行)』(1971), 『카스파』(1968), 『질문에 대한 놀이 혹은 해맑은 나라로의 여행』(1990) 등의 희곡, 그 밖에도 수많은 시나리오 및 방송극 작업으로 그는 이제 '주목할 만한 젊은 작가'에서 '현대 독일을 대표하는 작가'로 변모했다.

언어 인식 문제에 대해 비판하고 있는 초기 작품들, 『관객 모독』『카스파』에서 세계는 언어의 형태로 나타난다. 오스트리아 출신 철학자 비트켄슈타인의 언어철학에서 영향을 받은 그의 언어극은 말이 나타내는 바깥 세계를 보여주는 것이 아니라 언어 속의 세계 그 자체를 보여준다. 언어극의 표현방법은 비난, 자기 모독, 속죄, 질문, 변론, 변명, 예언, 간청 등의 형식으로 나타난다. 따라서 언어극에서는 행동이나 사건 진행, 대화 형식이 배제되고 말이 나열될 따름이며, 이러한 말의 나열은 극장의 관객을 대상으로 삼는다. 『관객 모독』에서 연극의 대상은 바로 관객으로, 여기에서 한트케는 관객의 상황, 관객의 역할을 자각시킨다. 이 연극에는 사건 진행도 없고 장치도 소도구도 필요 없다. 연기자가 등장하여 관객을 상대로 처음부터 끝까지 비난과 욕설을 퍼부으며, 비트 음악 식의 리듬을 이용하여 연속적으로 흘려보내는 언어 유희로 극이 진행된다.

한트케는 초기부터 자신의 작품을 통해, 자동화되고 규범화된 인식과 사고방식의 문제점들을 비판적인 시각으로 그려내고 있다. 이처럼 잘못된 의식과 인식은 언어 속에서 가장 잘 드러나기 때문에 한트케의 언어 비판은 인식 비판의 형식을 띠고 있기도 하다.

따라서 우리가 당연하게 생각하고 받아들이는 현실의 사안들을 모순된 것으로 드러내 보여주는 브레히트의 서사극에서 한트케가 영향을 받았음은 부인할 수 없다. 그러나 서사극을 통해 관중의 태도를 변화시킬 수 있다고 믿은 브레히트의 의도는 성공하지 못했다고 한트케는 주장한다. 그런 의미에서 브레히트에 대한 한트케의 태도는 이중적이라 할 수 있다. 자연스럽고 당연하게 보이는 것이 사실은 인위적이고 조작된 것임을 인식시키려는 브레히트의 '생소화 효과(Verfremdungseffekt)' 기법은 수용하면서도, 현실참여 의식을 고취시키려는 정치적 의도는 미학상 용납할 수 없다고 거부하는 것이다.

또한 한트케는 종래의 극은 무대라는 일정한 제한된 공간을 사용하기 때문에 박물관의 유물에 머물 수밖에 없다고 비난한다. 그런 의미에서 그는 연극이 광장, 대학가 등에서 거리극, 강의실극, 교회극, 백화점극 등의 형식으로 현장에서 그대로 반영되어야 한다고 주장한다.

2. 한트케에 대한 상반된 평가와 한트케의 문학관

'47그룹'에서의 충격적 등장, 모든 전통적 문학방식과의 과격한 결별 선언, 그리고 1970년경까지의 실험적 초기작 등으로 인해 한트케는 수많은 비평가들로부터 아주 상반된 평가와 논쟁을 불러일으킨다. 또한 그가 시, 소설, 드라마, 일기, 시나리오, 방송극, 번역, 예술이론 에세이에 이르는 다양한 장르를 섭렵하고 있으며 이전에 자신이 쓴 작품까지 부정하고 혁신을 시도하는, 소위 "끝없는 심미적 혁명"을 거듭한다는 점에서 이러한 다양한 논의는 더욱 확대된다. 한트케의 지속적 혁신은 그의 문학적 방법론에 기인하는데, 그에 따르면 세계를 표현하는 가능성은 그때마다 단 한 번 존재할 뿐이며, 하나의 표현양식이 두번째 사용되면, 그것은 이미 매너리즘이라는 것이다.

한트케를 비판하는 비평가들은 그가 초기의 언어 비판적, 사회 비판적 작품 경향에서 벗어나 1970년대부터 주관적이고 심미적인 작품으로 전향한 것에 대해 "개선할 수 없는 소시민적 주관주의자"라고 공격한다. 그가 자기 도취에 빠져 있으며, 너무 개인적이고 반사회적이라는 것이다. 한편 전통문학으로부터는, 기존의 문학 전형에 대한 거부와 문학적 실험성으로 인해 비난받는다. 그러나 이처럼 다양한 평가가 계속되는 가운데 1970년을 기점으로 그의 문학에서는 보다 전통적인 문학양식에 접근하는 경향이 나타나며, 그의 작품에 대해서도 보다 객관적인 평가의 필요성이 대두되기 시작한다. 이에 따라 1960년대를 배경으로 한 언어문제와 70년대 이후의 주관주의 문학을 문학사적 맥락 속에서 개관하려는 시도들이 등장하고 있다.

앞서 언급한 한트케에 대한 다양한 평가와 관련하여 작가 자신의 문학이론을 잠깐 살펴볼 필요가 있다. 한트케는 자신의 문학관을 주로 『나는 상아탑의 거주자』에서 밝히고 있는데 그중 가장 중요한 개념은 문학과 작가 자신과의 관계일 것이다. 그에게 문학은 개인적으로 자기 인식과 자기 치유의 수단으로 작용하는바, 문학은 그에게 자신의 존재와 올바른 자의식을 획득하도록 작용한다. 또한 문학은 한트케에게 "다른 사람의 삶에 대한 대리 통찰"을 제공한다는 점에서 중요성을 갖는다. 따라서 그에게 문학은 궁극적으로 자신을 변화시키는 수단이자 아직 의식되지 않은 새로운 가능성을 발견하게 하는 가장 효과적인 수단이 된다. 따라서 그는 이러한 변화와 발견을 도출하기 위해 우리의 삶을 고착시키고 경직시키는 모든 지배적인 규범들과 전통들을 공격하는데, 이것이 문학적 표현방법에 있어서는 당시 지배적이었던, 사실주의의 매너리즘에 대한 저항으로 나타나는 것이다.

작가로서 여러 가지 다른 가능성을 찾는 것이 중요한 그에게는 일정한 방식 없이 삶에서 마구 퍼내는 것이 아니라 방법들을 발견하는 것이 중요했다. 바로 여기에서 한트케의 언어 비판이 유래한다. 한트케에 의하면 문학이란 언어 그 자체로 이루어져 있는 것이지, 언어로 묘사된 사물들로 이루어진 것이 아니라는 것이다. 그는 언어 그 자체를 현실로서 파악하며 "언어의 현실은 언어가 기술하는 사물들에서 시험될 수 있는 것이 아니라 언어가 실현시키는 사물들에 대하여 시험될 수 있다"고 주장한다. 이것은 모든 사회적인, 그리고 개인적인 목적을 위한 언어의 조작 가능성을 지적하는 말이다.

초기의 언어 비판과 실험성, 이후의 주관주의적 성향으로 인해 개인주의적인 자기 도취에 빠졌다고 비판받았던 한트케의 작품들에 정치 참여적 서술이 직접적으로 나타나지는 않는다. 그러나 그의 문학 속에서 표명된 언어 비판이 정치적, 사회적 영향과 전혀 무관하다고 볼 수는 없다. 한트케는 사르트르적 의미의 참여 개념에 대해 문제를 제기한다. 즉 참여적 작가는 자신의 언어를 정치적 이데올로

기로 채색하거나, 드러나 있는 세계를 보여주는 것이 아니라, 세계에 대한 자신의 표상과 도덕적 의무를 독자에게 강요한다고 한트케는 주장한다. 그에 의하면 목적을 강조하는 참여문학은 참다운 예술이 아니며, 예술이란 "하나의 형식이고 그 자체로서 아무것도 지향하지 않는, 기껏해야 진지한 유희"일 뿐이다. 한트케는 직접적으로 참여하는 것이 아니라, 아무 저항감 없이 길들여진 자동화된 사고 모델들을 거부하고 아울러 그것을 해체시킴으로써 삶에 대한 새로운 가능성을 제시하려는 것이다.

3. 산문작가로서의 한트케

1970년대 드라마에서의 성공에도 불구하고 한트케의 본령은 산문이다. 첫 소설 『말벌들』(1966)에서 이미 기교적으로 만들어진 암호화된 줄거리, 그리고 개인적인 강박 상태와 이미지는 이후 수많은 소설들에서 다시 나타난다. 이들 소설 속에서 한트케는 소시민적인 둔감성과 편협함에 대해 공격하고 저항하며, 각각의 경험에 대해 정확하면서도 낯선, 동시에 모든 규칙과 조직을 깨뜨리는 냉정한 시선을 던진다. 한트케는 자신의 글쓰기에 대해 다음과 같이 말한다.

글쓰기란 세계를 정복하는 시도가 될 수 있다. 일상적 관계를 통해 당연한 존재가 되어버린 현존하는 것을 꽉 붙잡고, 자신 속으로 받아들이며, 매일매일 되풀이되어 익숙해지고 무디어진 과정에 대해 쓰고 관찰하며 주의를 기울이게 하는 예리한 언어로 파악한다는 것, 그것은 이미 반쯤 잊혀진 세계를 다시 손아귀에 넣고 의미들로 되살리는 것을 뜻한다.(1965)

『말벌들』은 67장으로 되어 있다. 소설의 순서와 형식의 불연속성은 소위 줄거리에 대한 관점을 가로막으며, 플롯은 결말에 가서야 모호하게나마 재구성된다. 한 맹인이 수년 전에 읽었다고 생각하는 책 한 권을 기억해낸다. 그 책은 익사한 그의 형을 수색하다가 실명하게 된 어느 해(年)에 관한 것인데, 그가 실명한 경위는 불확실하다. 흐릿하게 기억하는 오래된 책의 부서진 조각들, 문장과 영상들에서 소설 『말벌들』은 불분명하게 떠오른다. 따라서 주제는 유년시대의 기억을 되살리는 것이며, 이것은 각각의 문장들을 예술적으로 낯설게 재현한 인지 과정을 통해 중개된다. 동시에 소설의 서술 자체에 대해서도 거듭해서 숙고한다.
　『행상인』(1967)과 『골키퍼』는 탐정소설을 패러디한 것이다. 그러나 『행상인』이 인식되지 못한 채 고립되고, 비논리적으로 연속되는 문장들의 몽타주를 통해 탐정소설의 형식을 변화시킨 반면, 『골키퍼』(1972년에 빔 벤더스가 영화화)는 그 서술방식에 있어서 전통적인 문학에 접근하여 이야기가 연대기적으로 서술되고 있다. 『골키퍼』는 기계 조립공인 요젭 블로흐의 관점에서 서술되는데, 왕년에 유명한 골키퍼였던 그는 자신이 회사에서 해고된 줄 알고 비엔나의 한 호텔 방에 들어가 극장 출납계원 여자를 교살한 후 국경 마을로 도주해 여관에 투숙한다. 그러나 이 이야기에서 중요한 것은 살인사건에 대한 범죄 수사학적인 진상 규명이 아니다. 오히려 한트케에게는 인간의 불안이나 혐오와 같은 심리적 혼란, 긴장과 안도감 사이를 교차하는 "정신분열증적" 의식의 표현이 중요하다.

『짧은 편지』에서 한트케는 지금까지 의식적으로 회피해 왔던 줄거리를 부여하며, 심지어 탐정소설과 같은 스릴마저 느끼게 하는 일종의 발전소설을 시도한다. 흔히 이 소설은 한트케의 삶이 깊이 반영되어 있는 교양소설적 성격의 자서전적 작품으로 평가된다. 이 소설은 작가인 일인칭 화자의 미국 여행을 아름답고 극도로 예술적인 움직임 가운데 묘사하고 있는데 여기에서 여행은 자기 자신을 찾기 위한 여정이며 불안으로부터의 해방을 의미한다. 오스트리아 출신의 젊은 남자가 아내 유디트를 찾기 위해, 동시에 그녀로부터 도피하기 위해 미국으로 건너간다. 『골키퍼』의 블로흐가 폐쇄된 국경 마을로 도피한 것과는 대조적으로 『짧은 편지』의 주인공은 다른 사람이 되기 위해 미국 여행을 하는데, 이것은 이전의 비정상적인 자신과의 화해 시도를 의미한다.

우울하고 절박한 주인공의 심정이 그곳 미국인의 판이한 생활감정 및 시대감각과 대조적으로 부각된다. 여행자는 이 여행에서 자신이 유럽적, 자아 중심적 이야기를 벗어날 수 없음을 경험하며 다음과 같이 고백한다. "나는 이 모든 편협함에서 결코 벗어나지 못하리라는 걸, 또 이제부터 (……) 내게 적합한 삶의 방식을 발견하는 것이 중요하다는 걸 깨달았다."『짧은 편지』의 결말은『골키퍼』의 결말과 마찬가지로 열려 있다. 이러한 개방적인 결말은 한트케 작품들의 특징 중 하나라고 할 수 있으며 다음에 올 작품과의 관련성을 추측케 해준다.

그의 어머니가 자살하고 7주 후에 한트케는 연대기적 순서로 씌어졌으면서도 성찰적인 구절로 인해 줄거리가 자주 중단되는 소설『소망 없는 불행』에 착수한다. 이 소설은 최소한 첫눈에는, 이제까지의 작품들 중에서 가장 단순하고 명확한 이야기이다. 작품에서 그는 억압적인 사회현실 속에서 태어나 죽게 되는 한 여인의 절망적 삶을 묘사한다. 여기서 한트케의 어려운 점은, 단순히 귀로 들었던 사실을 자신의 말로 재구성하는 것, 그리고 시적 허구 또는 연대기 작가의 태도와 당사자의 아들이 취할 태도 사이에서 균형을 잡는 것이었다.

『진실된 감정의 시간』(1975)은 화이트 칼라의 관점에서 씌어졌는데, 주인공의 인식 불안은 골키퍼 블로흐의 불안을 능가한다. 파리 주재 오스트리아 대사관의 홍보실 보도담당자인 그레고르 코이쉬니히는 자신이 누군가를 죽이는 꿈을 꾼다. 그로 인해 지금까지 익숙했던 생활은 갑자기 혼란스러워진다. 내면이 바뀌어버린 그는 주변세계와 관계를 끊고 아무 목적 없이 파리를 배회한다. 이제 사물의 의미들은 그에게 의심스러워진다. 더이상 유효한 것은 없으며, 모든 것이 무의미하게 느껴지고 불안, 혐오와 공격성만이 그를 지배한다. 외부 세계는 각각 그 자체로 관련이 없는 개개의 인상 속에서 와해, 몰락한다. 이러한 그의 상태는 곧 "지금까지의 자기 존재에 대한 문제제기"라고 볼 수 있다. 이제 변화된 시각으로 코이쉬니히는 이전의 생명력 없는 일상을 파괴하고 자신에 대한 새로운 관계를 만들어내려고 한다. 부인은 그를 떠난다. 아이가 갑자기 놀이터에서 사라져버렸을 때 코이쉬니히는 더이상 살지 않겠다고 결심하지만 결국 그것을 극복한다. 이 시적인 자아 연구의 존재론적, 극단적 형식을 한트케는 『세계의 무게』(1977)에서 다시 한번 고양시키려고 시도한다. 한트케는 일상의 경험, 관찰, 의식 과정을 신문기사 형식으로 차례차례 배치하는데, 이 기사들은 물론 만들어지고 선택된 것이다. 말하자면 한트케는 스냅사진 속에 소설 체계가 될 만한 지극히 주관적 자료를 제시하는 셈이다.

『느린 귀향』(1979)에서 한트케는 또다시 기법을 바꾼다. 이 작품은 『성 빅토아르의 교훈』(1980), 『동화』(1981) 그리고 시극(詩劇) 『마을들 넘어』와 함께 4부작을 이룬다. 『느린 귀향』에서 그는 처음으로 길고 복잡하게 얽혀 있는 고전주의적인 '고급 스타일'을 시도한다. 한트케의 관심은 처음으로, 개개의 것, 사물들이 아닌 서사적 관련, 완성된 구조, 그리고 '형식'을 향하게 되며, 주제는 '구원' '속죄'

가 된다. 게오르게 발렌틴 조르거는 북극권의 알래스카에 살면서 그의 동료 로이퍼와 함께 지질 연구를 하고 있다. 한트케의 다른 주인공들과 마찬가지로 그도 절망적 고독과 설명할 수 없는 환희의 상승 사이에서 동요한다. 지질 연구가는 "서쪽 해안 도시"를 넘어 미국을 비스듬히 횡단하여 뉴욕으로 간다. 여기서 그는 자신이 소모되고 있다는 걸 경험한다. 마지막에 조르거는 자기가 태어난 나라와 자기 자신에게로 떠나기 위해 유럽행 야간비행기 속에 앉아 있다. 이 작품에서는 풍경이라는 외면적 공간들과 의식이라는 내면적 공간들이 하나가 되는 "자아와 세계의 조화"가 추구되며, 이제 진정한 자아 탐색의 완성 단계로 나아간다. 비평가들은 이 소설이 "종교적 결말"을 짓고 있으며 한트케가 "신에게 전향"했다고 말한 바 있다.

세잔느의 자취를 따라가는 여행서 형식인 『성 빅토아르의 교훈』은 소설과 문학에 대한 숙고를 통한 자기 확립에 관한 책이다. 『동화』에서는 여러 곳을 떠돌던 아이가 십 년 동안 겪은 체험을 보고한다. 아버지와 딸 사이의 사랑 혹은 고통을 다루고 있는 『동화』의 일부분은 오늘날 사용되지 않는 장엄한 단어와 제스처로 묘사된다. 한트케는 이런 옛 단어를 되살리는 것을 TV시대의 언어에 맞서는 것이라고 생각했다. 앞서 씌어진 세 작품의 연장이자 종결과 정점으로 시극 『마을들 넘어』가 씌어진다. 이 작품은 형제 자매들이 죽은 부모의 집을 둘러싸고 싸움을 벌이는 일상적 상황에서 시작한다. 그러나 장엄한 언어로 이루어진 독백과 대사 및 극작술은 그리스 극을 지향하며, 통속적 갈등을 넘어 가족 구성원 사이의 근본적 반목을 그린다. 이 4부작 다음에 출판된 『연필 이야기』(1982)는 한트케가 4부작을 쓰는 동안 만들었던 스케치, 격언, 특히 저술 작업에 대한 성찰을 포함하고 있다.

한편 『느린 귀향』(1979) 집필 당시 그는, "작가는 특히 어떤 풍경을 영속화시킬 의무가 있다고 생각한다"고 썼다. 그는 이 의무를 『고통받는 중국인』(1983)이라는 책에서 잘츠부르크와 그 인근을 그려내며 완수한다. 이 소설에서 고전어 교사이며 아마추어 고고학자이자 "문지방 연구가"인 안드레아스 로저는 아내와 자식들과 헤어져 잘츠부르크의 남쪽 교외에 살고 있다. 성목요일(부활절 전의 목요일) 전날 저녁, 매달 열리는 카드게임 모임에 가는 길에 그는 한 협곡에서 스프레이로 나치의 갈고리 십자가 표지(標識)를 그리고 있는 사람을 때려죽인다. 이 살해는 일종의 '문지방' 경험을 의미하는데 로저는 이제 차츰 자신을 더이상 관찰자가 아니라 행위자로 느끼게 된다. 그는 이제 자신의 '이야기'와 함께 살며, '변모되어' 세계를 향해 개방된 새로운 시선으로 주위를 둘러본다. 동시에 그는 이방인으로서, 발전의 중간 단계에 처한 중국인과 같은 특유의 의젓함으로 "고통"을 감내한다.

이제까지 나온 한트케의 작품 중 가장 방대한 작품인 『반복』(1986)은 언어에 쏟는 지극한 노력과 예술에 대한 극단적인 요구로 디테일까지 세세하게 구성되어 있다. 이

소설은 동시에 소설에 대한 성찰이며, 소재 면에서 본다면 첫 소설 『말벌들』과 어머니에 대한 책 『소망 없는 불행』과도 연결된다. 마흔다섯 살의 필립 코발은 자기 고향 마을에서 유고슬라비아 국경을 넘어 선조의 나라인 슬로베니아로, 실종된 형 그레고르를 찾으러 떠난다. 형의 자취를 추적하며 그는 자신이 원래 형을 찾는 것이 아니라, 다만 그에 대해 이야기하려던 것이라는 사실을 인식한다. 코발은 고통에 가득 찬 "유년의 풍경"을, 마을과 기숙사 시절을 기억 속으로 되불러낸다. 또한 억압받고 추방된 슬로베니아 민족과 그 언어에 대한 이야기를 기억해내는데, 이는 정치적 문제를 의미한다. "반복"이란 그에게 단순히 "옛날 옛날에……"를 되풀이하는 것이 아니라 "되불러오는 것" "되살리는 것", 즉 "변화시키는 것"을 의미한다. 목적지에 도착한 코발은 "자유의 풍경"을 보게 된다.

『반복』과 더불어 시적이고 명상적인 『지속에 관한 시』(1986)와 산문집 『작가의 오후』(1987)라는 소품을 쓴 후, 한트케는 1989년 『피곤에 대한 시도』를 쓴다. 이 책에서는 여러 가지 의식과 피곤의 상태가 묘사되는데, 한 평자는 이 책을 "더이상 인지되지 않는 감각인 무의식과 둔감함에 대항하는 논고"라고 평가했다.

4. 나를 찾아 떠나는 여행 혹은 자기 작품에 대한 패러디

때때로 작가의 미묘한 분위기는 작품에 대한 시선을 망친다. 비평가들은 한트케의 최근 작품에서 그를 비교(秘敎)의 사제(司祭)로, 불멸과 속죄에 중독된 마법사로 간주하기도 한다. 이러한 해석 역시 전적으로 잘못된 것이라고는 할 수 없다. 중세적 신비주의와 난해한 문체로 씌어진 한트케의 『어두운 밤 나는 적막한 집을 나섰다』(1998)(이하『어두운 밤』)도 일부 그런 평을 받았다. 그러나 수많은 한트케식의 이미지들을 염두에 두지 않고 편견 없이 이 책을 읽는다면, 내면의 즐거움을 느낄 수 있을 것이다.

『어두운 밤』은 한트케가 지난 이십여 년간 쓰고 있는, 이야기에 대한 끝없는 이야기의 일부라고 할 수 있다. 작가가 "중간 세계"라고 부른, 자연과 문명 사이의 경계선 혹은 "문지방"에서, 즉 한트케 식의 어떤 실제 장소에서 이야기는 벌어진다. 이전에 씌어진 『고통받는 중국인』이라는 소설에 등장했던 탁스함이란 곳은, 작가가 선호하는 곳으로 절반쯤은 자연 상태로 머물러 있고 절반쯤은 문명화된, 어디에도 없는 장소이다. 또한 『고통받는 중국인』에 등장하는 고전어 교사이며 아마추어 고고학자이자 "문지방 연구가"인 안드레아스 로저 역시 『어두운 밤』에 다시 등장한다. 이외에도 이전 작품에 나타나는 황량한 장소, 석회암으로 된 태고시대 같은 풍경 등을 한트케는 이 소설 속에서 거듭, 그러나 어느 정도 변형해서 그리고 있다. 한트케는 이처럼 끊임없이 새로운 변주를 시도하며 자신이 추구하는 내면화된 주관주의와 고향으로의 귀환을 서술한다.

잘츠부르크 부근의 탁스함에 사는, 냄새에 민감하며 희귀한 버섯과 중세 영웅 서사시의 애호가인 약사는 숲속에서 산책을 하다가 머리에 심한 타격을 입는다. 다시 정신이 깨어나지만 그는 실어증에 걸린다. 이 작품에서 약사가 버섯 전문가라는 점과 실어증은 매우 상징적이다. 널리 산야에 여러 가지 빛깔과 모양으로 솟아나는 버섯은 갑자기 나타났다가 쉽게 사라지기 때문에 고대 사람들은 땅을 비옥하게 하는 '대지의 음식물' 또는 '요정의 화신'으로 생각했다. 버섯은 일부 생나무의 줄기나 뿌리에 기생하기도 하지만 대부분 땅속에 파묻힌 낙엽, 마른 풀 또는 죽은 고목 등에 기생한다. 이처럼 버섯은 음습한 곳에서 독특한 향미를 지닌 생명체로 태어나 널리 식용되거나 약용이 되기 때문에, 죽은 것에서 새로운 생명을 만들어내는 상징이라고 할 수 있다. 반면 목숨을 앗아가는 독버섯도 있다. 약사가 주위 사람들의 이상한 시선을 무릅쓰고, 아내와 사이가 멀어지면서까지(약사는 자신이 아내와 별거하게 된 것은 자신이 캐어오는 버섯 요리에 아내가 싫증이 났기 때문이라고 생각한다) 희귀한 버섯을 찾아 다니는 것은, 그가 후에 자기 자신을 찾기 위한 여행을 떠나는 것과 같은 맥락을 이룬다고 볼 수 있다.

약사가 실어증에 걸리는 것은 새로운 시선을 획득하기 위한 전제가 된다. 여기서도 이전의 작품들 속에 여러 번

표현된 한트케의 언어 비판을 엿볼 수 있는데, 고정되고 관습화된 일상을 벗어나기 위해서 실어(失語)를 통해 현실을 뒤집는 의식 전환이 요구되는 것이다.

약사는 말을 잃은 후, 한때 전성기를 누렸지만 이제는 몰락한 스키 선수와 역시 예전에는 유명했지만 지금은 잊혀진 시인을 만난다. 서로 한마디 말도 주고받지 않은 채 그들은 자동차를 타고 남쪽으로 간다. 그들은 스키 선수가 아는 어떤 과부의 집에서 밤을 지내게 되는데 약사는 한밤에 그녀에게 말없이 구타를 당한다.

『어두운 밤』에는 소설 『짧은 편지』에서처럼 '상대 인물'들이 등장한다. 이들은 주인공의 비판적인 상대자로서, 주인공의 행동에 대한 직접적 또는 간접적인 비판을 통해 주인공이 자신의 실제 행동을 깨닫게 해준다. 즉 이 상대 인물들과의 대화나 그들의 행동을 통하여 주인공은 자기 태도에 대해 회상하거나 성찰의 기회를 갖게 되는 것이다. 『어두운 밤』에서는 한밤중에 약사의 방에 들어와 약사를 심하게 구타하고 나중에 그와 함께 황량한 지역을 돌아다니는 과부를 상대 인물로 들 수 있다. 약사는 그녀를 통해 다른 사람과의 관계 회복과 사랑, 화해를 배우게 된다. 또한 그녀는 말을 잃은 약사에게 빨리 다시 말을 배울 것을 권한다. 말이 비록 조작되고 왜곡된 현실을 보여주긴 하지만 이러한 사실을 깨닫게 되는 것도 바로 말을 통해서이기 때문이다.

이 기묘한 세 사람은 오백 개의 터널을 지나 스페인에

있는 '산타 페'라는 이름의 상상의 도시에 도착한다. 그곳
에서 약사는 이전에 절도 행위 때문에 집에서 쫓아냈던 아
들을 집시 음악가로 다시 만나게 된다. 늙은 시인도 산타
페에서 딸을 발견하는데, 딸은 축제의 여왕이 되어 거리를
행진하고 있다. 이러한 만남은 이제까지 아들을 쫓아냈다
는 죄책감으로 괴로워하던 약사에게 화해의 가능성을 부
여한다.

그후 약사는 사바나 초원 지역, 문화에 의해 잊혀진 세
계, 수많은 한트케 식의 석회암 지역과 고원을 걸어간다.
말없이, 외로이 세계를 떠난 탁스함의 이 '십자군 종군자'
는, 스텝 지역에서 "스텝 지역과 이야기가 하나가 되는" 경
험을 한다. 스텝 지역을 지나 '사라고사'라는 곳을 도보로
방랑하며 약사는 자신을 명료하게 깨닫게 된다. 자신의 내
면으로 성찰여행을 했던 약사는 '다른 시간의 체험'을 통
해 새로운 전환을 맞는다. 어떤 중개나 전제 없이 주체가
직접 세계를 느끼게 되는 이 순간적 체험은 동양적 의미에
서의 '깨달음'과 비슷하다고 할 수 있는데, 이를 통해 약사
는 자신과 화해할 수 있는 가능성을 얻게 된다. 태곳적 공
간과 시간 속에서 약사는 새로운 인식에 도달한다.

몇 달간의 부재 후 다시 집으로 돌아온 그는, 떠나기 전
마지막으로 읽던 책 『아이바인 혹은 사자(獅子)의 기사』를
들고 읽다 만 곳을 찾는다. "마침내 그 부분을 찾아냈다. 그
는 계속 읽어 내려갔다. 그러나 읽다 말고 갑자기 그는 떨
기 시작했다. (……) 이제야 비로소 그는 떨고 있었다." 이

떨림은 그가 체험했던 깨달음에 대한 확인이며 이제껏 환상과 상상 속에서 느꼈던 것들을 현실로 느끼게 해준다.

한트케 주인공들이 경험하는 발전은 일반적인 직선의 발전이 아니다. 그들은 새로운 삶의 방식을 위한 '운동과 반운동'의 순환 속에서 살고 있다. 그러므로 삶의 방향 설정에서 그들의 마지막 귀환점은 흔히 말하는 미래가 아니라, '다른 시간'에 나타나는 태곳적 영상과 같은 최초의 시작이다. 이것은 그들의 삶의 운동이 어떤 간접적인 형식을 거치지 않은, 삶을 향한 직접적인 "장기간의 귀향"의 길이며, 동시에 진정한 자아를 향한 길임을 의미한다.

언어를 세계 인식의 수단으로 삼는 한트케의 작품은 난해하고 문장이 까다롭기로 악명이 높다. 매혹적인 제목에 속아 번역에 뛰어들었다가 언어의 마력에 휘둘린 느낌이다. 번역 텍스트로는 주어캄프 출판사의 1997년판 『*In einer dunklen Nacht ging ich aus meinem stillen Haus*』를 사용했다. 우선 무엇보다 이 책이 나올 수 있도록 여러 날을 함께 고역을 치른, 같은 대학에 근무하는 우베 슈티그리츠 교수에게 감사의 말을 전하고 싶다. 그리고 오래 기다려준 문학동네 출판사에도 고마운 마음을 전한다.

2001년 정월
윤시향

옮긴이 **윤시향**

1946년 함경북도 무산에서 태어나, 이화여대 독문과와 동대학원을 마치고 독일 쾰른 대학에서 수학했다. 베를린 자유대학에서 객원 교수를 지냈으며, 현재 원광대 독문과 교수로 재직중이다. 논문으로 「브레히트 '서푼짜리 오페라' 연구」「브레히트 반파시즘 연구」 등이 있으며, 『클라이스트』『꼬마 몽상가 유라』『햄릿 머신』『당나귀 그림자에 대한 재판』 등을 우리말로 옮겼다.

문학동네 세계문학

어두운 밤 나는 적막한 집을 나섰다

1판 1쇄 2001년 1월 31일 | 1판 2쇄 2019년 10월 17일

지은이 페터 한트케 | 옮긴이 윤시향 | 펴낸이 염현숙

펴낸곳 (주)문학동네
출판등록 1993년 10월 22일 제406-2003-000045호
주소 10881 경기도 파주시 회동길 210
전자우편 editor@munhak.com | 대표전화 031) 955-8888 | 팩스 031) 955-8855
문의전화 031) 955-8896(마케팅) 031) 955-2659(편집)
문학동네카페 http://cafe.naver.com/mhdn | 트위터 @munhakdongne
북클럽문학동네 http://bookclubmunhak.com

ISBN 89-8281-362-4 03850

www.munhak.com